CB059149

Copyright © 2024 Ler Editorial

Texto de acordo com as normas do novo acordo ortográfico da língua portuguesa (Decreto Legislativo Nº54 de 1995).

Todos os direitos reservados. Proibida a reprodução total ou parcial, de qualquer forma ou por qualquer meio, mecânico ou eletrônico, incluindo fotocópia e gravação, sem a expressa permissão da editora.

Editora – Catia Mourão
Capa – Joice Dias
Diagramação – Catia Mourão
Revisão – Halice FRS

CIP-BRASIL. CATALOGAÇÃO NA PUBLICAÇÃO
SINDICATO NACIONAL DOS EDITORES DE LIVROS, RJ

R694o
2. ed.

Rosa, Daniella
   A origem do mal / Daniella Rosa. - 2. ed. - Rio de Janeiro : Ler, 2024.
   184 p. ; 23 cm. (Sombras do mundo ; 2)

   ISBN 978-65-83154-01-9

   1. Ficção brasileira. I. Título. II. Série.

24-92842   CDD: 869.3
                      CDU: 82-3(81)

Gabriela Faray Ferreira Lopes - Bibliotecária - CRB-7/6643
17/07/2024   22/07/2024

Foi feito o depósito legal.
Direitos de edição: Ler Editorial

Clubinho da Ler

A Origem do Mal

Série Sombras do Mundo
Volume 2

DANIELLA ROSA

2ª edição
Rio de Janeiro – Brasil

SUMÁRIO

005	EPÍGRAFE	119	CAPÍTULO 26
007	CAPÍTULO 1	123	CAPÍTULO 27
011	CAPÍTULO 2	127	CAPÍTULO 28
016	CAPÍTULO 3	131	CAPÍTULO 29
020	CAPÍTULO 4	135	CAPÍTULO 30
025	CAPÍTULO 5	139	CAPÍTULO 31
029	CAPÍTULO 6	149	CAPÍTULO 32
033	CAPÍTULO 7	154	CAPÍTULO 33
037	CAPÍTULO 8	159	CAPÍTULO 34
044	CAPÍTULO 9	163	CAPÍTULO 35
050	CAPÍTULO 10	166	CAPÍTULO 36
054	CAPÍTULO 11	170	CAPÍTULO 37
058	CAPÍTULO 12	173	CAPÍTULO 38
065	CAPÍTULO 13	177	CAPÍTULO 39
068	CAPÍTULO 14	183	AGRADECIMENTOS
072	CAPÍTULO 15		
077	CAPÍTULO 16		
081	CAPÍTULO 17		
086	CAPÍTULO 18		
090	CAPÍTULO 19		
093	CAPÍTULO 20		
098	CAPÍTULO 21		
103	CAPÍTULO 22		
107	CAPÍTULO 23		
111	CAPÍTULO 24		
115	CAPÍTULO 25		

"Quando um homem se torna melhor, compreende mais claramente o mal que ainda existe em si. Quando um homem se torna pior, percebe cada vez menos a sua própria maldade".

C.S.Lewis

Capítulo 1

O balanço do carro, ao percorrer uma estrada interminável, deixava meu corpo relaxado. Mesmo após eventos tão dramáticos, era como se estivesse apenas descansando.

Ouvia vozes ao longe, que pareciam não estar ali de verdade, talvez fosse apenas minha imaginação. Meus olhos não me obedeciam, permanecendo fechados, mesmo quando eu quis estar alerta. Reconheci um nome em meio às vozes sussurradas e me forcei a identificá-las.

— Não, ela não pode saber de nada, Antoni!

— Eu acho que ela precisa. Afinal, não é sua vida que está em jogo, Eleonor. Como alguém pode se proteger se não conhece o perigo que está correndo? Não é justo que ela continue no escuro.

— Ainda não é o momento, e você sabe disso.

Minha antena estava ligada, enquanto meus olhos permaneciam fechados. Esta seria minha proteção para continuar escutando a conversa.

— E quando será? Você não acha que já escondeu o suficiente? Acredita mesmo que quando acordar, ela não irá questionar sobre o que você sabe e o que escondeu por tantos anos?

— Eu me entendo com ela, como sempre fiz. Agora, quero saber por que estamos trazendo este animal com a gente? — A voz de Eleonor estava seca, mal parecia minha doce avó. — Você, evidentemente, não confia nele, por isso, não entendo como se convenceu a trazê-lo. Ele é uma ameaça.

— Exatamente por isso ele está aqui. É a arte da guerra. Se é mesmo um inimigo, devemos manter os olhos nele.

— Se é assim, por que deixá-lo vivo? — indagou Eleonor de maneira tão fria que pensei em abrir os olhos para ver se realmente era ela.

— Esse cachorro é mais duro na queda do que eu imaginei. Não se preocupe, não faltará oportunidade para resolvermos isso — respondeu Antoni.

Eu não podia estar ouvindo tudo isso. Senti meu coração na boca, uma revolta crescia dentro de mim. Quis acabar com aquela conversa e encarar Eleonor, contudo, a curiosidade me consumia. Eu queria ouvir mais, queria saber até onde eles iriam. O que mais escondiam.

Até onde eu sabia, Antoni não pretendia me fazer mal, mas sua energia era sinistra, às vezes, como se a qualquer momento ele fosse se tornar o cara mau da história, e não seria um espanto se isso acontecesse. Mas Eleonor não, ela era minha avó, uma senhora adorável e carinhosa. Toda aquela conversa, saindo de sua boca, era assustadora.

— Eleonor, preciso fazer algumas escolhas. Alany nunca me perdoaria se eu matasse o bichinho de estimação dela. Por outro lado, o que acha que ele vai fazer quando acordar e perceber que eu fui o responsável por deixá-lo tão perto da morte? — Antoni soltou o ar pela boca, fazendo um som que parecia uma risada abafada. — Eu tinha certeza que o guerreiro o mataria, ao menos minhas mãos estariam limpas.

— Limpas? — indagou Eleonor.

— Bem, não exatamente, mas seria fácil convencê-la de que o destino nos prega peças. Com o tempo ela se acostumaria. Sacrifícios são necessários.

Ah, não! Aquilo não podia estar acontecendo. Eu não precisava ouvir mais nada. Abri meus olhos. Antoni e Eleonor estavam no banco da frente. Eu os observava, pensando no que iria dizer. Meu coração estava acelerado, sentia uma locomotiva viva dentro de mim, mal conseguia respirar. Não pude me concentrar, não sabia o que dizer e sequer consegui ver a energia deles. Isso acontecia em situações de muita raiva ou medo e naquele momento eu sentia muita, muita raiva.

Olhei para Santiago e pude ver seu peito subir e descer, forte e pesado demais para quem estava dormindo. Olhei para seu rosto no exato momento em que ele abriu os olhos. Certamente, a mesma locomotiva descontrolada também percorria suas veias. Seus olhos estavam tomados pela ira. Não entendi imediatamente o que aquele olhar significava nem tive tempo de entender, tampouco de impedir o que veio a seguir.

Santiago era muito forte, quando levantou o corpo e me segurou no banco com um dos braços, praticamente me imobilizou. Ouvi o som de pneus derraparem e os gritos ecoando, ao mesmo tempo em que ouvia minha própria voz sair pela garganta em um grito de desespero.

Em uma fração de segundos, Santiago estava com o corpo tombado para frente, segurando Antoni pelo pescoço com a mão livre. O carro ainda derrapava na estrada, enquanto Eleonor gritava, assustada. Quando finalmente o carro parou de forma abrupta, atravessando a estrada, por sorte vazia, minha avó bateu a cabeça e perdeu os sentidos. Eu estava muito bem presa sob o braço de Santiago.

— San, o que está fazendo?

Tentei gritar, mas minha voz não teve força suficiente.

Ele estava enfurecido. Soltou a mão do pescoço do Antoni, que parecia sem forças, sem ar talvez. Senti certo alívio por um segundo, até ver sua mão direita erguida, transformando-se em uma arma mortal ao liberar garras enormes e afiadas.

— Não! — Foi tudo que pude dizer, bem mais alto dessa vez. A voz saiu liberta e ganhou a amplitude do meu desespero.

Em reflexo ao meu grito, Santiago se virou. Seu olhar era o mesmo que vi na Floresta da Morte. Olhos de um lobo raivoso, de uma besta, como ele mesmo chamava a maldição que habitava seu corpo. Tive certeza de que nada o faria parar. Aqueles instantes pareceram durar uma vida e aquele olhar, cravado como uma estaca, deixou-me em choque.

Neste segundo de hesitação, pensei ter visto um sorriso maligno de formando em seu rosto, ao mesmo tempo em que baixou suas garras em direção ao pescoço de Antoni. Um vermelho intenso tomou conta do vidro dianteiro do carro, meu coração parou de bater e o mundo deixou de girar.

A tristeza que senti foi intensa, porém rápida. Em seguida, ela deu lugar a um vazio insuportável e senti minhas forças se esvaindo. A sensação era como desistir de viver.

— O que você fez?! — lamentei, sem realmente esperar uma resposta.

As lágrimas invadiram meus olhos, forçando-me a fechá-los. Eu não queria olhar para Santiago. Talvez ele quisesse me matar também, mas eu não me importava. Naquele momento nada importava.

Mesmo com os olhos fechados, o olhar enfurecido de Santiago surgiu como uma visão, assombrando-me. Aquela imagem me seguiria para sempre.

— Any! — A voz de Eleonor me fez reabrir os olhos.

A cena de horror que eu esperava não estava mais lá. Eleonor não gritava, Santiago ainda dormia e o mais importante, Antoni estava vivo. Senti raiva e um alívio imenso ao constatar que havia sido assombrada por um pesadelo. Maldito sonho ruim!

Sequei as lágrimas com as costas da mão e respirei fundo, recompondo-me.

— Você está bem, querida?

Olhei pelo retrovisor e vi Antoni me encarando. Sua boca se movia, mascando tranquilamente um chiclete, enquanto seus olhos permaneciam fixos. Não sei dizer se ele havia visto as lágrimas ou meu espanto quando abri os olhos, e isso não era importante agora. Ele estava vivo e o San não era uma besta maldita, tudo estava apenas no meu inconsciente desalinhado.

— Estou bem — disse com um sorriso de alívio.

— Sonho ruim? — perguntou ele.

Sorri ainda mais. Ele realmente sempre acertava.

— Pois é — respondi, enquanto me ajeitava no banco.

Antoni apenas ergueu uma das sobrancelhas e deu um sorriso torto, o que me deixou cismada. Não era a primeira vez que eu tinha dúvidas do quanto ele podia entrar em meus sonhos. Eu não era capaz de dizer se ele tinha alguma influência nos sonhos em que aparecia ou se eram sonhos inocentes, produzidos exclusivamente pelo meu inconsciente.

— Não me espanta. Seus sonhos são sempre... complexos — completou ele, deixando-me ainda mais intrigada.

— Complexos? — questionei.

Eleonor esticou o braço para trás, até sua mão encontrar a minha. Sem dizer nada, ela apenas a segurou e apertou firme, exatamente como fazia nos dias em que eu tinha sonhos ruins, a ponto de gritar ou ir para sua cama no meio da noite. Meu medo nunca passava, porque eu sempre tinha receio de ainda estar dentro do sonho. Era como se ele quisesse me segurar lá dentro. Quando acordava, não sabia se tinha despertado realmente. A sensação só passava quando sentia a mão da minha avó, aquele toque era minha boia de salvação. Nesses dias, eu adormecia segurando sua mão, assim nenhum sonho ruim se atrevia a me atormentar.

— Obrigada, vovó! — Como sempre, o toque era reconfortante.

Antoni ainda me olhava com curiosidade, então, retribui o olhar.

— Confusos... é isso! Seus sonhos são muito confusos. E por que não dizer: perigosos? As pessoas costumam ter sonhos com cenas que viram na televisão ou acontecimentos do dia, mas você tem sonhos incríveis.

— Ah, claro. Os meus sonhos são perigosos — zombei.

— Sim, e assustadores também. Já tive muito medo deles.

— Medo? Você? — Sorri, deixando a pergunta no ar.

— Medo de não conseguir mais sair.

— E isso é possível? — Aquele assunto me interessava porque eu sentia a mesma coisa.

— Muito possível. Por isso, minha comunicação nunca foi clara. Chegar muito perto de você em seus sonhos significava uma grande possibilidade de me perder e não encontrar o caminho de volta.

Eu também teria medo. Na verdade, eu tenho esse medo, pensei.

— Mas não caio fácil em armadilhas — disse ele, olhando pelo retrovisor e piscando.

Capítulo 2

Minha avó indicava o caminho como uma excelente guia, enquanto Antoni seguia as instruções como um motorista obediente e mudo. Estávamos em uma estrada de terra completamente deserta, o silêncio era um tanto incômodo, mas a letargia de Santiago era o que me preocupava.

Eu sei que depois de uma noite tão atordoante, era compreensível o cansaço, afinal, ele teve a vida ameaçada por um guerreiro imortal. Mas, dormir tanto assim em uma estrada irregular era estranho, até mesmo para ele.

Eu tinha muitas perguntas sem respostas e pensei que o San pudesse me ajudar, mas, pelo visto, não tão cedo.

Estávamos todos abalados pelos últimos acontecimentos, só que isso não reduzia minha necessidade de mais informações, eu não estava mais aguentando aquele silêncio.

— Vó, a senhora não parece espantada com tudo que aconteceu — falei, ainda com certa dúvida sobre como abordar o assunto. Tentei não ser rude, usando um tom de voz suave.

Virando a cabeça para que pudesse encontrar meus olhos, Eleonor respondeu tranquilamente, como lhe era habitual:

— Ah, querida! Eu queria ter contado tudo há muito tempo, mas fiz uma promessa e não podia quebrá-la. Sempre soube que existe um mundo oculto, desconhecido pela maioria, que abriga seres diferentes. — Olhando para mim, ela respirou fundo e sorriu. Fiquei com a consciência mais tranquila. — No início, não tinha certeza sobre sua mãe, desconfiei algumas vezes. Eu confiava no meu filho. Fosse ela quem fosse, estava fazendo muito bem a ele. Seu pai me dizia que você era uma menina muito especial e o melhor que podíamos fazer por você seria lhe proporcionar uma vida tranquila e normal. — Ela deixou seu olhar se perder por um segundo ou dois e continuou: — Depois que sua mãe foi embora, esse foi o objetivo do seu pai, mantê-la longe de qualquer coisa que tivesse relação com o mundo oculto. Até aquele momento, não sabíamos se você seria como Twylla ou como seu pai e isso o preocupava muito. Conforme você foi crescendo, alguns sinais foram aparecendo. Você era uma criança diferente das outras.

Como se estivesse revivendo toda sua história, Eleonor fechou os olhos e balançou de leve a cabeça, depois soltou o ar dos pulmões. Desviando os olhos para a estrada, ela voltou a falar.

— Depois que sua mãe foi embora, vocês se mudaram para minha casa. Acompanhamos seu crescimento e sofremos com você. Não pense que ignoramos as suas dificuldades. Não foi fácil manter esse segredo, vendo você lutar para se encaixar em um mundo ao qual nunca pertenceu. Infelizmente, não tínhamos escolha. Você e seu pai passavam a maior parte do tempo na casa de campo, sua mãe adorava aquele lugar. Ele dizia que lá era o lugar mais seguro do mundo.

— Por que não me lembro desse período? — perguntei, mas não esperei a resposta. — Minhas lembranças são embaçadas como se não tivessem acontecido. Não consigo me lembrar do rosto da minha mãe. Por mais que eu me esforce, não consigo. O período que você diz que passamos naquela casa também é cheio de buracos na minha memória, como se algumas partes tivessem sido apagadas.

— Sinto muito, querida. Eu, realmente, nunca entendi esse seu problema de memória. Talvez seja mesmo uma manobra do seu cérebro para se poupar de mais sofrimento. Os médicos podem ter razão quanto a isso.

Eu não estava satisfeita, havia coisas demais acontecendo e explicações de menos. Depois de um longo suspiro resolvi dar um tempo para Eleonor e voltei a atenção para Antoni.

— E quanto a você, meu protetor? Você já conhecia Eleonor, não é?

Sarcástico como de costume, ele se prontificou a responder, seguindo o padrão da pergunta, sem rodeios.

— Any, você acha mesmo que entenderia se eu dissesse que conheci sua avó quando estive na sua casa, há uns quinze anos, a convite da sua mãe? Não quero encontrá-la agora porque seria bem complicado explicar a aparência inalterada, além de, obviamente, ser obrigado a desviar de perguntas que não poderiam ser respondidas.

Pensei um pouco a respeito do que ele disse. Embora o argumento de Antoni fizesse algum sentido, não me convenceu completamente. No entanto, o que ele falou sobre aparência inalterada me levou a outros pensamentos.

Antoni estava indeciso entre manter a atenção na estrada e me fitar pelo retrovisor. Meu silêncio o deixou curioso, podia ver em seus olhos que esperava que eu dissesse algo. Demorou um pouco mais do que o de costume, mas ele percebeu que tinha colocado ainda mais dúvidas na minha cabeça.

— Não somos imortais, Alany, se é o que a consome. Ainda assim, nosso tempo de vida é diferente. Ao alcançar a maturidade o tempo conta de forma distinta do que você conhece. Envelhecemos muito lentamente, se comparado a uma vida humana. Chamo isso de equilíbrio natural.

Depois de segundos em silêncio, Antoni desferiu as próximas palavras com a firmeza de quem quer dar o assunto por encerrado. Eu já sabia que não rolava esse lance de ser imortal, Santiago havia me contado, mas ainda era bem estranho saber que não iria envelhecer como as outras pessoas.

— Sei que você tem milhões de perguntas. Imagino como sua cabeça está cheia de conflitos e divagações, mas digo que agora não é a hora, muito menos o local, de discutirmos esse assunto. Precisamos ter cautela, estamos expostos. — Antoni voltou os olhos para Santiago como um sinal de que não era seguro tratar de certos temas. Eu ia dizer que ele estava dormindo, que mal poderia fazer? Mas me contive, afinal ele estava praticamente hibernando, quem sabe o que poderia ouvir naquele estado?

Eu não esqueceria as questões que borbulhavam na minha cabeça, mas, por ora, me resignaria a aguardar o melhor momento.

Minha avó estava exaurida pelas lembranças e eu não tinha outra opção a não ser me concentrar na estrada, tomada por árvores de eucaliptos de um lado e por montanhas íngremes do outro. Não parecia ter nada além de um eterno horizonte à nossa frente.

Deixei minha mente relaxar, contemplando a paisagem. Afinal, eu estava tão cansada quanto qualquer um naquele carro.

Depois de algum tempo na estrada, talvez duas horas, ouvi a indicação de Eleonor. Ela dizia que, a partir daquele ponto, precisávamos adentrar na mata e seguir em frente por entre as árvores. Não era uma entrada comum. Sem sua intervenção, jamais alguém veria o estreito caminho à direita daquela estrada sinuosa.

Conforme avançávamos, a estrada ia ficando cada vez mais estreita; o caminho era mais escuro, como se o dia estivesse proibido de irromper sobre aquela passagem, que parecia levar direto a lugar nenhum.

Em pouco tempo, o terreno ficou muito acidentado. Solavancos causados por buracos e pedras faziam com que batêssemos nossa cabeça no teto do carro e na janela. A pior parte foi a parada brusca, quando o caminho se transformou em uma mata completamente fechada. Não havia condições de seguir adiante.

Eu sabia que já tinha amanhecido, tinha acabado de ver os primeiros raios de sol surgirem no horizonte antes de entrarmos por aquele caminho sinistro, mas isso não adiantava nada, já que estávamos rodeados por árvores enormes unidas por suas copas, formando uma cobertura escura e impenetrável. Não era como o breu da noite, mas também não parecia com o dia. A sensação que tive estava longe de ser confortável. Senti certo alívio em ver que não era apenas eu a ficar incomodada com o lugar. Antoni parecia calmo e impassível como sempre, mas bastou uma palavra para perceber que, até mesmo ele, sempre destemido e preparado para tudo, estava receoso.

— Eleonor! — objetou ele.

— Nem tudo é o que parece, Antoni. Vire à esquerda ali adiante. Você vai passar entre aquelas duas grandes árvores, bem ali em frente. Depois, continuamos nosso caminho.

Eleonor indicou a direção, como se fosse algo muito comum dirigir por entre árvores. Antoni, por alguma razão, aceitou a indicação sem nada dizer. Já eu, não compartilhava da mesma segurança.

— Vovó, não tem espaço para passar por ali. Não dá! Entre aquelas duas grandes árvores, existem pelo menos mais três pequenas. São menores, mas, ainda assim, são árvores.

— Querida, você precisa confiar mais na sua avó.

Antes mesmo que ela finalizasse a frase, Antoni seguiu em direção as três árvores finas e altas, como se elas não existissem. Eu me perguntei quem, além dele, no mundo inteiro, teria essa coragem ou essa irresponsabilidade.

— Antoni, você vai mesmo fazer isso? — Minha voz saiu alta demais.

Ele apenas me lançou um olhar travesso pelo retrovisor e permaneceu na rota de colisão. Mesmo a uma velocidade reduzida, esperei o impacto do carro ao se chocar com as árvores. Coloquei a mão sobre o peito de San para evitar que batesse a cabeça no banco da frente. Ao constatar o impossível, senti-me aliviada. O carro passou como um fantasma pelos troncos. Ou seriam eles os fantasmas? Eu não sabia dizer.

— Eu realmente preciso que vocês tenham um pouco mais de fé para continuarmos. Existe uma estrada bem à nossa frente. Podem vê-la? — perguntou Eleonor.

Eu só via árvores por todos os lados. Antoni se virou para trás, por um instante, e me encarou. Seu olhar me indicava que com ele não era diferente. Ele estava confuso porque não via nenhuma estrada.

Com um sorriso de reprovação, Eleonor apenas balançou a cabeça e mandou continuarmos em frente. Ela exibia o que parecia ser o início de um sorriso, mas seus olhos demonstravam certa decepção.

Pouco mais adiante, avistamos uma pedra enorme. Estava há alguns metros, bloqueando a passagem e impedindo que avançássemos na direção indicada. A pedra era umas cinco vezes o tamanho do carro. Antoni tentou conter o sarcasmo, mas não sei se conseguiu, quando perguntou sobre esse novo obstáculo.

— Eleonor, eu não sou um especialista em fé, talvez, por isso, não veja a tal estrada. Mas tenho certeza de que vejo uma enorme pedra bloqueando nosso caminho. Devo entender que consigo passar por ela, assim como aconteceu com as árvores?

— Sim, o caminho estará repleto de distrações como essa. Pode seguir, passaremos por ela também.

— Vó! A senhora tem certeza? Há quanto tempo não passa por aqui? As coisas podem estar diferentes. Por Deus! Essa pedra é enorme!

Eleonor se moveu no banco, tornando acessível seu olhar de reprovação para nós dois ao mesmo tempo.

— Alguma vez na vida vocês já se depararam com algo que não compreendiam e, ainda assim, acreditaram? Já se sentiram mal por pensarem diferente da maioria, mas mantiveram suas crenças e suas verdades, independente das consequências?

Eleonor nos observava, atenta e aqueles olhos esperavam respostas.

— Acho que sim, vovó. Mas o que isso tem a ver com essa pedra? Por que essa pergunta agora?

— Porque isso significa ter fé em si mesmo e em seus instintos.

Eu não entendi a referência. Fiquei em silêncio, apenas olhando para fora do carro em busca da maldita estrada. Concentrei-me nas palavras da minha avó e voltei a fitar o entorno e, uma vez mais, deparei-me com a densa vegetação. Apenas a mata, era isso que eu via. A única visão que destoava era a enorme pedra que se tornava maior a cada segundo. Minha mente buscava uma resposta, como se eu tivesse perdido uma peça de um quebra-cabeça que decifrava, ou mostrava o que estava acontecendo.

Não é possível! Sei que tem algo mais aí fora. Por que não vejo? Pensei.

O carro seguiu adiante, ganhando velocidade a cada metro avançado. Eu ainda estava confusa, mas não disse mais nada, apenas fechei os olhos quando o impacto se aproximou. Nada aconteceu. Passamos ilesos, mais uma vez, como se a enorme pedra não existisse.

A voz de Antoni sobressaiu em meio ao silêncio que se instalou no carro, depois que a vovó nos deu uma bronca.

— Eleonor, por quanto tempo seguiremos por esta estrada? Ela me parece infinita.

A frase passou despercebida por um segundo, mas não mais do que isso.

O quê? Essa era mesmo a voz do Antoni? Ele estava vendo a tal estrada e eu não?

Uma voz gritava de indignação dentro da minha cabeça.

— Como assim? — Inclinei-me entre os bancos da frente. — Antoni, você realmente está vendo a estrada?

Meu tom de voz era totalmente cético e isso fez com que ele se virasse e piscasse para mim.

Era muito difícil saber o que ele queria dizer com seus sorrisos sarcásticos e piscadas despretensiosas. Ele conseguia ser misterioso o tempo todo. Mesmo eu, dotada de habilidades que me faziam ver além do que as pessoas normalmente querem mostrar, não conseguia definir o significado daquela piscada. Ele podia mesmo estar vendo alguma coisa ou podia estar apenas fingindo.

Inferno! Como ele podia ser tão irritante!

Capítulo 3

Eu ainda avaliava se Antoni estava mesmo à minha frente no quesito fé, mas quando ele se assustou e desviou de alguma coisa na tal estrada e não vi nada que justificasse aquela manobra, comecei a me preocupar. Como Antoni, um cara sombrio e sinistro, podia ter mais fé do que eu?

Verdade seja dita, sempre tive uma sensação estranhamente controversa sobre ele, mesmo quando era irritante, arrogante e aterrorizante. Desde o primeiro dia que o vi, tive uma percepção de ambiguidade. Nada nele fazia muito sentido, havia algo mais, algo que ele não queria mostrar. Ele era enigmático como a tal estrada, eu não a via, mas ela estava ali. Como explicar algo em que você acredita mesmo sem ver? Ele tinha aquele ar sempre misterioso, no entanto, eu enxergava isso como um escudo de proteção, e por trás dele havia um muito mais do que escuridão, eu tinha certeza.

Esse pensamento me fez rir de mim mesma, porque, só então, percebi o óbvio. Caramba! O que senti quando aquele cara sinistro entrou na minha vida, querendo me contar coisas absurdas? O mesmo homem que invadia meus sonhos para me assustar e que de repente apareceu, querendo me abrir os olhos... Eu podia tê-lo ignorado, mandado embora ou falando sobre ele com Carol, mas o tempo todo o que senti foi fé. Não sei bem porque, mas eu sempre senti que podia confiar nele, que apesar da energia escura e confusa que o rodeava, valeria a pena ouvir o que ele tinha a dizer. O tempo todo eu tive fé no Antoni, desde a primeira vez que o vi.

Eu senti e ainda sinto que existe muito mais nele do que mostra. Ele podia ser um cara com grandes traumas do passado, que o deixaram assim tão frio, ou podia ser um homem inseguro que só usava essa máscara para se esconder do mundo... Sei lá. O fato é que ele, com certeza, é muito mais do que um cara ranzinza com roupas dos anos vinte.

Sorri sozinha, pensando em levar Antoni ao shopping para renovar seu guarda-roupa. Quando olhei pela janela, lá estava ela, a estradinha estreita e cheia de pequenos pedregulhos, bem na minha frente. Eu não sabia para onde nos levaria, parecia mesmo não levar a lugar algum, mas, se fé era a palavra do dia, então, a única certeza era que devíamos segui-la.

Depois de algum tempo, pouco mais de uma hora talvez, avistamos um enorme lago, posicionado em uma interseção da estrada, com um caminho ainda mais estreito e anguloso à esquerda. A imagem do lago sob o amanhecer não era algo a se ignorar. Resolvemos descer do carro para apreciar a vista e, claro, também para esticarmos as pernas.

O lugar era realmente encantador. Fascinante. Por um momento, pensei que estivesse dentro de um livro de contos de fadas. E já que o mundo se transformará em uma história fantástica, por que não?

Um lago enorme, rodeado por montanhas, como costumamos ver em quadros, estava à minha frente. Um verdadeiro presente, depois de horas dentro daquele carro. Havia muitas flores ao redor e o verde das folhas era incrivelmente vivo.

O dia havia despontado há pouco tempo. Por trás de uma enorme colina, um pequeno facho de luz indicava a iminente aparição do sol. Ficamos ali por algum tempo, contemplando aquele espetáculo da natureza. Conforme o sol se revelava, o lago ficava ainda mais mágico. Aos poucos, refletia todo o esplendor à sua volta, como se fosse um espelho. Estávamos em uma de suas extremidades, onde havia uma vegetação agradável com flores e árvores altas. O curso do rio, infinito até onde os olhos alcançavam, seguia contínuo e sinuoso por entre as montanhas.

Não me lembro de ficar tão encantada antes. Aquele não era um lago pequeno, suas águas refletiam tudo à sua volta; as montanhas bem desenhadas, o firmamento perfeitamente azul e até os pequenos movimentos das nuvens. Simplesmente perfeito!

— Uau! Que lugar lindo! — Foi o que consegui dizer.

Antoni estava ao meu lado e observava o lago com a mesma admiração, mas seus olhos buscavam por algo, como faz um predador atento.

— Pode ser lindo, mas está longe de ser um refúgio seguro — disse ele.

Eleonor não parecia ouvir, ainda estava encostada na porta do carro, do lado do passageiro e parecia muito concentrada em seus pensamentos.

Mudando a postura e andando em direção à Eleonor, Antoni perguntou se estávamos longe do nosso destino. Antes mesmo de ouvir a resposta, percebi que minha memória começava a identificar algumas imagens. Não a do lago propriamente, mas ao vagar os olhos em torno da paisagem, pude avistar uma construção nas proximidades, um tanto escondida por entre as árvores. Embora um pouco distante, os detalhes mais evidentes como as portas e janelas azuis, chamaram minha atenção. Seguindo um traço imaginário, foi fácil identificar que a ladeira que existia à nossa direita, levava direto para aquela que parecia uma modesta casa de veraneio.

— Estamos quase lá — respondeu ela, antes de caminhar até a beira do lago.

Eleonor observava o lago com tranquilidade. Sua expressão era tão serena quanto às águas à nossa frente. Foi quando percebi que a viagem estava concluída. Eleonor era uma mulher calma e reservada, sua energia era forte e sempre tinha cores vibrantes, mas, ainda assim, não era fácil decifrá-la. Eu sempre soube que por trás daquele rosto amável existia uma teia de segredos, só não imaginava que estavam relacionados a mim ou à minha origem. Conversar com minha avó sobre tudo o que estava nos acontecendo era um pensamento que não saia da minha cabeça, eu só precisava encontrar uma oportunidade.

Entramos no carro e seguimos por uma pequena trilha. Eu não sabia como funcionava esse lance de fé. Talvez fosse como um botão, que uma vez acionado não tinha como voltar atrás. Essa, embora com baixa prioridade, era uma questão que entraria para a lista de perguntas que faria à minha avó.

Uma casa com paredes brancas, telhado estilo colonial, janelas e portas azul-royal, e um jardim muito elegante com a maior variedade de flores que já vi, despontava à nossa frente, conforme subíamos pela estradinha íngreme. O jardim era lindo. Aquela imagem desfez completamente qualquer pensamento ligado aos últimos acontecimentos.

Não havia muito a ser dito, portanto, seguimos calados. Não foi necessário apelar para a fé para ver a casa, eu a conhecia muito bem. Não tinha como não me lembrar do lugar onde passei a maior parte da minha infância e onde se concentram as melhores, apesar de confusas e quebradas, memórias dos tempos de criança.

Ao descer do carro e parar na frente da porta principal, algumas lembranças me invadiram como se eu tivesse sido atingida por uma flecha. Fiquei confusa por não me lembrar do caminho, afinal, passei anos naquela casa e da última vez estava com quatorze anos. Não era assim tão criança.

Eleonor se aproximou. Com certeza, percebeu minha angustia. Logo senti sua mão pousar em meu ombro.

— Você bloqueou algumas lembranças depois do acidente, além do que, crianças não costumam prestar muita atenção a detalhes como uma estradinha de terra no meio do mato. Aos poucos vai se lembrar de tudo — disse ela para me confortar.

Respirei fundo e olhei para trás. Antoni desviou o olhar e focou na casa. Ele se fixou e se perdeu ali, parecia hipnotizado pela humilde construção, de jardim exuberante.

Minha avó segurou minha mão, lançou-me um sorriso e caminhamos em direção à entrada. Olhei para trás para ver se Antoni nos acompanhava, mas ele ainda estava parado como um poste na frente da casa.

Já na varanda, onde havia uma grande porta com o mesmo tom de azul das janelas, respirei fundo e foi como se voltasse no tempo. O aroma das flores me embriagou de lembranças. É impressionante como os cheiros ativam a memória e nos conectam imediatamente com algum momento do passado. A imagem surgiu como um filme: eu ainda menina, brincando com meu pai de pega-pega no jardim, sentindo o cheiro de cada flor. Naquele momento, eu sabia exatamente onde estava cada uma delas. Com certeza, eu poderia andar por entre as flores com os olhos vendados e identificá-las só pelo cheiro. Inalei ainda mais fundo e fiquei absorvendo a sensação. Quando abri os olhos, estava em paz. Eu estava em casa.

Busquei o olhar de Eleonor, mas não o encontrei. Vovó tinha o pensamento longe, voando entre suas próprias memórias. Antoni ainda estava parado como um poste, mas agora seu olhar era firme e direto, observava-me com tanta intensidade que me senti desconfortável. Desviei. Quando voltei, ele ainda me observava.

— O que foi, Antoni? — precisei perguntar.

Ele não respondeu, apenas movimentou a cabeça em negação e saiu andando em direção à entrada da casa.

Segui até o carro e sacudi o braço do San pela janela, ele se assustou e fiquei grata por ter acordado, não seria nada fácil ter que carregar aquele homem enorme para dentro de casa.

Piscando para firmar a visão, San olhou em volta, coçou os olhos irritados pela claridade do dia e fez cara de quem não entendia o que estava acontecendo.

— Chegamos no tal refúgio. Por fim, era a casa onde passei a maior parte da minha infância — falei sorrindo. Ele retribuiu com um arquear de sobrancelhas.

Com os olhos em movimento, buscando algum sinal de uma casa, ele simplesmente balançou a cabeça em negativa e olhou para Eleonor. Ela estendeu a mão em direção a casa.

Com um bico de decepção se formando em sua boca, Santiago mudou o foco para Antoni e cerrando os olhos, questionou:

— Só eu não vejo nada aqui?

Instintivamente, eu sabia o que fazer.

— Venha! Dê-me sua mão.

Capítulo 4

Abri a porta do carro para que Santiago pudesse descer. Servi como um apoio. Ele ainda tinha muitos hematomas e cortes pelo corpo, era visível que ainda sentia dores. A passos curtos, chegamos à porta de entrada da casa. Paramos em frente à grande porta azul de madeira, que nada havia sofrido com a ação do tempo. Parecia ter sido pintada recentemente.

San é bem mais alto do que eu, precisei olhar para cima para encará-lo e constatar que ele ainda estava pensando que éramos malucos, vendo coisas aonde não existia. Foi a vez de ele olhar para baixo e me encarar. Sorri e balancei a cabeça em sinal negativo. Rapaz de pouca fé!

Ao acomodar minha mão na maçaneta redonda, senti uma espécie de energia vinda da casa, que percorreu meu corpo como uma descarga elétrica. Como mágica, ela ganhou vida e um barulho de trava sendo aberta me poupou o trabalho de tentar forçá-la. Ela deve se lembrar de mim, assim como me lembro dela, pensei.

Voltei minha atenção para San, em tempo de ver a mudança escancarada em seus olhos. Seu olhar passou de incrédulo para espantado no mesmo segundo.

— Uau!

Com essa pequena palavra e uma expressão abobada, ficou fácil perceber que a imagem se revelou diante de seus olhos. Foi ótimo ver seu encantamento. Quem não ficaria maravilhado com a aparição de uma casa, onde antes não tinha nada além de uma floresta?

Eleonor se divertiu com a cara de bobo de Santiago. Era um momento de descontração. Levada por aquela sensação, eu me virei rindo muito e encontrei Antoni parado, com os braços cruzados e um semblante fechado, fitando-me com mau humor. Foi como receber um balde de água fria, mas ignorei. Pelo menos, tentei.

Olhei para Eleonor com o que havia sobrado da minha animação e entramos. A sala estava exatamente como eu me lembrava, era um grande e aconchegante ambiente: uma linda lareira feita de pedras, disposta no canto esquerdo, adornava o cômodo. À frente dela, ainda estava a nossa velha poltrona de patchwork. O sofá de couro marrom, ao lado da lareira, também estava do mesmo jeito, até o pequeno rasgo no assento. Uma enorme janela pegava quase toda a parede do lado esquerdo, iluminando a sala e deixando o ambiente muito agradável. Quando olhei o pequeno estofado de estampa floral, posicionado abaixo da janela, lembrei-me de quantas vezes meu pai leu para mim sob os raios de sol que entravam por ela.

Ficamos parados um tempo, bem no meio do corredor que dividia o cômodo em duas partes. Uma grande mesa de jantar se abancava do lado oposto ao da lareira. Outra grande janela permitia que o sol pintasse a superfície da enorme mesa de madeira escura.

Com alguns passos, chegamos ao sofá estampado e Santiago se sentou aliviado. Eu caminhei até a lareira. Sobre ela, havia algumas fotos antigas que me trouxeram um misto de dor e alegria. Vê-las dispostas exatamente como eu me lembrava, fez-me querer voltar no tempo. Voltar para o dia em que meu pai e eu estávamos juntos, brincando em frente à lareira, até que paramos e fizemos uma linda pose, para que uma foto eternizasse aquele momento feliz.

Eu não a percebi se aproximando, só me dei conta quando senti Eleonor segurando firme minha mão, sem dizer nada. Apenas fechei os olhos e senti as lágrimas escorrerem pelo meu rosto.

Alcancei um dos retratos, onde se via um rosto feliz, com o sorriso inocente de quem ignora o que o futuro lhe reservava. Passei as mãos sobre o retrato como se pudesse tocar a pessoa através da foto. Olhando para meu pai, feliz naquela imagem estática, pensei em como as coisas finalmente faziam sentido para mim. Ainda havia muito há descobrir, mas o mundo era diferente agora, e eu também. Sentia que estava começando a me encontrar entre as cores e as sombras do mundo. Esse pensamento ajudou a me recompor. Respirei fundo e sorri para tranquilizar minha avó.

Voltei a olhar cada centímetro daquela sala, reconhecendo os objetos e revivendo sensações. Meus olhos vagavam pela sala, quando pararam em Antoni. Ele estava estacado na porta, olhando para cada canto da casa com curiosidade e estranheza. Não era uma postura típica dele, tampouco sua fisionomia. Ele estava intrigado e preocupado com alguma coisa.

— Está tudo bem com você? — perguntei, chegando mais perto dele.

— Estou bem. Apenas tive a sensação de conhecer este lugar. Isso é muito, muito perturbador. Não costumo sentir essas coisas. Não sou o tipo de pessoa que tem déjà vu ou qualquer outra sensação sem explicação — Antoni respondeu sem olhar para mim. Ele continuava observando cada canto da casa.

Sim, era estranho, mas o que não era em tudo que estávamos vivendo nos últimos dias? Ainda assim, aquele olhar confuso me causou surpresa. Antoni era sempre seguro, seu olhar carregava ironia, arrogância e autoridade em qualquer situação, nunca vulnerabilidade.

Como se estivesse procurando por algo, ele caminhou pelo corredor em direção à cozinha. Talvez estivesse com fome ou procurando uma faísca de lembrança, eu não tinha como saber, mas deixei que se entendesse com suas neuras.

Eleonor saiu andando pela casa, abrindo portas e janelas. Santiago ainda parecia muito cansado, mesmo depois de dormir o caminho todo e não parecia que estava disposto a se levantar daquele sofá tão cedo.

Na verdade, todos nós estávamos cansados. Aquele sofá nunca foi tão convidativo. Descansar era uma necessidade naquele momento, e não era apenas um cansaço físico, estava mais para exaustão emocional. De qualquer maneira, aquele lugar, aquela casa, trazia-me uma sensação enorme de segurança. Em nenhuma outra parte do mundo eu me sentiria assim, principalmente depois de tudo que aconteceu.

Sentei-me por um segundo, respirei fundo e fiquei um tempo olhando o teto, sem pensar em nada. Logo, os detalhes do lugar me chamaram a atenção. Nunca havia reparado o enorme lustre de madeira com pequenas lâmpadas, formando um círculo luminoso. Era tão rústico. Parecia ser bem antigo, talvez tanto quanto a mesa estilo medieval que ficava logo abaixo dele. Eu fiquei ali parada, entregue ao cansaço, enquanto observava o teto como se fosse algo novo para mim.

De repente, a sensação de que alguém me observava me fez levantar a cabeça. Busquei cada canto com os olhos, até me espantar com Antoni encostado na porta. Seus olhos praticamente me flechavam. Foi estranho e curioso. Sorri e desviei o olhar. Eu não sabia o que se passava naquela mente turbulenta, porém não estava com disposição para conversar. Pude ver quando ele deixou a casa, talvez constrangido ou apenas cansado de velar minha preguiça. Recostei no sofá de novo, fechei os olhos e fiquei saboreando as poucas lembranças que surgiam. Esforçava-me para recordar o período em que estive naquela casa com minha mãe, mas não vinha nada.

Despertei sentindo uma brisa fria que estrava pela janela. Eu tinha apagado. Olhei em volta e percebi que estava sozinha. Não sei por quanto tempo dormi sentada e meio desajeitada, mas não foi pouco porque ao me levantar o sol estava próximo de se por.

Sorri quando olhei para o sofá florido e encontrei Santiago dormindo. *Meu Deus, como isso é possível?*

Resolvi aproveitar o fim da tarde no lugar em que eu me sentia mais viva. Saindo da casa, avistei o jardim mais perfeito do mundo. Muitas flores juntas podem deixar no ar um odor desagradável, mas não aquelas flores, não aquele jardim. Era o paraíso para mim, colorido e alegre.

Deitei na grama, sob o que ainda restava do sol e fechei meus olhos. Não queria pensar em nada, apenas absorver aquela energia. Despois de algum tempo, senti uma sombra se aproximar e se postar ao meu lado, obstruindo o aquecimento que meu rosto ganhava pela exposição ao sol.

— Você está bem? — perguntou Santiago. Ele parecia preocupado, mas seu tom de voz era afetuoso.

— Estou. E você, como se sente?

Impossível não se impressionar com seu estado geral. Depois de quase ser morto por um guerreiro imortal, ele estava praticamente recuperado. Os ferimentos estavam fechando e os hematomas, bem mais suaves, como se a briga tivesse acontecido há semanas e não há algumas horas.

Sentei-me ao seu lado e no mesmo instante o calor do seu corpo aqueceu o meu. Um arrepio subiu por minha espinha, quando me lembrei do assunto "estamos juntos" e o quanto ele era um terreno escorregadio e constrangedor.

— Estou muito melhor. Eu me recupero rápido, como pode ver. Logo, nem vai dar para notar que me enfiei em uma briga.

— Que enfiaram você em uma briga, quer dizer? — retruquei, carregada de culpa.

Ele balançou a cabeça em sinal de negação.

— Quantas vezes eu preciso dizer que não foi sua culpa? Eu decidi fazer parte do plano. Posso dizer isso quantas vezes for preciso, até você acreditar.

Eu ainda evitava olhar diretamente em seus olhos. Não fazia ideia do que dizer ou o que fazer quando estávamos a sós. Um dia nos beijamos e no outro ele se transformou em um lobo, e uma tempestade de merda caiu sobre nossas cabeças. Não consegui quebrar o gelo e, pelo jeito, ele também não. Um silêncio incômodo se instalou como uma parede entre nós dois. A sombra de dúvida e arrependimento ainda estava lá, como uma capa, protegendo seus sentimentos e, ao mesmo tempo, revelando-os para mim. Eu podia ver claramente seu conflito e me senti mal por isso, não parecia justo. Eu conseguia ver suas intenções e seus sentimentos, e ele não fazia ideia disso. Era como ter informações privilegiadas.

Claro que eu queria muito saber o que havia mudado entre a gente, entender porque ele estava tão arrependido quando chegava perto de mim, o que o atormentava tanto. Mas sem poder abrir o jogo era complicado. Eu podia, simplesmente, fazer uma pergunta, mas a verdade era que tinha medo da resposta.

Perguntas são perigosas, porque carregam a responsabilidade da decisão sobre o que fazer com a resposta.

Eu não podia me revelar, não ainda.

Como fazer uma pergunta simples, cuja resposta você sabe que será evasiva? O que eu diria em seguida? Algo do tipo: *Não é impressão minha, eu posso ver uma sombra circulando seu corpo, enquanto você trava uma luta interior cheia de dúvidas e segredos.*

Acho que não.

— Então, como se sente voltando para casa? — ele quebrou o silêncio.

— Acho que estou...

Foi automático responder, porém, em tempo, parei com a boca entreaberta, percebendo que a pergunta não vinha de Santiago.

Antoni estava em pé, logo atrás de nós. Sabe Deus por quanto tempo estava parado ali. Não sei como ele conseguia se aproximar sem ser percebido.

Dobrando o pescoço para trás, até que meus olhos alcançassem os dele, deparei-me com um enorme sorriso de satisfação por sua precisa inconveniência.

— Eu estou bem. Em paz. Só que as lacunas ficam ainda maiores aqui — respondi, encarando Antoni. — Pensei que ao ver essa casa novamente as lembranças me sufocariam, trazendo-me cenas e fatos esquecidos. Os médicos dizem que eu criei um bloqueio para me proteger, por isso não me lembro de nada sobre minha mãe ou o tempo em que vivi aqui, enquanto ela estava com a gente, ou mesmo depois. Não sei mais se acredito nessa teoria.

— E o que tem de errado com ela? — perguntou ele.

— Não acredito em mais nenhuma teoria. Ao menos, não sem questionar. Além disso, antes era mais fácil, simplesmente, aceitar. Mas, agora, tudo mudou. Meu mundo mudou.

— Não posso culpá-la — ele respondeu e saiu em direção a casa.

O silêncio constrangedor estava ali novamente.

O pôr do sol já trazia suas consequências, começava a soprar um vento frio, forçando-nos a tomar o mesmo caminho.

— Eu vou entrar e conversar um pouco com Eleonor.

Levantei-me e estendi a mão para o San. Minha intenção era ajudá-lo a se erguer também, o que foi totalmente desnecessário, ele apenas deu um impulso e já estava de pé.

Depois de um bom descanso, nada como buscar respostas. Começando por Eleonor, que, aparentemente, sabia muito mais do que contava.

Capítulo 5

Procurei Eleonor pela sala, cozinha e até nos quartos, ela não estava. Voltei para a sala com a intenção de buscar por ela na parte de fora da casa. Ela podia estar vagando pelo jardim. Quando entrei, Antoni estava postado ao lado da lareira, com um celular em punho.

— Hei! Esse celular é da minha avó — exclamei, incrédula.

Antoni estendeu o celular em minha direção, mas não pode deixar de fazer um de seus típicos comentários.

— Sim. E, por sinal, toca insistentemente.

Aproximei-me com pressa e apanhei o aparelho da sua mão. Antes que eu pudesse atender, o som cessou. Apenas pude ver o nome que piscava no visor: Nara.

— Provavelmente — ele prosseguiu —, ela quer saber o que ouve com você. Sua casa pegou fogo e, a essa altura, deve estar passando informações sobre o incêndio em algum noticiário local. Devem estar alegando que foi causado por deixar o gás aberto ou qualquer outra circunstância criada para encobrir o que realmente aconteceu.

— Eu não tinha pensado nisso. Coitada! Vou ligar para ela.

Antes que eu pudesse discar o número, senti uma palma sobre minha mão. Antoni me impediu de continuar. Seu toque causou um pequeno choque, porém, seu olhar pesado foi o que me fez parar.

Franzindo a testa, ele me perguntou:

— E o que vai dizer?

Seu olhar sério me trouxe uma sensação estranha, como se já tivéssemos vivido aquela cena antes. Desvencilhei-me de sua mão o mais rápido que pude, nunca gostei de sensações de déjà vu. Quando o olhei novamente, suas sobrancelhas estavam arqueadas em sinal de curiosidade. Talvez ele tivesse sentido a mesma sensação.

— Tem razão. Não sei o que dizer para ela. — Encarei-o, vencida. — Só que eu também não posso simplesmente desaparecer. Talvez você não conheça bem o significado do termo, mas ela é minha amiga e se preocupa comigo. Deve estar apavorada, pensando um milhão de coisas.

Como se não entendesse meu sarcasmo, ele simplesmente acrescentou:

— Não a estou impedindo de ligar. Apenas pense no que vai dizer antes de fazer.

Mas que droga! Ele tinha razão mais uma vez. Eu não podia envolver Nara em tudo isso, não podia contar a verdade, então, o que diria? Eu realmente não sabia.

Parada com o celular na mão, não cheguei a nenhuma conclusão imediata. Talvez fosse melhor esperar para retornar à ligação.

Enquanto me decidia, senti o aparelho vibrar. Estava tão perdida em pensamentos que me assustei. Não se tratava de uma nova chamada, era apenas uma mensagem, o que me deixou aliviada. Eu podia apenas responder e dizer que estava tudo bem, sem maiores explicações. Por que não pensei nisso antes?

Mas não havia texto naquela mensagem, apenas uma foto e não era uma *selfie* com um sorriso. A imagem me deixou com as pernas bambas. Nara estava vendada e amarrada a uma cadeira, como nos filmes policiais. Aquilo me atingiu como um soco no estômago. O que foi que eu fiz? A pergunta veio como um tsunami, derrubando minhas defesas. A culpa era toda minha.

— O que houve? — Antoni chegou mais perto e me segurou pelo braço, trazendo-me de volta ao mundo.

Apenas estendi a mão para lhe entregar o celular.

Antoni arqueou as sobrancelhas, quando viu a foto e permaneceu assim por tempo demais. No entanto, eu não consegui contestar. Percebi que estava fraca, provavelmente pela inanição, aliada ao susto e o medo que senti ao ver aquela foto.

— Vamos resolver isso. Não atenda esse telefone e não responda a mensagem — ele afirmou antes de se afastar, tirando seu celular do bolso e iniciando uma ligação assim que passou pela porta. Eu não consegui ouvir nada. Não sabia com quem ele estava falando, mas estava aprendendo a confiar nele, e se alguém podia ajudar nesse momento, só podia ser ele.

Não sei por quanto tempo fiquei ali, inerte, pensando em um motivo razoável para que levassem Nara. O que eles podiam querer com isso? Acham mesmo que Antoni se entregaria por ela? Nada parecia fazer sentido. Nara e Antoni não tinham nenhuma relação. Ela é minha amiga, mas não é a mim que eles querem, certo? Ou será que não era coisa do Ministério? Ah, Deus! Que bagunça!

Um barulho de motor me trouxe de volta ao planeta terra. Segui para fora apenas em tempo de ver o carro se afastando. Minha avó estava parada, olhando em direção ao veículo que ganhava distância.

— Vovó, para onde ele foi?

— Não se preocupe, querida. Ele foi encontrar alguém que vai nos ajudar. Ela vai ficar bem, se quisessem fazer algum mal a ela, já teriam feito.

A tontura de antes havia se dissipado. Segui a passos firmes e me aproximei de Santiago, que voltara a dormir como se nada mais importasse. O observei por alguns segundos, considerando acordá-lo. Mas para quê? Em que ele ajudaria?

Vencida, sentei ao seu lado e deixei as lágrimas ganharem a batalha. Minha amiga estava nas mãos de alguém que, com certeza, poderia lhe fazer mal e a culpa era minha. Apesar de angustiante, minha única alternativa era esperar pelas geniais ideias de um cara louco e sinistro. Só esperava que ele não voltasse sem uma solução. Em momentos desesperadores, as ideias mais absurdas acabam fazendo sentido e Antoni era especialista nesse assunto.

Meu olhar se perdeu pela sala. Cada objeto, cada quadro na parede e até mesmo o lustre suspenso sobre a grande mesa de jantar, traziam-me pequenos flashes de memórias distantes.

Um soco forte na mesa me fez pular do sofá. Senti meu coração quase sair pela boca. Olhei para Santiago e vi que ele ainda dormia, despreocupado. O barulho, apesar de alto, sequer o incomodou. Minha respiração estava ofegante. Olhei em volta, buscando a origem daquele som, sentindo meu coração agitado pelo susto e pela visão que surgia como fumaça na minha frente.

Como um sonho, a imagem foi se formando aos poucos, criando forma: minha mãe e meu pai discutiam bem ali, diante de meus olhos. Meu pai estava nervoso, claramente enfezado com alguma coisa. O soco na mesa foi apenas um protesto ou, talvez, uma reação involuntária ao que mamãe dizia e que lhe amargava tanto. Não pude compreender o que aquelas imagens significavam, sequer entendia o motivo da discussão e, de fato, não me concentrei nisso. Rever a imagem da minha mãe, depois de tantos anos sem qualquer lembrança foi o que me consumiu. Senti um misto de surpresa, alegria e dúvida. De onde vinham aquelas imagens?

Forcei minha memória por anos, sempre vasculhando cada cantinho, sem nunca encontrar nada que me lembrasse do rosto dela, o único indício de sua existência era a minha própria. E agora, ali estava ela, bem na minha frente, como um holograma ou um fantasma, mas estava ali.

Eu não podia, não conseguia desviar os olhos dela. O cabelo negro e longo, em cachos grandes que caiam sobre as costas, fez-me lembrar da razão pela qual eu sempre quis ter o cabelo comprido. Mesmo tendo apagado as memórias, eu guardava o desejo de ser parecida com ela.

Reconheci alguns traços dela em mim e fiquei feliz por carregar um pouquinho de sua beleza. Como pude esquecer aquele rosto? Era a mulher mais linda que já vi. Sua pele parecia brilhar como veludo e os olhos cor de mel completavam sua beleza singular.

Ela ainda gesticulava na minha frente, mas o mundo estava em câmera lenta para mim. Meu pai era um homem alto e estava realmente bravo naquele momento. Ele foi andando em direção à minha mãe, com os punhos ainda fechados. Ao chegar perto o suficiente, ele a abraçou. Seus braços a tomaram por completo. Ele acariciou seu cabelo e passou a mão por suas costas carinhosamente. Depois, segurou seu rosto, olhou em seus olhos e encostou sua testa na dela.

— Minha Makeda! Não vou contestar sua decisão, mas preciso ter certeza de que não temos outra opção — disse ele, antes de beijá-la.

O nome que ele a chamou fez eu me lembrar do dia em que perguntei por que ele chamava a mamãe daquele modo, já que esse não era seu nome. Ele me disse que Makeda foi uma grande e sábia rainha dos tempos antigos e que elas se pareciam muito, não apenas pela linda pele negra, mas por serem mulheres corajosas e sábias.

Perdi-me olhando para ela. Minha mente estava em órbita, buscando informações ligadas à pessoa desfocada à minha frente, mas não houve o mesmo com meu coração. Ele não precisou nem de um segundo para reconhecer e restaurar todos os sentimentos guardados.

— Não temos escolha, ele é a nossa única chance. Confie em mim, a semelhança os fortalecerá — respondeu ela.

Capítulo 6

Como foi bom ouvir a voz doce da minha mãe! Deixou-me emocionada. A memória reviveu, recordei momentos que estavam adormecidos na minha mente: a música que ela cantava para mim antes de dormir, a maneira como enrolava os dedos em meu cabelo. Como era boa a sensação de paz que essas lembranças me traziam.

— Any! Any!

A cena se desfazia aos poucos, a cada nova tentativa de San em me tirar daquele transe. A imagem se apagou da mesma forma que se formou, como mágica. Finalmente, percebi que não era real, apenas uma lembrança. Demorei alguns segundos para recuperar minha percepção do mundo à minha volta. Pisquei algumas vezes, até fixar os olhos em Santiago.

— O que houve com você? — Santiago praticamente me chacoalhava.

— Estou bem. Muito bem, na verdade — respondi com um sorriso.

— Está chorando, Any. Como pode estar bem?

Não tinha percebido as lágrimas, mas não eram como antes, eram de alegria. Quanto tempo esperei e roguei por estas memórias? Quantas vezes até duvidei que elas existissem? Eu sorria e chorava ao mesmo tempo.

— Ok! Esse sorriso me convenceu de que está bem, mas ainda não entendi as lágrimas — ponderou San.

— Essa casa está me trazendo lembranças, San — falei, segurando sua mão. — Acho que é isso que meu pai queria dizer, quando falava que as respostas para as minhas perguntas estariam aqui.

San também sorriu e pude ver que ele estava feliz por mim, aquela nuvem de dúvida e arrependimento não estava mais ali. Ao menos, não naquele momento.

Eleonor entrou pela porta da sala, carregando algumas frutas que deve ter encontrado ao redor da casa. Eram tantos problemas que não havia sentido fome até aquele cheiro doce invadir a casa. Ela apenas piscou para nós e seguiu para a cozinha. San e eu nos olhamos rapidamente e sorrimos em concordância, antes de levantarmos ao mesmo tempo.

Falei com Eleonor sobre a lembrança que tive de meus pais. Ela ficou muito feliz por saber que eu estava, finalmente, lembrando da minha mãe.

Quando meu estômago não sentia mais o desconforto da fome, fui fisgada pela recordação de momentos atrás. E não eram as boas lembranças que me atingiam, sim a imagem da minha amiga amarrada e amordaçada.

— Alany, querida! — Minha avó estava parada na minha frente, com uma das mãos na cintura. — O que essa pera lhe fez para que a aperte com tanta força?

O caldo da fruta esmagada escorria entre os meus dedos. Fechei os olhos e respirei fundo, tentando voltar à realidade e me concentrar na busca por uma solução. Atormentar-me apenas não a ajudaria.

— Vó, não consigo parar de pensar em Nara.
— Eu também, querida. Mas confio que logo teremos boas notícias.
— O que houve com ela? Eu dormi tanto assim?

Esqueci completamente que Santiago hibernava, quando recebi a mensagem.

— Sim, você dormiu muito. Quanto ao que aconteceu, foi isso aqui...

Mostrei o celular, fazendo-o engasgar ao ver a foto da Nara. Seu olhar arregalado em minha direção me deixou ainda mais culpada. Será que eu estava passiva demais com a situação?

— Antoni saiu, dizendo que buscaria um jeito de ajudá-la. Eu estava em choque, nem vi quando ele se foi. Agora, só me resta esperar. Ele levou o único carro. Além disso, não faço a mínima ideia de onde ela pode estar.

Deitei a cabeça sobre a mesa. Eu estava sem opções, sem ideias.

— Calma! Não precisa se justificar. Estou alarmado, mas não a estou julgando, só tentando entender. Por que a pegariam? É Antoni quem eles querem, certo? Você sabe quem mandou essa mensagem?

— Eu não sei, mas acho que foi o Ministério. Quem mais faria isso?
— Com certeza alguém está à espreita na sua casa, depois de tudo que aconteceu. Se Nara esteve por lá, então, pode mesmo ter sido um alvo fácil. Mas, por que eles achariam que ela seria uma isca para chegar até Antoni? Que relação ela tem com ele?

— Até onde sei, nenhuma. Mas ela tem comigo. E se eles acreditam que me encontrando chegariam a Antoni?

— Faz sentido. A essa hora, já entenderam que vocês se protegem, só não sabem porquê. Aliás, nem eu sei.

O que foi aquilo? Fiquei só observando, sem dizer nada. Não sabia mesmo o que falar depois daquela singela demonstração de... ciúme? Não! Sem chance.

Ainda pensava no que dizer, quando o celular da vovó deu novo sinal de vida. Hesitei por um segundo antes de olhar na tela, tive medo do que encontraria. Soltei o ar, que não sabia estar prendendo, quando vi o aviso de que a bateria estava acabando. Virei o visor para que San pudesse ver a mensagem. Sorrimos sem graça, porém, aliviados. Pude até relaxar um pouquinho, o suficiente para me lembrar da situação embaraçadora em que estávamos.

Depois do que passamos, do beijo da transformação e tudo o mais, ainda não tínhamos conversado. Em instantes, foi como estar dentro de um elevador querendo falar sobre o tempo lá fora. Percebi que ele estava tão desconfortável quanto eu.

Busquei em volta por Eleonor, que já não estava mais na cozinha. Questionei-me se sempre foi assim e eu que custei a perceber. Ela some toda vez que a conversa segue no caminho do mundo oculto e seus mistérios. Levantei e fui procurá-la. Depois de perceber que ela não estava em nenhum canto, segui para fora da casa e a encontrei na varanda, observando a lua.

— Olha como está linda! — comentou Eleonor, sem se virar.
De fato, a lua estava cheia e brilhante.

Meus pensamentos vagaram para o óbvio: não é incomum associar a lua cheia a um personagem de histórias infantis que, hoje bem sei, existe de verdade.

Santiago estava logo atrás de mim e tive certeza que ele imaginou o que estava passando pela minha cabeça.

Eleonor se virou, deu-me um beijo e saiu, dizendo que tinha algo para fazer lá dentro, mas claro que sentiu a tensão no ar e só quis nos dar espaço. Estávamos na varanda da entrada da casa, sob a luz da lua cheia e parecíamos fazer parte de um filme ruim.

Sem saber bem o que fazer, resolvi me sentar na mureta que circulava toda a varanda. Não sei se ele estava tão apreensivo quanto eu, não olhei para trás e não usei minha conexão. Eu não queria saber mais do que ele estivesse disposto a me dizer.

Senti o calor dos seus braços antes mesmo que me tocasse, e antes que eu ponderasse a respeito, estava envolvida em um abraço quente e apertado. Recostei a cabeça sobre seu peito e aproveitei o calor que vinha da sua pele, a noite estava linda e fria, tornando o abraço bem providencial. Nada dissemos por longos minutos. Observar o céu e ouvir os sons que vinham da floresta, a poucos metros de distância, era o suficiente. Eu tinha muitas coisas a dizer, mas não queria estragar aquele momento. Senti um beijo no topo da minha cabeça e a voz linda e suave de San, circulou pelo ar como notas musicais.

— Em que está pensando?
— O que não me falta são coisas para pensar. Não consigo organizar muito bem minhas ideias. São tantas novidades e sinto que ainda tem muito mais por vir.

— E tem mesmo. É melhor estar preparada.
— San. — Fiz uma pausa dramática, mas não foi intencional. — Você já conhecia aquele guerreiro maluco?

— Não, mas já tinha ouvido falar desse tipo de criatura. Parece que ele é o resultado de algum tipo de ritual que traz seres de volta do mundo dos mortos, mas não entendo muito do assunto. Fui alertado uma vez sobre a capacidade que estes seres têm de matar feras ou... bestas, como eu.

Seu tom de voz demonstrava que tinha vergonha do que era ou do que se transformava. Fiquei tensa, incomodou-me vê-lo tão vulnerável. Tive um impulso de me virar e olhar em seus olhos, mas contive a ideia antes que o fizesse, não saberia o que dizer se visse mais do que apenas vulnerabilidade.

— Por que você acha que o Ministério está atrás de Antoni? — perguntei para mudar de assunto.

— O que eu sei sobre isso é que ele foge e se esconde a tanto tempo que já virou uma lenda. Nunca existiu ninguém capaz de se esconder do Ministério como ele. Até parece um fantasma.

— Você me disse que ele é um...

Rindo baixo, San completou:

— Íncubos. São seres que se alimentam dos sonhos dos humanos. Alguns dizem que eles interagem bastante através desses sonhos, mas eu não tenho certeza. O fato é que eles criam uma conexão estranha com a pessoa que teve o sonho invadido.

— Não combina muito com ele, mas quem sou eu para julgar, mal conheço as classificações de celsus que existem. Mas, e aquele seu amigo? Ele é igual a você? — Com um movimento de cabeça ele confirmou, porém, minha real dúvida viria a seguir. — E o que ele fazia no Ministério? Porque, parece que você é bem informado e, com certeza, ele devia ter uma posição privilegiada lá dentro. Pelo que ouvi desses caras, parece que controlam muito esse lance de informação.

— Engraçado você me perguntar isso, já que é a única coisa que ele nunca me contou. Sei que ele também já fugiu por um tempo, era chamado de desertor. Mas, hoje, pelo que sei, ele está em paz com os altivos.

San não respondeu com tanta naturalidade a essa pergunta. Ele dizia a verdade, porém, a sensação de arrependimento estava novamente presente. Mesmo não querendo, eu pude sentir.

Virei-me um pouco, alcançando seus olhos perdidos entre as estrelas. No mesmo instante, eles se pregaram aos meus. Ficamos assim por alguns segundos. Eu, tentando encontrar alguma resposta para aquela sensação, e ele, talvez, buscando uma forma de me dar essa resposta. Eu não conseguia progredir em uma conversa com ele sem me deixar afetar. Seja o que for, não parecia algo fácil de revelar, eu podia sentir sua indecisão.

— San, você pode confiar em mim. Se quer me dizer alguma coisa, vá em frente, não me poupe. Estou cansada de ser tratada como uma garota frágil e inocente.

Ele apenas sorriu daquele jeito irresistível e, depois de um novo beijo no topo da minha cabeça, encostou a testa na minha, fazendo-me sentir sua respiração. O calor da sua boca muito próxima à minha, amoleceu-me e me fez esquecer o lance do arrependimento. Ficamos assim por alguns segundos, o que só piorou minha situação. Senti que a cada segundo o ar diminuía ao nosso redor. Se ele estava arrependido de alguma coisa, eu não estava. Além disso, meus batimentos acelerados já tinham me entregado e só me restava uma coisa a fazer. Estiquei um pouco o corpo e alcancei seus lábios. As estrelas poderiam ter caído do céu, naquele momento, que eu não veria. Nada mais me importava, eu só queria aproveitar aquele beijo.

Capítulo 7

Com os lábios ainda tocando os meus, Santiago sorriu. Depois, segurou meu rosto e intensificou o beijo. Meu corpo, que já estava em brasa, sentiu-se abandonado quando ele se afastou, soltando os braços que me aqueciam do frio.

— Está chegando alguém — sussurrou.

Olhei em direção à entrada da propriedade, mas não vi nada.

— Não ouço nada. — Observação idiota, eu sei. O que eram os meus ouvidos perto da sua supercapacidade de audição?

— É Antoni. Carol está com ele.

— O quê?

Vendo a alteração no meu humor, ele segurou minha mão e tentou amenizar:

— Não fique nervosa, dê uma chance para ela se explicar.

— Nossa! Agora você é defensor da Carol? Você sabe que ela não gosta de você, né?

— Ela não gosta de ninguém que se aproxime de você, é bem diferente. E...

— E...?

— Ela conheceu o príncipe, aquele meu amigo. Eu acho que de alguma maneira, por causa dele, ela sabia que eu era um celsu e por isso tentou nos afastar. Ela tenta afastá-la de qualquer um que tenha qualquer relação com o mundo oculto.

— Você disse Príncipe?

— É um apelido, sempre o chamamos assim, acho que tem alguma coisa a ver com a família dele. Assim como eu, ele a abandonou. Nunca entrei em detalhes, pois ele não gosta muito de falar sobre isso.

Apenas achei engraçado alguém ter um apelido assim, mas o que realmente me importava naquela conversa era o fato de Carol ser tão controladora.

— Eu não entendo a atitude de Carol, mas acho que isso muda hoje.

Num salto, coloquei-me de pé. Ele apenas sorriu em resposta. Aquele sorriso era mesmo lindo! Perdi-me nele por alguns segundos, até também ouvir o barulho do carro chegando mais perto.

Antoni e Carol desceram e seguiam em silêncio em nossa direção. Não estavam com semblantes tranquilos, no entanto, também não pareciam nervosos ou preocupados.

— Atrapalhamos?

Revirei os olhos em resposta. Antoni me irritava profundamente, com seus comentários sarcásticos. Eu me segurei para não dizer que sim, que ele estava atrapalhando, como sempre.

Carol carregava algumas sacolas. Ela evitou me encarar e passou direto por mim, seguindo para dentro da casa. Entramos logo em seguida. Vi quando entregou as sacolas para Eleonor. Embora não tenha olhando dentro delas, imaginei ser comida.

— E, então? Notícias da menina Nara? — Minha avó estava mais apreensiva do que eu.

— Ela está bem, Eleonor. Precisamos encontrar uma maneira de resgatá-la, mas a boa notícia é que não fizeram e não farão mal a ela. Na verdade, eles querem usá-la como moeda de troca. — Carol não parecia preocupada, sua voz estava tranquila como se nada de importante estivesse acontecendo. — Any, acho que precisamos conversar.

Eu não esperava ouvir aquela voz tão cedo e também não queria enfrentar aquela conversa, não queria ouvir nada que viesse daquela mulher. Para mim, qualquer palavra que saísse de sua boda seria uma nova mentira.

— Será mesmo, Carol? Sabe o que eu acho? Que pode ser um pouco tarde para isso.

Todos me olhavam, provavelmente, esperando que eu explodisse de raiva. Busquei o olhar de Antoni e encontrei gelo no lugar das órbitas, ele nem piscava, a única coisa que mexia em seu rosto era sua boca mascando chiclete. Aquele olhar não me dizia nada, ainda assim, entendi o recado e me sentei.

Como uma criança turrona, recusei-me a olhar para ela, só faltou mostrar a língua e cruzar os braços. Ignorando minhas palavras, ela simplesmente se sentou em uma cadeira, posicionando-se bem na minha frente e começou a falar:

— Eu preciso que me escute. Sei que magoei você e sinto muito. Consegui ter um álibi ontem, aparecendo no Ministério depois do que aconteceu, mas não posso permanecer aqui por muito tempo. Por isso, vou falar o que preciso, mesmo você não querendo me ouvir. — Carol me encarava, enquanto meus olhos fugiam dos seus. — Eu sei exatamente onde Nara está. — Ela conseguiu minha total atenção a partir desse anúncio. Só de ouvir o nome da minha amiga, sentia meu coração bater apressado. — Ela está bem. Não a farão mal, enquanto acharem que existe uma ligação entre Antoni e ela.

Estreitei os olhos e não precisei perguntar nada.

— O Ministério não está com ela para chegar a você e, consequentemente, em Antoni — ela prosseguiu. — Quem está com ela pensa que existe uma ligação entre eles dois.

Percebi que Santiago também se interessou pelo tema, aproximando-se.

— Existem celsus capazes de vasculhar a mente de alguém em busca de informação, mas precisa ter um foco. Se Antoni não tivesse entrado nos sonhos dela, não haveria ligação a ser encontrada. Eles viram que existiu uma conexão entre eles e isso foi o bastante para acharem que ele se entregaria por ela. Eles não conseguem identificar se ele habita os sonhos dela porque já passeou por lá ou se ela cria essa fantasia com ele.

— Se eles podem fazer isso, então, podem encontrar uma conexão comigo também — concluí, alarmada.

— Sim, eles podem, mas não vão. Vamos resgatá-la antes que isso aconteça, porque não é assim que funciona. — Desta vez, foi Antoni quem explicou. — Ninguém entra na mente de oura pessoa e sai vasculhando tudo que existe por lá, é preciso um alvo. Ele se concentra e busca especificamente aquilo, e esse processo não é suave para nenhuma das partes.

— Antoni! — repreendeu Carol.

Ele apenas arqueou as sobrancelhas e sem dar qualquer atenção à interpelação que sofreu, continuou:

— Essa invasão, por assim dizer, exige muito esforço dele e muita energia é tirada dela, na mesma proporção. Racka não consegue obter mais do que uma resposta específica e uma nova investida necessita de tempo para ambos se recuperarem. Ela já deve estar muito fraca e se ele quer respostas, precisam fazer isso devagar para não colocar a vida dela em risco.

— Não se preocupe, Any, ela está bem e logo a tiraremos de lá. Não dê tanto crédito ao que Antoni diz.

— Ao menos, ele me diz a verdade — respondi secamente. Pelo visto ela iria continuar a me esconder coisas, só restava saber se para me poupar ou me enganar.

— A conversa está ótima, mas creio estar na hora de dar um pouco de privacidade a vocês duas — comentou Antoni.

Antes que eu pudesse perguntar, Antoni enlaçou Santiago como se fossem velhos amigos.

— Por favor, Santiago, acompanhe-me! Faremos um passeio noturno.

Parado na porta de entrada, Antoni se curvou em formalidade desnecessária, cedendo passagem para que San saísse à sua frente. Vendo o cantor aceitar o convite sem hesitação, achei por bem não interferir. Talvez, precisassem mesmo desse tempo sozinhos.

— Bem, somos só nós duas agora.

— Duas? — Olhei em volta.

Quando foi que Eleonor saiu da sala? Ela sempre sai de fininho.

— Nem sei como começar, Alany — disse Carol, ajeitando-se na cadeira. — Os seres em geral, humanos ou não, não são como nos filmes, onde todo mundo sabe quem é quem só de olhar. No mundo real os seres se ocultam como podem. Jamais saberia que você é uma Elemental se não soubesse sobre sua origem. Eu venho de uma poderosa linhagem de bruxas. — Seu olhar, que até então estava perdido, voltou-se a mim. Provavelmente, ela queria saber qual seria minha reação depois do que disse.

— Um pouco tarde para revelações.

— Eu sinto muito, mas não posso passar a vida me desculpando, Any. O que quero dizer é que, apesar da minha origem ou das minhas habilidades, quando vejo alguém andando pela rua não sei se é humano ou celsu. Santiago, mesmo com um olfato super apurado, também não consegue identificar. E Antoni, cheio de artifícios misteriosos, também não é capaz de reconhecer. Posso me passar por humana em qualquer lugar do mundo, ninguém pode dizer que não sou. — Carol sorriu sem graça antes de finalizar: — Exceto você.

Precisei deixar de lado a mágoa de uma amizade quebrada e manter minha mente aberta.

Ali, na minha frente, estava minha melhor amiga, a pessoa que me ajudou em um momento em que eu achava que o mundo tinha me virado as costas. A amiga com quem dividi momentos importantes da minha juventude. Mas, na minha frente, também estava uma mentirosa e eu não podia ignorar isso.

Capítulo 8

Respirei fundo e comecei a ouvir o que ela dizia, não apenas escutar de forma infantil e descomprometida.

Apesar dos meus ressentimentos eu precisava aproveitar o momento em que alguém decidiu sentar comigo e contar a verdade.

— Os celsus têm habilidades, conexões, sei lá... Eles são poderosos! Como não conseguem distinguir um do outro? Como não podem se reconhecer?

Carol passou as mãos no cabelo e sorriu, como se já soubesse o que eu perguntaria. Talvez, por me conhecer muito bem ou, quem sabe, essa era a pergunta mais presumível a ser feita.

— Não somos tão fortes quanto parece. A história que você aprendeu na escola mostra guerras travadas pelo homem em busca de poder, liberdade, igualdade ou território. O que os livros não contam, é que muitas delas envolviam uma disputa pelo direito de viver em um mundo onde o ser humano é a raça dominante e igualmente intolerante. — Carol se levantou, parecia agitada ou ansiosa. — Os humanos sempre estiveram em maior número no mundo. Depois de muitas batalhas e muita matança entre humanos e celsus, algumas espécies quase foram extintas e os que restaram, isolaram-se, fugiram e se esconderam para sobreviver. É difícil imaginar, eu sei. Durante muitos anos essa disputa aconteceu, e toda vez que um celsu revolucionário tentou encontrar o equilíbrio entre as espécies ou tentou tomar o domínio do mundo, uma nova guerra aconteceu. As maiores guerras mundiais da história são um pouco diferentes do que você conhece. O mundo oculto perdeu todas elas. Por isso, continuamos assim, ocultos.

Ela realmente tinha razão, era muito difícil imaginar isso.

— Eu não entendo como seres tão superiores conseguem perder uma guerra contra humanos. Nós... — interrompi a frase por não me encaixar mais na definição. — Os humanos não têm essa coisa de superpoderes.

— Muitos celsus pensaram assim também e todos se deram mal.

Carol se movia pela sala como se estivesse dando uma palestra sobre guerras entre humanos e seres sobrenaturais.

— Não existem seres superiores. Humanos também possuem habilidades e a mais importante delas é a capacidade de criar. São inteligentes e conseguem inventar, construir e melhorar, de uma forma que nenhum outro ser vivo consegue. Tudo que o homem precisa para sobreviver e para evoluir, ele encontra um meio de criar. Os humanos são incansáveis! Alguns possuem mentes brilhantes que se destacam da maioria, criando mecanismos incríveis para a evolução do mundo. São seres realmente impressionantes, suas necessidades e limitações os fazem ir além do que a maioria pode imaginar.

— Mas nem todos são assim, acho que a maioria está mais para destrutivo do que impressionante — comentei.

— Assim como qualquer espécie, nem todos exploram seu melhor lado. Entre todos os seres vivos, humanos são os únicos que carregam uma bênção e uma maldição dentro de si, é como ter o céu e o inferno, um em cada mão.

— Como assim, bênção e maldição?

— Any, os humanos conseguem praticar altruísmo e amar incondicionalmente como nenhum outro ser neste mundo. Mas, em contrapartida, o mal que existe dentro de cada ser humano, traz mais destruição do que uma bomba nuclear, e o único obstáculo entre o bem e o mal é o livre arbítrio. Quando a escolha é pela maldade, não existe no mundo criatura mais mortal que o ser humano.

Senti um arrepio com as últimas palavras. Sempre observei o ser humano como uma praga que destrói o planeta aos poucos. Era como ratificar meus pensamentos.

— O ser humano é o único ser capaz de matar sua própria espécie indiscriminadamente. Não por sobrevivência, cadeia alimentar ou em defesa do seu território, o homem mata seu semelhante sem precisar de razão para isso, muitas vezes até sentem prazer. Por isso, dizemos que são aqueles que carregam a semente do mal. A verdadeira origem do mal está dentro de cada ser humano.

Eu não conseguia parar de esfregar as mãos, estava tensa com aquela conversa. Quando vi Antoni recostado ao batente da porta de entrada espreitando a conversa, senti-me menos sozinha. Era estranho, mas ele me passava segurança, e se estava concordando com o que Carol dizia, então, era porque tudo fazia sentido. Ela, finalmente, estava dizendo alguma verdade.

— Eu sei que é meio chocante, mas é a verdade. Era o que você queria não era? A verdade — disse ele, piscando para mim.

— Sim, eu queria... Eu quero a verdade, mas isso não quer dizer que estarei sempre preparada para ouvi-la.

Ele arqueou as sobrancelhas e sorriu de forma estranha. Não era preciso ser celsu para saber o que estava pensando. Ele havia me dito várias vezes que a verdade precisa ser dita aos poucos, pois pode ser difícil absorver tudo de uma só vez.

— Onde está Santiago? — perguntei, para tirar aquele sorriso besta da cara dele.

— Está lá fora, vigiando o perímetro. Não podemos facilitar e ele enxerga melhor do que qualquer um de nós durante a noite — respondeu Antoni.

Claro que era estranho, mas ele sabia se defender, não? Ao me lembrar de Santiago, lembrei também de como ele havia sofrido nas mãos daquele guerreiro, o que não batia com o que Carol me dizia.

— Carol, aquele guerreiro maluco só não matou Santiago porque estávamos lá e conseguimos impedir a tempo. Então, não são apenas os humanos que matam a própria espécie.

Celsus também podiam ser mortais. Eu sabia disso porque, além da batalha de San com o guerreiro, também presencie um assassinato, só não queria que Carol soubesse dessa parte, eu não podia expor Antoni. Olhei para ele assim que terminei a frase, ele me encarava com apenas a sobrancelha direita arqueada. Não entendi o que queria me dizer, mas, com certeza, aquele movimento discreto carregava um significado. Voltei a fitar Carol, que me observava com atenção. Ela abriu a boca para me responder, porém foi interrompida por Antoni.

— Carpophorus existiu em uma época onde alguns seres foram criados para os jogos medievais, ele matava bestas como entretenimento, mas estes bestiarris nunca foram seres naturais, eles foram criados para este fim. Eu já lhe disse uma vez que o Ministério mata quem infringe suas regras, ainda que de forma velada. O que eu quis dizer é que existem muitas formas de acabar com uma vida e nem sempre se resume a morte. O que precisa saber agora é que aquele guerreiro, um dia, conectou-se com a morte de alguma maneira, por isso carregará sempre uma parte dela. Não estamos falando de um celsu comum. Então, a resposta que precisa agora é: sim, ele podia ter matado Santiago, mas não matou. Agora vamos ao que interessa. Carol... — Ele estendeu a mão para que ela continuasse.

Carol não parecia entender a razão da interrupção de Antoni, mas nada fez para impedi-lo, apenas continuou assim que ele terminou.

— Confesso que, na verdade, muitos seres que o Ministério alega ter eliminado estão na fenda, sendo punidos por atos que infringiram uma determinação dos altivos. Para nós, isso não é muito diferente da morte. A morte é quando sua vida acaba e, uma vez na fenda, é exatamente o que acontece.

Eu entendia a importância do que acabara de ouvir, mas uma necessidade falava mais alto dentro de mim.

— Por que você nunca me disse nada, mesmo vendo meu desespero em fazer parte de algo que eu não sabia o que era? Você, mais do que ninguém, acompanhou meu sofrimento e só o que fez foi me ajudar a me esconder e permanecer em uma ignorância injusta, além de dolorosa.

Carol segurou minha mão, fazendo-me olhar para ela.

— Depois de tantas guerras e mortes, nós nos escondemos e procuramos apenas sobreviver. Mas, com o tempo, depois de anos observando os hábitos e costumes dos humanos, começamos a nos misturar. Aos poucos, criamos uma cortina de fumaça que nos escondia e nos libertava para tentar ter uma vida o mais "normal" possível. A camuflagem foi aperfeiçoada ao longo dos anos, até chegar ao que é hoje — disse ela, apontando para si mesma como modelo dessa adaptação.

Sorrindo sem humor, Carol continuou:

— Não percebe como é difícil para todos nós se esconder o tempo todo? Você é muito especial, por ser capaz de identificar a origem de qualquer ser e ainda mais. Você pode ver os seres como eles realmente são, suas intenções, seus desejos e até sua luta interna pela escolha entre o bem e o mal. Até onde sei, não existe ninguém no mundo com essa habilidade. Isso é incrível!

Ela soltou minha mão, fechou os olhos e coçou a cabeça, antes de prosseguir:

— Eu queria ter contado antes, mas depois que conheci você acreditei que o melhor seria que vivesse com o máximo de normalidade possível. Nem todos têm a sorte de não saber sua origem e conseguir se misturar com tanta naturalidade. Pensei que controlando essa habilidade, aos poucos, você se ajustaria.

A voz de Antoni, mais próxima do que eu esperava, roubou minha atenção.

— Alguns altivos, lamentavelmente, tomam decisões sem a aprovação do Conselho, causando mortes desnecessárias. O Ministério não é mais justo e confiável para governar o povo celsu, como já foi um dia. O problema é que hoje estamos totalmente entre os humanos, somos parte do mesmo mundo, mesmo camuflados.

Agora era ele quem parecia dar uma aula ou uma palestra. Segurando meu rosto para que eu não desviasse os olhos, ele continuou:

— O mundo que conhecemos, o mundo que você conhece está à beira de um colapso, desmorona um pouco mais a cada dia. Alguns membros ardilosos do Ministério estão se aproveitando disso e orquestrando uma crise há muito tempo. — O choque que senti no rosto deve ter sido igual em suas mãos. Mesmo sem segurar meu rosto, seus olhos estavam presos nos meus. — Com a morte do meu pai, a guerra é iminente e o equilíbrio do mundo está fadado ao fracasso. Não é interessante para nenhum dos maestros dessa guerra, que alguém consiga identificar que o governador do estado ou quem sabe o presidente, seja um celsu ou mesmo um humano com o coração mergulhado em trevas.

Não sei se Antoni tinha muito mais a dizer, mas precisei interrompê-lo:

— Antoni, estou ficando meio tonta. Você disse: *depois que meu pai morreu*?

— Sim. Meu pai era o membro mais antigo e poderoso do Ministério. Ele morreu há alguns anos, quando o plano maléfico se tornou mais viável. Ele jamais permitiria qualquer envolvimento de um celsu nessa guerra.

— Vocês, nós, enfim... Os celsus queriam viver entre os humanos e agora que conseguiram, querem destruir tudo. Isso não faz sentido!

— Não é tão simples. Na verdade, a cada dia os humanos, sozinhos, reduzem sua expectativa de vida. É só abrir um jornal. As pessoas não se importam mais com o valor de uma vida, não valorizam suas próprias famílias, e o impressionante é que a maioria nem percebe ou não se importa. São tantas ocorrências que a morte de hoje é menos chocante do que a de ontem. Os humanos estão se perdendo sozinhos há tempos. É um conceito diferente do que você conhece de guerra. Um celsu não pode matar outro celsu. Matar humanos não é algo que não possamos fazer, mas nos leva ao mesmo destino se chegar ao conhecimento do Ministério. No entanto, não existe punição quanto a influenciá-los para que se matem.

— Então, os humanos estão se matando por influência dos celsus?

— Não. Os celsus estão se aproveitando dessa natureza mortal dos humanos para agilizar o processo.

Nunca vi Antoni tão sério, sem sorrisos sarcásticos, sem expressão de arrogância, apenas compelido por suas próprias palavras.

— A maldade do ser humano é o que os está matando.

— Você está enganado. Ainda existe muita gente de bom coração no mundo, eu sei disso.

— É claro que existe! Por isso estamos tentando não deixar que se destruam, mas existe uma questão interessante. Você vai me dizer que muita gente ainda se revolta e até sofre quando vê um ato de extrema violência, o problema é que no dia seguinte acontece outro ato ainda mais bárbaro, que acaba sobrepujando o anterior e esse ciclo está, aos poucos, matando a esperança que existe dentro de cada ser humano. As pessoas preferem fechar sua mente para qualquer tipo de sofrimento que não tenha nada a ver, diretamente, com sua vida.

Antoni não estava se divertindo ao dizer essas palavras, ele estava tenso. Puxando o ar o mais forte que conseguiu e soltando de uma só vez, ele continuou:

— Não é um processo totalmente consciente. Seguindo esse caminho, chegará o dia em que se destruirão sem a ajuda de ninguém. Talvez, demore, mas vai chegar. O equilíbrio, no ponto de vista de quantidade das espécies sobre a terra, está mais próximo do que você imagina.

Antoni parou de falar e esperou que eu fizesse alguma pergunta, pelo menos foi o que imaginei. Mas eu não sabia o que dizer, equilíbrio nunca me pareceu uma palavra que demonstrasse algo ruim.

— Os humanos sempre foram a espécie em maior número por alguma razão. A procriação da espécie humana é diferente da nossa e eu acredito que essa diferença cause justamente o equilíbrio necessário para que todos possam conviver — completou ele, com olhar de quem explicava uma piada para aquele que não riu.

— Ao menos, concordamos em algo — disse Carol. — E ainda tem outra questão importante. Se Mordon ou Handall souberem que uma híbrida tem tanto ou mais poderes do que um celsu puro... — Ela fez uma pausa e balançou a cabeça.

— Mas eles sabem que estou viva?

— Sim, eles sabem. Por alguma razão, Handall deixou que vivesse. Eu não sei o motivo, mas acredito que tenha alguma coisa a ver com sua mãe.

Any, você prova que tudo que eles pregaram durante séculos estava errado. Eles acreditavam que um híbrido nunca sobreviveria e, mesmo que acontecesse, este ser sempre seria resultado de um ato profano e errado, impossibilitando a fusão das espécies. A força dos mandamentos do Ministério se baseou no preceito básico de que não é possível essa miscigenação — concluiu minha ex-amiga, observando-me atentamente.

Eles tinham um jeito estranho de explicar as coisas, parecia que sempre ficava uma ponta solta que eu precisava juntar. Eu estava tentando absorver tudo aquilo sem surtar.

Busquei o olhar de Antoni e para minha surpresa ele estava sorrindo, o mesmo sorriso arrogante e debochado de sempre, olhando para Carol com curiosidade. Percebi que ele não estava de fato achando graça, talvez fosse apenas uma reação a alguma descoberta dentro da sua mente alucinada e cheia de informações, que se uniam formando conclusões em que só ele era capaz de chegar.

Aproximando-se ainda mais, ele estendeu a mão, ajudando-me a levantar. O sorriso de Antoni deu lugar a um olhar intimidador em direção à Carol.

Senti a mão dele se enrijecer e a sensação de choque percorrer meu braço. Seu toque ficou mais firme, ao mesmo tempo em que meu corpo foi empurrado levemente para trás do seu, como se estivesse me protegendo de algo por instinto. Não pude mais ver os seus olhos, mas pela inflexão da sua voz, deviam estar soltando faíscas.

— Por que se aproximou dela e a controlou por anos? Qual é o propósito disso tudo, Carol? Acho que podemos jogar limpo, a essa altura dos acontecimentos. Qual é o plano do Ministério para ela? Eles queriam que ela sobrevivesse, não é?

Eu não estava mais acompanhando a conversa. Sem entender nada, minha mente me levou de volta às palavras "eles queriam que ela sobrevivesse". Carol começava a responder em tom de voz alterado.

— Antoni, você é um articulador muito eficiente, só que não vai funcionar comigo. Eu sei que você esconde tanto segredos quanto o próprio Ministério, então, não me venha com julgamentos desnecessários agora.

Parei de ouvir o que eles diziam assim que consegui juntar algumas peças. Eu não tinha a mesma habilidade de conclusão que Antoni, mas esse quebra-cabeça eu pude montar.

— Espera um pouco! Vocês estão falando sobre o acidente que matou meu pai, não é? — Minha indignação era nítida. Antoni se virou e tentou se aproximar, mas dei um passo para trás. — Não acredito em vocês dois! Ficam discutindo como se estivessem preocupados comigo, quando estão me escondendo a verdade sobre a morte do meu pai. Que tipo de amigos ou protetores são vocês?

Só então eles perceberam o que tinham acabado de fazer. Meu "protetor" me encarou com os olhos cheios de pesar, mas era tarde, o estrago estava feito.

— Quando disse que me ajudaria, contando a verdade sobre minha história e origem, acho que se esqueceu de que a morte do meu pai foi o evento mais terrível que já vivi. Eu merecia saber a verdade.

Antes que ele pudesse dizer alguma coisa em sua defesa, virei-me para Carol. Pela primeira vez na vida a vi assustada.

— E você? Como pôde esconder tantas coisas de mim? — Eu não tinha mais forças nem palavras para descrever minha raiva, não queria mais ouvir aqueles dois discutirem. — Eu já estava quase acreditando em você. Quer saber? Que se danem! Vocês e essa guerra estúpida!

Segui em direção ao meu antigo quarto, precisava ficar sozinha.

Andando pelo corredor que leva aos quartos, ainda ouvi os resmungos dos dois na sala, mas mantive meu curso sem me importar com o que discutiam. Pelas últimas palavras que ouvi, já ao longe, percebi que ainda havia mais a ser dito. Será que eu aguentaria mais alguma revelação?

Capítulo 9

Já em meu antigo quarto, sentei na cama, olhei em volta e percebi que tudo estava como eu me lembrava. Exatamente como deixei. Aquele quarto trazia lembranças da minha infância e momentos felizes com meu pai. Não podia ter momento pior para pensar nele. Descobrir a verdade sobre sua morte, dessa maneira, foi horrível.

Segurei um porta-retratos que estava no criado mudo, ao lado da cama. Estávamos em pé no jardim. Meu pai com os braços abertos e um sorriso estampado no rosto; eu estava correndo dele em direção a quem estava tirando a foto. Um flash de memória me atingiu, foi como se o flash de uma máquina realmente batesse na minha frente. Então, lembrei-me daquele dia com clareza. Estávamos brincando no jardim, meu pai me contou uma história de uma viagem de avião que fez com a mamãe. Disse que ela estava com medo de voar e precisou segurar sua mão durante todo o percurso. No fundo, ele sabia que ela só queria fazê-lo se sentir importante e corajoso. Achei a história engraçada, na época eu era uma criança. Naquele dia, eu corria do "avião" até perder o fôlego, já comprometido por correr e rir ao mesmo tempo. E quando ele me alcançou, ouvimos alguém dizer:

— *Olhem para cá e sorriam!*

Paramos e fizemos a pose que estava eternizada na foto.

Aquela voz, novamente, ecoava na minha cabeça:

— *Vamos entrar e lavar as mãos, o almoço está na mesa.*

Foquei os olhos na foto e as lembranças vieram com mais força, fazendo-me derrubar o porta-retratos no chão e quebrar o vidro que segurava a fotografia na moldura dourada.

— Ah, mãe... Por que eu não me lembro? — Eu queria me lembrar de tudo sem precisar ter um gatilho para isso.

Fechei os olhos na tentativa de lembrar mais sobre aquele dia, mas só o que eu consegui foi derramar um pranto de saudade e alegria. Era a segunda vez que me lembrava dela no mesmo dia, uma grande vitória para alguém com meus problemas de memória.

Era tão estranho não conseguir me lembrar de quase nada sobre minha infância. As memórias pareciam codificadas, nunca seguiam uma sequência lógica, e sempre que eu conseguia identificar algum momento daquele período, estávamos apenas papai e eu.

— *É isso!* — Uma ideia me saltou de repente.

Se uma lembrança voltou ao ver uma foto, aquela casa devia ter mais lugares ou fotos que me trariam outras memórias guardadas. Andei pelo quarto procurando alguma coisa associada ao passado. Abri meu antigo armário, alguns vestidos e casacos de criança ainda estavam pendurados e eles me levaram a um novo flash.

Eu estava sentada no sofá da sala, vestindo o casaco verde que agora acumulava poeira no cabide dentro do armário. Fazia frio e em minhas mãos havia uma caneca de chocolate quente. A lembrança estava tão forte e viva que pude sentir o aroma e até a felicidade daquele instante, como se eu estivesse, naquele exato momento, sentada no sofá observando meu pai tocar piano, enquanto minha mãe cantava uma música do Elton John.

Eu estava assistindo partes do filme da minha vida, revendo cenas bloqueadas por uma mente que sofreu muito com a perda da mãe e depois com a morte do pai. Uma mente danificada.

— Any? Você está bem?

Sobressaltada, desviei os olhos do armário para conferir Santiago me olhando com incompreensão. Fiquei observando, por um segundo, aquele rosto que era tão bonito, mesmo depois de tantos machucados.

Percebi que ele estava confuso. Talvez estivesse ali tempo bastante para me ver perdida, olhando para dentro do armário.

— San, algumas lembranças estão voltando, como se alguém tivesse gravado a infância que passei aqui, nesta casa, e agora eu estivesse assistindo, aos poucos, as cenas gravadas. É estranho. Eu tento me lembrar e não consigo, mas quando vejo uma foto ou um objeto, que está diretamente associado à uma dessas cenas, ela simplesmente aparece na minha mente.

San chegou mais perto e segurou minha mão. Sua pele estava fria, o que me fez lembrar de seu passeio furtivo com Antoni, há pouco.

Um leve sorriso se formou em meu rosto ao pensar o que Antoni podia ter feito para mantê-lo do lado de fora, enquanto rolava aquela conversa cheia de revelações. Obviamente, ele não queria que Santiago participasse. Antoni tinha uma implicância com San e eu ainda não sabia o real motivo, mas, certamente, estava além das indiferenças do passado.

— Você está bem? — perguntei. — Você saiu com Antoni e ele voltou bem antes. Aliás, estranhei quando você aceitou acompanhá-lo sem nem questionar.

Sorrindo sem vontade, ele demorou uns dois segundos para responder, provavelmente, considerando se me diria a verdade ou não. Ele realmente não fazia ideia de que nem adiantava tentar.

— Antoni queria conversar. Eu pensei que sabia sobre o que seria, mas ele me surpreendeu e quando vi, estávamos apenas caminhando em direção à floresta. Ele me fez lembrar de quem eu sou e o que realmente ajudaria a me recuperar mais rápido. Como vê... — San me mostrou seu braço esquerdo, que antes tinha um hematoma enorme e agora estava praticamente intacto. — Ele tinha razão, estou muito melhor.

Focado em meu rosto, onde despontava uma sobrancelha arqueada e um bico torto pendendo para o lado, ele percebeu que a resposta não bastou, eu ainda aguardava algo mais convincente.

— Caminhamos até o lago. — San parecia envergonhado, mas continuou: — O reflexo da lua sob o lago fazia parecer que ela tocava a água. A imagem era linda, por sinal. Estamos na lua cheia e você deve saber que ela exerce certa influência sobre... o que eu sou.

San estava completamente sem jeito, mal me olhava ao dizer as últimas palavras.

Ok! Ele não se conteve e se transformou para atender uma necessidade da sua espécie.

Fiquei aliviada, por um segundo e, em seguida, tudo ficou estranho.

Arg! Quem eu estava enganando? Isso era bem esquisito de se imaginar. O cara sai, vê a lua e começa a ter vontade de virar um enorme lobo. Pode ser normal nos filmes, mas aqui, na vida real, por Deus! Era muito bizarro.

— Bem... acho que você já entendeu — concluiu.

Respondi com um sorriso amarelo, tentando ser natural:

— Sim. Entendi, claro! Mas, e as suas roupas? — Arrependi-me em seguida por ter feito essa pergunta idiota.

O sorriso de San se alargou e isso foi quase bom, se ele não estivesse rindo de mim.

— Dessa vez eu tirei antes. Mas posso me transformar de novo...

— Não! — respondi o mais rápido que pude. — Não foi o que eu quis dizer. Só... fiquei curiosa. Desculpe!

Ainda sorrindo, ele apenas piscou. A transformação, a lua ou sei lá o que mais ele havia feito, teve um efeito superpositivo. Ele estava radiante. Minha mente viajava naquele lobo, eu só conseguia pensar: por favor, não cante agora ou meu coração vai parar de bater.

Ele andou até minha antiga cama e se sentou.

— Isso é muito curioso.

— O quê? Minha cama?

— Não, Any. Estou falando sobre você não se lembrar de nada da época em que morava aqui com os seus pais.

Graças a Deus ele era um lobo sensível, se é que isso é possível. Percebeu meu embaraço e mudou de assunto como um verdadeiro cavalheiro. Sentei ao seu lado e ainda observando o quarto, narrei um pouco do que me lembrava.

— Lembro-me de quando erámos só nós dois, meu pai e eu. Ele fazia tudo para que eu não sentisse a falta dela. Depois que minha mãe se foi, nós nem falávamos sobre ela. Acho que fui esquecendo aos poucos, até mesmo do seu rosto. Ele me dizia que foi um choque tão grande perdê-la, que eu criei um bloqueio, apagando todas as lembranças que envolviam minha mãe. Mas parece que esse tal bloqueio está frágil, agora que voltei a esta casa. Sinto que é hora de tirar as lembranças do armário.

— Se eu puder ajudar com alguma coisa.

— Obrigada! Não creio que haja nada que alguém possa fazer. Existem gatilhos pela casa e, aos poucos, estou encontrando. Este quarto, por exemplo, faz-me lembrar de quando meu pai me colocava para dormir e depois de alguns minutos eu corria para o quarto dele, simulando que havia tido um pesadelo. Ele sempre fingia acreditar e me deixava dormir com eles. — Suspirei e fechei os olhos. — Eu me lembro do fato, mas a cena não vem, por mais que eu me esforce.

Olhei para a janela e parei alguns segundos no pingente de cortina com corujinhas de feltro penduradas, até que uma nova imagem surgiu: eu estava correndo de alguém, mas não com medo ou assustada, apenas corria e olhava para trás, esperando que ele estivesse me perseguindo. O estranho foi perceber que eu não era mais tão pequena como nas fotos, eu parecia mais velha, o que era impossível.

Minha certeza de que nesse período eu não podia estar ali começava a esmaecer a cada imagem que se projetava na minha cabeça. Meu cabelo estava muito maior do que me lembrava e, com certeza, eu estava mais magra. Aquela imagem parecia tão real, mas não fazia nenhum sentido, foi como me ver outra vida. Vasculhei aquela cena atrás de pistas, algum significado para o que eu estava "vendo" e o que encontrei foi ainda mais confuso.

Minha expressão era de alegria, eu estava rindo e brincando. A lembrança se intensificava. Comecei a ver pelos olhos da garota que corria feliz pelo jardim. De repente, caí na grama, esgotada pela corrida. Sem fôlego, olhei para quem me perseguia. Daquele ângulo, o reflexo do sol me confundia e encobria o rosto de quem me acompanhava em uma agradável brincadeira. A pessoa se colocou à frente do sol e logo meus olhos foram se ajustando. Não demorou para que um largo sorriso torto se revelasse. Nos segundos seguintes a figura se aproximou e foi impossível não reconhecer aquele olhar intenso e arrogante.

— Isso é impossível! — reclamei comigo mesma.

— O que foi, Any? O que é impossível? — San estava do meu lado e me observava com espanto. Decerto, ficou me observando durante esse pequeno momento de viagem à terra das memórias perdidas.

— Eu tive mais uma visão do passado, só que essa foi muito bizarra, não foi como as outras. Alguém corria atrás de mim, como uma brincadeira de pega-pega e não era meu pai. — Eu estava dividida entre estar ficando maluca de vez ou, mais uma vez, estar sendo enganada.

Sentei na cama, vencida. Minha cabeça girava, tentado juntar algumas peças soltas. Santiago, prostrado à minha frente, não entendia nada e aguardava que eu continuasse a contar o que lembrei.

— San, quem estava nestas lembranças era Antoni — revelei.

Levantei os olhos para encarar o cantor e foi como ver minha própria confusão refletida nele.

Santiago paralisou, seus olhos se arregalaram e ele se pôs a pensar. Logo, ele também estava tentando juntar os fatos, como eu mesma fazia, sem chegar a qualquer conclusão lógica.

— Quando chegamos aqui ele ficou estranho. Disse que parecia já ter estado nesta casa antes, só que não se lembrava efetivamente de nada, era só uma sensação. Se Antoni já esteve aqui, em algum momento, por que ele não se lembra? E como não sabia o caminho? — Comecei a falar comigo mesma. — Não entendo porque ele mentiria sobre isso, não vejo razão. Ele me contou tantas coisas sem nem mesmo saber se eu acreditaria. — Com as mãos na cabeça, talvez na tentativa de não a perder de vez, respirei fundo e bufei. — E eu achando que podia confiar nele.

— Talvez ele não tenha mentido.

Olhei para San, incrédula, depois de ouvir aquele contrassenso.

— Como é que é?! Não conhecia esse seu lado defensor. Quando ele deixou de ser um cara horrível e egoísta?

— Não é isso. Eu só acho que você deve escutar o que ele tem a dizer. Lembre-se de tudo que ele já fez. Preste atenção. Parece que Antoni está sempre pensando em protegê-la. Eu vejo que sempre tem um motivo para ele esconder algumas coisas como, por exemplo, quando foi procurar Carol para ajudar com a visitinha de Mordon. Mesmo escondendo de você, a intenção era ajudar. Ele nunca fez nada que a prejudicasse, por que seria diferente agora?

— O que isso tem a ver, San? Talvez, ele apenas não goste de dividir suas estratégias malucas. O fato é que ele mentiu sobre a morte do meu pai. Não foi um acidente, o Ministério causou aquela tragédia, e a culpa é toda minha. Era para me matar e não meu pai. — Foi a primeira vez que falei isso em voz alta. Suspirei, entristecida. Já nem sabia se pelo acidente ou por estar perdendo a confiança em Antoni. — Ele sabia o tempo todo e não me disse nada.

San apenas me observou, tácito. Percebi em seus olhos uma dose de condolência e também uma interrogação implícita. Fiquei esperando que dissesse alguma coisa. Eu precisava que ele dissesse alguma coisa.

— Se ele tivesse dito que iria procurar Carol para ajudar com o problema do Mordon, o que você diria a ele? Tentaria impedir?

Fiz cara de interrogação, mas sabia o que ele queria dizer. Eu jamais concordaria com essa ideia.

— Você sabe o que diria e ele também. Agora, quanto ao seu pai... Eu sinto muito que tenha descoberto dessa forma. Mesmo assim, acho que ele merece uma chance de se explicar.

Talvez, San estivesse certo. Antoni era mesmo um cara que não dava ponto sem nó, suas ações e seus planos estavam sempre ligados. Um ser misterioso, ardiloso e de um pedantismo insuportável era o que ele era. Ainda assim, alguma coisa em seus olhos me trazia paz e confiança. Isso me incomodava, talvez mais do que sua própria figura hostil e arrogante.

Eu não estava pensando direito e precisava tirar essa história a limpo. Se nossos pensamentos estivessem corretos, ele não me esconderia à verdade, não depois de ser confrontado.

Segui como um raio para a sala, onde os dois estavam conversando calmamente sobre estratégias para resgatar Nara.

Ah, droga! Estaquei no corredor. Até me esqueci da Nara. Eu precisava saber como faríamos para resgatá-la. Toda minha urgência em tirar satisfações desapareceu ao ouvir seu nome. Os dois pararam de falar e me olharam. Fechei os olhos e ponderei meu próximo passo.

— Então? Qual é o plano para resgatar Nara? — perguntei, decidindo que o assunto Antoni mentiroso ficaria para depois.

Carol suspirou e começou a falar:

— Já sabemos como vamos resolver isso, essa é a nossa prioridade.

Esperta, ela estava usando minha preocupação contra mim, emendando o assunto do resgate rápido demais. Talvez, para não tocarmos mais no assunto anterior que, claro, eu nunca esqueceria. Porém, o sequestro da minha amiga era mais urgente no momento.

Capítulo 10

— Ñão será tão fácil, porque ela está com os insurgentes. Mas temos um plano — completou Carol.

Fechei os olhos e desejei que ao abri-los alguma coisa do que ela dissesse fizesse sentido, sem que eu precisasse quebrar tanto a cabeça como vinha fazendo há dias. Talvez, ela também pudesse ler pensamento, já que tratou de explicar o que havia acabado de dizer.

— O Ministério tem utilizado os serviços de insurgentes para algumas missões.

— Acho que percebemos isso — comentei, direcionando mais para Antoni do que para ela. Ele só me devolveu um olhar sem expressão.

— Eles não querem, às vezes, não podem se envolver diretamente e acabam terceirizando o trabalho sujo. O estranho é que os insurgentes nunca obedeceram ou trabalharam para ninguém. São conhecidos por lutarem pelos próprios ideais, indo até contra o Ministério se necessário. Eu não sei o que mudou, o fato é que agora eles estão com Nara em um dos seus esconderijos. Insurgentes não são seres famosos por sua inteligência ou organização, mas são bons em se esconder. A boa notícia é que ela vale mais viva do que morta, então, temos algum tempo.

— Por enquanto, talvez — interrompeu Antoni. — Mas quando ela estiver nas mãos de Handall ele não vai poupá-la e você sabe disso. — A frase terminou, mas o silêncio dramático parecia cheio de significado. A ausência de palavras apenas deixava evidente algum tipo de cumplicidade.

Antoni se movimentava pela sala inteira, indo e voltando de um lado a outro. Aquele não era um comportamento comum, pelo menos, não para ele.

— Precisamos de alguém que consiga descobrir o local onde escondem a garota e desconfio que você possa nos ajudar — finalizou, apontando para Santiago. Em sua boca havia um sorriso, em seus olhos uma chama de desafio.

Encarei San, esperando uma resposta. Eu queria ouvir algo do tipo: e como eu faria isso? Mas me surpreendi. Ele apenas assentiu, sem tirar os olhos de Antoni.

— Acho que podemos soltar os cachorros então — ironizou Antoni, sorrindo e olhando para Santiago. Se havia algo que eu já sabia sobre ele é

que evitava olhar para mim quando tinha certeza que eu não iria gostar de alguma coisa.
— Será que alguém me ajuda? — perguntei.
San abriu a boca, mas nenhuma palavra saiu.
Antoni foi quem respondeu:
— Ele tem alguns amigos insurgentes. Vai ser fácil para ele conseguir a informação que precisamos.
Chegando mais perto do que o necessário, meu amigo sinistro olhou o lobo de cima a baixo.
— Agora veremos se podemos mesmo confiar em você — disse ele, baixo, mas não o bastante; todos nós ouvimos.
Pensei que o cantor ia rosnar para ele, mas ficou quieto como um cão submisso e, embora tentasse esconder, vi a raiva se ascender em volta de seu corpo. Ainda assim, ele se controlou.
— Como vocês podem ter certeza de que ela ainda não esteve com ninguém do Ministério? — indagou San. Ele estava pronto para ajudar, mas estava desconfiado de alguma coisa e, provavelmente, cansado das provocações de Antoni.
— Até o momento em que eu estive lá, com certeza, ninguém teve contato com ela. Ouvi Handall dizer que estaria com a garota sequestrada assim que possível e obteria as respostas que procurava. Apenas Racka teve contato direto com ela, foi ele quem viu Antoni na cabeça Nara.
San olhou para Carol com descrença e ela foi logo dizendo que tinha um informante a postos, caso o encontro fosse antecipado e San aceitou a missão, sem novos questionamentos.
— Bem, então, vamos lá! Eu sei exatamente por onde começar. Só não sei como saio daqui — anunciou Santiago.
— Mas eu sei. Agora me lembro, estou me lembrando de tudo — falei, encarando Antoni.
Santiago arqueou as sobrancelhas, quando percebeu o que eu estava insinuando com aquela afirmação. Antoni gargalhou, debochado.
— Você acha que vai junto com ele? Não viemos para esse fim de mundo proteger você para deixá-la ir onde nem devia passar perto? — disse Antoni.
Devolvi um sorriso bem mais sarcástico.
— Até onde sei, eles procuram por você, não por mim.
O sorriso dele sumiu.
— Tem razão, Any. Por isso ele vai com Carol. E nem tente negociar — anunciou Antoni, olhando-me como um pai olha para um filho que está fazendo birra. Odeio esse olhar de reprimenda!
— Não se preocupe, eu levo Santiago e ele vai nos manter informados. Assim que conseguir a localização Nara será resgatada. Seria bem complicado fazer isso se ela estivesse mesmo com alguém do Ministério, por isso, precisamos agir rápido. Não podemos correr o risco de perder essa vantagem. — Carol sorria como se tivesse certeza que conseguiria. Por um

lado foi bom, deu-me mais confiança. Não pelo que disse, mas pelo que eu via, Carol estava confiante de verdade.

Assim que ela saiu, meu coração se apertou, não sei se por Nara ou por eles. Ou, talvez, fosse pela necessidade de ficar ali, inerte, enquanto minha amiga corria perigo e outros amigos se colocavam em perigo para salvá-la.

Santiago veio para perto de mim, segurou minhas mãos e disse:

— Vai ficar tudo bem, Any.

Ele levou o corpo para frente, na intenção de me dar um beijo. Não sei por que raios, desviei, fazendo com que acertasse meu rosto. Não estava confortável o suficiente para beijá-lo ali, no meio da sala, na frente de todos. Fiquei ali parada, meio sem graça, enquanto eles saíam com o único carro que tínhamos disponível. O que significava que estávamos, praticamente, presos.

Antoni estava parado no meio da sala. Não andava de um lado ao outro, mas mexia os dedos sem parar, demonstrando ansiedade. Segui em sua direção com passos firmes. Caminhei com o melhor sorriso sarcástico que havia aprendido com um bom professor. Estacado ao lado da lareira, ele retribuiu o sorriso inocente, sem saber o que esperar e, por um segundo, tive a sensação de que aquela cena se repetia.

Um calafrio percorreu meu corpo e precisei parar por um instante. Não queria que ele percebesse meu desconforto.

— Antoni, você continua mentindo para mim. Eu só quero saber o que pretende com isso?

— Do que está falando? — Ele cerrou os olhos, mantendo o semblante austero de sempre. Isso indicava que estava esperando que eu continuasse e eu o faria, independente de sua vontade.

— Você estava certo. A sensação de já ter estado aqui não foi apenas uma sensação. Você já esteve aqui antes. Eu vi você. — Lutava para não deixar cair às lágrimas que se acumulavam em meus olhos, sequer entendi a razão delas estarem ali. — Vi você correndo por esta casa atrás de mim, como se fôssemos grandes amigos. Por que não me diz a verdade?

Eu já o considerava como um amigo e agora me sentida uma idiota parada na sua frente, angustiada, enquanto ele parecia uma estátua, imune a tudo que saía da minha boca.

Aproveitando minha deixa, Antoni alterou seu olhar prepotente para uma variação mais dócil, porém, ainda sisudo. Sorvendo o ar, apenas iniciou uma argumentação simples e despretensiosa.

— Bem, você deve saber que eu ainda não tive tempo de contar tudo que sei a seu respeito. Porém, tenho a sensação de que não se trata do que não contei e sim de algo que você acha que descobriu, mas, na verdade, não existe. Eu não esqueceria algo assim — respondeu ele, com olhar malicioso.

Minhas bochechas devem ter mudado de cor porque percebi um leve movimento em seus lábios, ensaiando um sorriso. Tratei logo de desfazer aquele sorriso antes mesmo que se formasse. O filho da mãe não estava levando aquela conversa a sério.

— Será que não pode me levar a sério e parar de mentir?

O sorriso desapareceu e seu olhar ficou pesado de novo.

— Não estou mentindo. Aliás, eu nunca menti para você. Talvez eu tenha omitido uma coisa ou outra, mas isso é apenas porque tudo tem sua hora. Ainda tenho muitas coisas para contar, mas estar nessa casa com você, no passado, não é uma delas. Eu nunca estive aqui antes.

— Antoni, presta atenção! Estou tendo lembranças da minha infância desde que chegamos. Quando olho para uma foto ou um objeto, elas simplesmente aparecem como um filme na minha cabeça, e em uma delas eu vi você nesta casa, agindo como se fôssemos grandes amigos.

Ele ficou quieto, pensativo, e quando finalmente resolveu se pronunciar, não falou nada muito inteligente ou mesmo coerente, o que não é seu estilo. Pude ver a confusão à sua volta, ele tentava se manter impassível, mas não funcionava comigo, não dessa vez. Ele estava confuso demais para conseguir controlar suas emoções.

— Por que tem tanta certeza de que são lembranças e não imagens produzidas pelo seu subconsciente, em resposta a algum tipo de desejo refreado? Eu sei que minha imagem não é bem o que você desejaria ver, mas isso pode estar associado há alguma confusão interna, envolvendo minha presença em alguns momentos do seu passado.

Pensei por um segundo no que ele estava dizendo e também em considerar aquilo tudo como uma possibilidade. Só que não. Nem sempre o esperto Antoni está certo, o que foi uma grande surpresa para mim. Confesso que a sensação não foi nada ruim.

— Não viaja, Antoni. Eu sei bem o que faz parte da minha memória e o que não faz. As lembranças estão voltando e isso é bem simples, na verdade. O único problema é você estar perdido nelas — respondi, segura.

Ele estava mais confuso do que eu, nunca tinha visto Antoni emudecer, sem saber o que dizer. Eu podia ver a confusão se formando como uma nuvem escura sobre sua cabeça.

— Não vejo como isso pode ser possível — concluiu antes de se afastar.

O que me irritou foi a verdade por trás da confusão. Desde a primeira vez que o vi, percebi que não se tratava de alguém normal. Mesmo antes de saber sobre toda essa história de celsus, Ministério e criaturas, sempre foi muito complicado identificar as energias dele. Claro que não diria isso a ele, mas, verdade e mentira apresentavam uma oscilação marcante o suficiente, que me permitia reconhecer. E, nesse momento, ele dizia a verdade, mesmo estando em conflito.

— Eu sei que é uma lembrança, Antoni, e vou descobrir o que você estava fazendo aqui, de um jeito ou de outro. Agora, me diz o que mais você sabe sobre mim e ainda não me contou — falei, seguindo-o pela casa.

Ele apenas se virou e me olhou por alguns segundos em silêncio.

Eu daria tudo para conseguir ouvir seus pensamentos.

Capítulo 11

— Alany, perdoe-me, mas não sei se consigo falar sobre qualquer outra coisa agora. Se o que diz é verdade, existe um buraco na minha cabeça e eu não estou gostando nada disso.

Ele não me deu tempo de contestar, mal terminou a frase e partiu como um raio para fora. Todo mundo precisava de um tempo, às vezes, pensei, ao decidir não ir atrás dele.

Era muito tarde, mas dormir não era uma opção. Procurei minha avó e descobri mais uma de suas qualidades; escorregadia como um sabão. Ela havia escapado por meus dedos mais vezes do que eu podia contar e, desta vez, não foi diferente. Eleonor dormia tranquilamente no antigo quarto dos meus pais, fui incapaz de acordá-la. Sim, eu ainda queria conversar, saber mais sobre meu passado, no entanto, não me aborreci ao vê-la entregue ao sono profundo, eu mesma também estava muito cansada.

Voltei até a sala e ao passar em frente à lareira um novo flash se ascendeu: Antoni estava recostado, ao lado da lareira, como estivera minutos atrás. A posição era a mesma. Ele sorria, enquanto eu me aproximava.

— Tenho um presente para você — falei, antes de estender meu braço e lhe entregar um envelope. Ele pegou meio desconfiado e abriu. Olhou lá dentro e depois para mim de novo. Franziu a testa e ficou esperando alguma explicação.

— Pode pegar, é um presente. Se não quiser, não precisa usar. Eu também tenho um, olha! — Mostrei a ele uma correntinha de prata com um pingente em forma de meia lua. Antoni se aproximou e segurou meu colar.

Senti uma pequena corrente elétrica percorrer meu braço e saí completamente daquele transe. Ele estava me olhando com espanto, enquanto me segurava pelo braço.

— O que houve com você? Estou chamando, mas você parece hipnotizada.

— Tive outra lembrança. É assim que acontece, parece que sou transportada para a cena.

Seu olhar demonstrava curiosidade. Ele relutou em perguntar, mas não foi necessário, eu sabia exatamente qual era sua dúvida.

— Sim, Antoni, você estava na lembrança.

— Venha! — disse ele e seguiu até a varanda, onde se sentou e me indicou que fizesse o mesmo. Então, começou mais uma sessão de revelações.

— Alany, eu disse uma vez que contaria tudo a você, porém, seria aos poucos. A essa altura, você já entendeu o motivo.

Ele não sorria ao dizer isso, tampouco demonstrava qualquer arrogância. Apenas um olhar pragmático, ao prosseguir:

— O Ministério é sistematizado, tem departamentos definidos e um deles existe apenas para encobrir rastros de celsus imprudentes, e isso inclui não poupar esforços ou vidas. Nunca se soube muito sobre seres mestiços. A regra ou as ordens sobre híbridos, sempre foi a de que nenhum nasça vivo. Normalmente, os casos de híbridos partem de gestantes humanas, o que facilita o trabalho. Nunca antes uma celsu carregou em seu ventre um ser mestiço. Celsus não matam sua própria espécie, mas um híbrido não é considerado celsu, então, não há nada que os impeça.

Ele abaixou o tom e pensou antes de continuar. Pela postura de seus ombros, não encontrou uma maneira fácil de dizer o que precisava.

— Fui eu quem a salvou daquele acidente. Não consegui salvar seu pai, eu tentei, mas não consegui. — Antoni respirou fundo. — Eu devia estar cuidando de vocês, mas não pude evitar o acidente.

Aquelas últimas palavras me trouxeram o entendimento da postura esmorecida que ele assumiu de repente.

Minha cabeça pendeu para trás e mais uma vez controlei o choro iminente. Eu precisava, queria ser forte, não podia me derramar a cada novo fato ou lembrança ruim. O problema era que a cada revelação, mais perguntas se empilhavam e isso estava me deixando maluca.

— Depois desse dia, existe um enorme abismo na minha cabeça, mais ou menos como deve ser na sua — disse ele com um sorriso solidário. — Só me lembro de acordar de ressaca, nos fundos de um pub fedorento e você não estava comigo. No início, não me lembrava de nada, mas, aos poucos, alguns dias depois, eu comecei a lembrar. Quando fui procurar por você, já estava morando com sua avó e Carol estava no seu encalço, por isso, não foi possível uma aproximação. Ela cercava você como um cão de guarda, eu só pude observar de longe. Tentei contato por meio dos seus sonhos, arrisquei-me a chegar mais perto e quase fui pego algumas vezes, mas nunca me afastei de verdade.

Antoni derramou uma sopa de letrinhas na minha cara e eu ainda estava remontando as frases, quando ele parou de falar. O silêncio foi ainda mais angustiante do que as revelações. Ele estava de olhos fechados, talvez evitando o contato visual comigo ou apenas tentando se lembrar de mais alguma coisa.

— Por isso o Ministério está atrás de você? Por que salvou minha vida? — perguntei.

— Digamos que isso pode ter contribuído. Aconteceram outras coisas depois disso, eu só não estou conseguindo encaixar os fatos, Any. Tem alguma peça faltando nesse quebra-cabeça e acredito que esteja perdida no período entre o acidente e o momento em que acordei naquele pub. Essa história de ordem, para ser sincero, nem sei se é real ou mais alguma conspiração do próprio Ministério.

Ele segurou minhas mãos, frias pela noite e um novo choque me fez repuxar de leve, fazendo-o soltá-las em seguida. Sem tirar os olhos dos meus, ele disse, de forma tranquila e vulnerável:

— Não estou acostumado a não ter uma explicação razoável para algum acontecimento, principalmente se isso me envolve diretamente. Por mais que pareça impossível, senti familiaridade quando coloquei os olhos nesta casa. A impressão de ter estado aqui foi a coisa mais incomum que já senti. Essa sensação de ver sua vida de fora e não se lembrar do que aconteceu, não é nada confortável.

Eu apenas o observei com uma expressão que fingia surpresa. Ele, finalmente, estava vivendo o que venho sentindo há semanas. Meus olhos diziam: Bem-vindo ao meu mundo!

— Agora eu sei que estive aqui e, por alguma razão, esqueci. Por mais que eu me esforce, não consigo lembrar.

Sua voz estava séria e preocupada, o que me assustou um pouco. Ele, mais uma vez, buscou minhas mãos. Desta vez, resistimos ao pequeno choque por alguns segundos, até soltarmos as mãos.

— Alany, a verdade é que se passaram seis meses entre o acidente e o dia em que acordei desmemoriado. Não sei o que houve com você ou comigo durante esse período.

Merda! E mais essa agora.

Ficamos em silêncio por um tempo, talvez não houvesse mesmo o que dizer naquele momento ou havia coisa demais.

Eu não sabia o que falar, mas queria saber o que tinha acontecido nesses seis meses. Montaria esse quebra-cabeça de qualquer jeito. Ainda não sabia como, mas sentia que a resposta talvez não fosse tão difícil de encontrar quanto parecia.

— Com certeza, você esteve aqui — afirmei, depois de pensar por alguns segundos.

— Por que diz isso?

— Só agora eu me toquei de uma coisa. Lembra-se de quando Nara descreveu essa casa depois que sonhou com você? Como era possível? Ela nunca esteve aqui, foi você quem projetou aquelas imagens no sonho dela.

Antoni me observou, imóvel. Eu podia ver uma centelha de ideia se formando em seus olhos, mas ele não disse nada.

— Também me lembro de como Will hipnotizou Nara para esquecer o que viu lá no bar, alguém pode ter feito isso com você e... — Ele não me deixou concluir.

— Não, não pode. Eu não posso ser hipnotizado. No máximo, enfeitiçado — Seu suspiro alto me fez perceber o quanto estava preocupado.

— Você está meio estressado.

— Estressado, não. Intrigado é mais apropriado. Preciso de um... chiclete — disse ele.

— Chiclete?

— É, eles me acalmam.

— Antoni, talvez você tenha simplesmente esquecido. Você pode ter tido uma amnésia, mais ou menos como esse lance de eu não me lembrar da minha mãe — comentei, ignorando o lance do chiclete.

— Ainda não faz sentido — respondeu ele, antes de se levantar. Em seguida, segurou o cabelo como se fosse fugir de sua cabeça. Não gostei do que senti ao vê-lo tão vulnerável. Ele se virou, ainda com as mãos atadas aos fios negros. Sua respiração era forte e sua energia, uma bagunça completa.

— Carol pode ajudar — falei sem muita certeza.

— Talvez, mas não é tão simples assim — respondeu ele, ainda de costas para mim. Quando se virou, segurava a corrente que pendia de seu pescoço. — Isso me protege de qualquer feitiço e eu ando com ele há muito tempo. Se fui enfeitiçado, talvez tenha sido com meu consentimento.

Parecia um amuleto feito de algum tipo de pedra, com um símbolo estranho e junto com ela pendia um pingente de metal em forma de meia lua.

— Está dizendo que você mesmo pode ter feito isso? Quer dizer, você quis esquecer? Por que alguém iria querer esquecer um período inteiro da própria vida?

— Não sei, Any. Confesso que não estou seguro quanto a me lembrar. Se eu realmente quis isso, então, parece prudente confiar em minha própria decisão. Não é como se estivesse guardado aqui dentro, esperando um gatilho ou um estalar de dedos. Eu sinto que esse período, simplesmente, foi apagado.

Fiquei um tempo perdida em seus olhos, que me observavam como ninguém antes havia feito, ele enxergava algo que o espelho não me mostrava. Intenso demais, mas de alguma maneira, não era desconfortável.

— Vou ajudar você. Se existe algo para ser lembrado aqui nesta casa, nós vamos descobrir, acho que posso fazer isso. Por mais que você ache prudente, sei que, no fundo, quer se lembrar tanto quanto eu.

Ele apenas usou seu típico sorriso torto.

— Ainda tenho coisas para contar sobre o mundo oculto, minhas lembranças podem esperar.

Capítulo 12

— Faremos assim: você vai falando, enquanto andamos pela casa. Se eu tiver um novo flash de memória, você vai perceber. Então, é só esperar.

Apesar do silêncio, vi em seus olhos que ele estava gostando da ideia.

Peguei-o pelo braço e o arrastei comigo para dentro da casa. Andei em cada canto, acumulando memórias perdidas, muitas com minha mãe e meu pai, outras com Antoni. Ele estava sempre comigo, ensinando-me coisas, contando histórias antigas, rindo e até cantando. Ah, Deus! Ele é um péssimo cantor. Como eu queria que ele pudesse ver o que eu via.

Depois de descrever as memórias, algumas encharcadas por lágrimas de saudade, ele se convenceu de que as imagens eram mesmo lembranças e que de uma forma completamente inexplicável, ele fazia parte delas.

A cada conexão com o passado, deparava-me com um par de olhos curiosos, aguardando o momento em que eu descreveria o que tinha visto. Nenhuma lembrança nos indicava uma razão para que ele quisesse esquecer alguma coisa. Eu já tinha andado pela casa toda e amontoado memórias lindas, mas estava exausta.

Sentei-me no sofá para descansar e fiquei olhando a lareira. Tive outras lembranças. As imagens estavam mais fracas e disformes a cada minuto, sentia-me tão cansada que não tive forças para entender o que havia de errado com as cenas que surgiam na minha frente. Elas estavam sumindo quase em câmera lenta, até que adormeci, sem qualquer controle.

Acordei em meu antigo quarto, deitada na cama rosa.

Levantei e caminhei pela casa, que agora estava silenciosa como se estivesse vazia. Ainda era muito cedo, o sol se preparava para nascer e o dia ainda se misturava com a noite, deixando o ambiente com uma iluminação fraca e aconchegante. Segui para o quarto do meu pai, onde eu ainda não havia procurado por lembranças. Ao abrir a porta, vi que Eleonor não estava mais lá, porém, havia outras pessoas sobre a cama.

Não era difícil perceber que aquela cena devia ser como um ritual para aquela família: a filha pulando sobre o colchão para acordar os pais que ainda dormiam ou aguardavam por aquele momento. O alvoroço era alegre e, por um momento, pensei que aquela era apenas uma família comum, como se eu não fizesse parte dela. Eu podia facilmente já ter visto aquela cena em uma comédia romântica. Com certeza, Nara se lembraria de alguma.

Havia uma penteadeira ao lado da cama, com um grande espelho e dois bancos brancos almofadados. A cena mudou e correu para quando minha mãe penteava carinhosamente meu cabelo.

— *Não se preocupe, minha menina, você ficará bem. Mamãe já cuidou de tudo. Você terá uma poderosa ajuda e não sofrerá com saudades minhas. Na verdade, nem sentirá minha falta. Mas, lembre-se, eu a amo além desse mundo e nada vai mudar isso.*

A cena se desfigurou até desaparecer completamente. Corri para fora da casa, precisava tomar um pouco de ar fresco. Fui o mais longe que consegui, até cair de joelhos sobre o gramado próximo ao lago.

A saudade, às vezes, pode doer, literalmente. Está mais para um soco na boca do estômago do que apenas um sentimento triste.

— Como me encontrou aqui?

Levei um grande susto ao ouvir aquela voz.

— Eu não sabia que estava aqui fora, não o segui, apenas precisei sair para tomar ar.

Antoni saiu de trás de uma enorme árvore e se sentou na grama ao meu lado.

— Antoni, preciso da sua ajuda. Eu devia estar enlouquecida, chorando e, talvez, até com raiva, mas não posso perder o controle agora. Acabei de descobri que minha mãe realmente planejou isso tudo. Preciso encontrar forças para compreender o que ela fez por mim e tentar ser um pouco grata. Por favor, você precisa me contar o que aconteceu. Por que ela precisou ir embora?

Antoni me observou atentamente sem nenhuma expressão de arrogância, apenas me encarava, ponderando como contar o que eu queria saber. Voltando os olhos para o lago à nossa frente, ele iniciou uma história que, certamente, estava entrelaçada à minha vida.

— Existe um celsu muito poderoso, um importante membro do Ministério que, segundo as mulheres, é muito bonito, o melhor partido do mundo oculto. Depois de mim, é claro — disse, retomando a postura arrogante, mas até que achei engraçado. — Ele escolheu, dentre muitas mulheres, uma igualmente bonita, para ser sua esposa. O homem era gentil, mas ardiloso também, não desistia do que desejava. Criou situações e fez com que o encontro deles fosse casual, parecendo mesmo obra do destino. Ela não tinha certeza se era amor, mas era muito jovem, então, acreditou que aqueles sentimentos fossem suficientes para concretizar o matrimônio. Mesmo contrariando seus pais, o casamento aconteceu. Com o passar dos anos, a figura de homem lindo e perfeito foi se desfazendo, dando lugar a um ser manipulador, egoísta e cruel. Sua beleza intensa atraía atenção de várias mulheres por onde passava e ele não dispensava a companhia delas. A garota com quem se casou podia ser inocente, mas nunca foi burra, ela percebeu que aquele homem lindo, na verdade, só queria unir suas poderosas famílias para ter mais poder.

— Isso parece um conto de fadas — comentei.

— Tenha certeza que vai parecer ainda mais. — Com um sorriso genuíno, após me ver arqueando a sobrancelha, ele continuou: — A garota era uma princesa do reino dos elementais. Já o homem, descendia de uma família nobre, mas não da realeza. Poder e prestígio são ambições antigas, que vivem até hoje dentro de humanos ou celsus, e não existe um meio mais incontestável de se conseguir ambos. É claro que hoje esses títulos não são muito utilizados, mas ainda são sinônimos de poder, ainda mais para aquele homem ambicioso. Na época, o casamento se tratava de um bom negócio. Todos sabiam que um dia ela seria rainha.

— Um conto de fadas bem clichê, eu diria — observei.

— Eu sei. — Antoni sorriu, sem tirar os olhos do horizonte. Raios de sol já despontavam e iluminavam seu rosto. Ele não parecia tão sinistro, não naquele momento.

— Acontece que o homem se mostrou infiel. Embora flertasse com várias mulheres, uma em especial lhe causava mais... Vamos chamar de admiração. Logo, ele tornou a mulher uma companhia frequente, até o dia em que ela engravidou. Este homem se chama Handall, caso ainda não tenha percebido.

Antoni se virou em minha direção e seus olhos diziam: *Sim, esse mesmo Handall que nos persegue.*

— Ele é, ainda hoje, um dos membros do Ministério mais ferrenhos na defesa da preservação da raça pura dos celsus. O grande revés dessa história é o fato de que essa mulher, por quem ele se apaixonou, era humana. A pobre mulher jamais imaginaria que uma gravidez a condenaria a um futuro de tal infortúnio.

— O quê? Ele...

Eu ia perguntar se ele havia matado a mulher, mas fui interrompida.

— A esposa já havia descoberto o tipo de homem com quem havia se casado e, mesmo traída, ajudou a coitada, quando descobriu que ela estava na lista de execuções. Sem que Handall imaginasse, ela tramou para que a mulher a fugisse com seu filho no ventre. A princesa conseguiu enganar Handall, forjou a morte da mulher e do filho, garantindo um futuro para ambos. Depois disso, sua esposa o deixou e foi perseguida por ele por um tempo.

Eu ouvia aquela história como uma criança, quando escuta a mãe ler um livro antes de dormir. O mais interessante era saber que aquilo havia acontecido de verdade.

— O mundo mudou muito depois disso — disse ele, olhando diretamente para mim. — A monarquia perdeu a força, o Ministério se tornou o maior símbolo de poder do mundo oculto e Handall passou a se preocupar com estratégias de guerra, a mesma que hoje vemos acontecer, deixando sua princesa em paz por um tempo.

— E o que aconteceu com ela?

— Ela quis viajar, conhecer o mundo e as pessoas. Interessava-se por culturas diferentes. Não importava se eram celsus ou humanas, ela só queria conhecer pessoas. Em uma de suas viagens, conheceu um rapaz humano, por quem se apaixonou. Não demorou muito para que abrisse mão de tudo para viver esse amor.

As últimas palavras de Antoni me deixaram surpresa.

— Você está me dizendo que minha mãe foi casada com Handall?

— Lembre-se que eu falei que ele era irresistível. A parte boa é que ela se livrou dele assim que pode e nunca lhe deu o filho que ele tanto queria.

— Isso é tão... incrível! E... estranho.

— Eu disse que seria como um conto de fadas. Mas a história começa a ficar perigosa quando Twylla engravida. — Antoni mexeu no meu cabelo, tirando uma mecha que tapava meu rosto. — Ela foi vigiada o tempo todo. Handall convenceu o Conselho de que ela era uma ameaça para a paz que eles conquistaram com os humanos e os membros concordaram em vigiá-la. Tudo ia bem, até que ela engravidou. Twylla não deu o filho que ele tanto quis, como poderia dar a um humano? Isso foi demais para ele. Ele iria se vingar ou separar os dois de qualquer jeito, era só uma questão de tempo. Handall não é o tipo de homem que aceita ser rejeitado.

— Como ela pode se casar com alguém assim?

— Ele é inteligente, sedutor e dissimulado. Não se engane, poucas pessoas conhecem o verdadeiro Handall. Ele posa de defensor dos celsus e muitos acreditam que realmente seja a voz que esperaram por anos. Ele prega que a superioridade dos celsus é algo divino, que não devemos ignorar ou esconder.

— E isso é ruim?

— Sua mãe viveu como humana por anos, provando que é possível conviver. O amor deles foi inspirador, enquanto durou. Você acha que acabar com isso, porque um ser é superior ao outro, seja algo divino?

— Não.

— Handall costuma dizer que apenas uma raça pode prevalecer, que somente os celsus merecem habitar o mundo. Ele sempre foi muito ambicioso e há quem diga que pretende dominar o mundo todo, com ou sem os humanos. Mas eu não sou muito preso às teorias conspiratórias. Só sei o que vejo.

Antoni me olhou por um momento, mas logo buscou o horizonte, mais uma vez.

— Eu já estava a serviço do Ministério, então, ele me chamou e me deu uma missão. Devia ficar de olho na sua mãe e na sua família. Sua mãe manteve a gravidez em segredo e, depois, o bebê também. Mesmo assim, ele deixou bem claro que teria uma prova de traição de Twylla, de uma forma ou de outra. Estava determinado a acabar com aquela história.

— Você me disse que foi ela quem o procurou — lembrei. Eu estava assustada e entusiasmada por, finalmente, conhecer mais sobre a história da minha mãe, não podia deixar passar nada.

— Ah, sim! Mas isso foi depois. Nessa época eu fui designado para vigiá-la e delatá-la ao menor deslize, o que nunca aconteceu. Twylla vivia uma vida cem por cento humana. O amor lhe bastava.

Eu o observava, enquanto falava. Antoni sorria, olhando para algum ponto imaginário no horizonte, que o transportava para o momento que descrevia.

— Então, você nasceu. Mesmo um ser sem coração como Handall, sabe que uma mãe faz qualquer coisa para proteger um filho. Isso é um fato em qualquer espécie.

— Ele nunca gostou de verdade da minha mãe?

— Eu não posso afirmar, mas duvido muito. Ele não é o tipo de homem que se importa com mais alguém além de si próprio. Além do mais, ele armou várias emboscadas para prejudicar Twylla, mas ela sempre esteve um passo à frente dele.

Nesse momento, uma lâmpada se acendeu em minha cabeça.

— Você era esse passo. Quando Eleonor disse que o viu lá em casa, procurando minha mãe, foi para isso, não foi?

Sua expressão calma confirmou minha suspeita.

— Ela realmente nunca pensou que ele chegaria a tanto. Deixar vocês foi a única saída que ela encontrou para a proteger, Any.

Fechei os olhos, sentindo-me culpada por passar todos esses anos julgando minha mãe.

Senti a mão do meu protetor em meu ombro. Eu estava afundando e aquele toque foi como um bote salva-vidas.

— Pensei que ficaria feliz em saber que Twylla não a abandonou simplesmente — disse ele, quase num sussurro.

Reabri meus olhos e encontrei os dele. Pela primeira vez não consegui identificar nada, só havia um borrão de energia à sua volta.

— Eu estou, mas também estou triste e me sentindo culpada. Obrigada por me contar!

Não conseguimos desviar nossos olhares por um tempo, até que ele fechou os olhos e balançou a cabeça.

— Por que você acha que tentaram me matar, anos depois? Ele já tinha conseguido o que queria, não? — perguntei.

— O Ministério tem um líder supremo, geralmente é o membro mais velho do Conselho, dentre outros critérios. — Soltando o ar pela boca, Antoni deitou sob a grama e fechou os olhos, talvez porque não conseguiria mesmo mantê-los abertos, pela incidência do sol, ou para se conectar mais fundo com suas memórias. — Por muitos anos esse líder foi Frederick Solomon, um celsu justo, com ideais firmes acerca da igualdade e do equilíbrio. Ele adoeceu pouco antes do acidente, deixando Handall no comando. Claro que Handall se aproveitou da fragilidade do Conselho e criou esse acidente para punir Twylla e, talvez, para acabar com uma ameaça que só ele acredita existir. Você é híbrida. Uma aberração, segundo os preceitos do Ministério. Frederick não pôde evitar, porque nunca soube do plano. Ele jamais permitiria que qualquer celsu armasse esse tipo de emboscada.

O sol brilhava no rosto de Antoni e percebi que ele estava gostando da sensação. Pensei em perguntar mais sobre esse Frederick, que parecia ser alguém muito importante e sábio, mas ouvi Eleonor chamar meu nome e senti o coração gelar. Só podiam ser notícias da Nara.

Corremos de volta para a casa e ela me estendeu o celular, confirmando minhas suspeitas.

— É Carol.

— Carol, está tudo bem? — perguntei, apreensiva. — Você já está com Nara?

— Não. Santiago me disse que tinha encontrado o local para onde a levaram. Ele me passou a localização, mas quando cheguei não tinha ninguém. E o pior é que o San também sumiu e não estou conseguindo mais contato. Você falou com ele ou recebeu mais alguma mensagem?

— Ah, meu Deus! Como assim, sumiu? Eu não falei com ele e também não recebi mais nenhuma mensagem.

Antoni pegou o celular da minha mão. Eu diria que foi uma grande grosseria, mas ele disse "com licença" antes de puxar o aparelho.

— Carol, onde você está? Sabe que pode ser uma armadilha, não sabe?

— Como assim, uma armadilha? — repeti, aflita. Eu não estava entendendo nada e ouvir só uma parte da conversa não ajudava muito.

Antoni ficou tenso, abandonando qualquer traço do homem sensível de minutos atrás.

— Você ainda tem dúvida? Precisa ter cuidado, talvez não deva voltar ao Ministério até sabermos o que realmente aconteceu — ele orientou e depois ficou em silêncio, apenas escutando o que ela falava. — Sim, foi exatamente o que pensei. E como faremos isso?

Depois de dois *okays* ele desligou.

Eu já podia sentir meu coração pular no peito, mas aguardei os segundos que ele precisou para montar uma resposta. Eleonor ainda estava ao meu lado, tão preocupada quanto eu.

Os pássaros começaram a cantar e tive a sensação que o mundo estava mais lento, aguardando respostas, assim como eu.

— Que merda! — disse ele, enfiando as mãos nos bolsos da calça.

— O que houve, Antoni?

Ele fechou os olhos com força, parecia estar com dificuldade de dizer alguma coisa e isso nos deixou muito preocupadas.

— Carol pode ter caído em uma armadilha. Santiago informou o local onde Nara supostamente estaria. Eles combinaram tudo, só que o lobo não apareceu e não havia nada no local. Nem sinal da Nara.

— Tá, mas por que você acha que é uma armadilha?

— Achamos que Santiago pode ter nos enganado e armado para ela, ou pior. — Eu não imaginava o porquê daquele suspense, estava esperando por dois segundos a continuação da frase e já me sentia irritada com a demora. — Ele pode ter armado para nós.

Antoni tinha o olhar muito sério e me encarava sem desviar nem um milímetro. Ele esperava alguma resposta ou alguma pergunta, só que eu não sabia o que dizer.
— Any, precisamos sair daqui, agora. Se nossas suspeitas estiverem certas, alguém do Ministério pode chegar a qualquer momento.

Capítulo 13

Eu não entendi nada e me senti idiota. Não consegui responder ou formular perguntas, apenas fiquei observando Antoni, enquanto uma sombra de insegurança o envolvia. Eu nunca quis tanto usar essa minha habilidade.

— Carol já mandou alguém nos resgatar, ele deve estar chegando daqui a alguns minutos, então, estejam prontas para partirmos.

Era claro como o dia que despontava ao nosso redor, que ele escondia algo. Quando Antoni se virou para se afastar, eu o interrompi, entrando literalmente na sua frente.

— Eu não vou a lugar algum sem antes entender o que está acontecendo.

— Não sabemos o que aconteceu de verdade, porque o lobo sumiu. Sairemos daqui em segurança e depois conversaremos. Vamos encontrar Carol e ela nos explicará melhor o que houve.

— Não me trate como criança. Pelo que vejo, além da Nara, Santiago pode estar desaparecido também. Mas vocês não parecem preocupados com ele, não é? O que está acontecendo Antoni?

Eu estava indignada, Santiago quase morreu nos ajudando e agora estavam acusando ele de alguma coisa.

Antoni estava respirando fundo e com irritação nos olhos. Ele ia responder, quando uma voz conhecida cortou o silêncio, atravessando a sala.

— Santiago é simpatizante dos insurgentes que, como você já deve saber, trabalham para o Ministério. Ele armou a emboscada que capturou vocês na fenda. Carol me contou tudo, Any. Ela também me disse que não esperava por uma traição depois de ver como ele se arriscou por você, mas é como diz o ditado: gato escaldado tem medo de água quente, ou fria... Ah, acho que você entendeu!

Andei em sua direção e o abracei.

— É bom ver você, Will.

Quando o soltei, voltei minha atenção para o outro homem naquela sala. Ele apenas lançou um sorriso sem graça.

— Por que não me disse?

— Eu não sabia que essa seria a nossa carona.

— Não isso. Por que não me contou sobre Santiago?

— Não cabia a mim — Antoni respondeu, sem desviar os olhos dos meus. Parecia querer que eu visse algo através deles.

Agora eu entendia a preocupação em ir embora dali. Eu não podia contestar, não quando havia tanto arrependimento circulando Santiago, desde aquele incidente na fenda. Eu sabia que era verdade, sempre soube que San me escondia algo importante, só não conseguia pensar em uma razão. Por que nos trair e depois nos ajudar? Eu queria uma explicação e a teria, de um jeito ou de outro.

Alguma coisa não se encaixava. Eu precisava encontrar Santiago. Arrancar a verdade dele acabava de entrar na minha lista de missões. Claro que encontrar Nara ainda estava no topo dela.

— Tudo bem, vamos embora! Mas vocês não têm certeza de nada. Eu vi o quanto ele se arrependeu. Não podem, simplesmente, aceitar que ele nos traiu e pronto! Precisamos encontrá-lo para tirar essa história a limpo.

— Precisamos encontrá-lo sim, mas eu tenho outras razões em mente — rebateu Antoni, irritado.

Estiquei os braços para alcançar a bolsa e uma nova lembrança despontou. Antoni sorria. Não era um sorriso sarcástico, como de costume. Ele estava parado, com um objeto metálico em formato de meia lua nas mãos. Sem dizer nada, piscou e fez uma careta de surpresa e dúvida.

— *Meu pai me deu. São duas partes. Olhe! Eu também tenho uma.* — Mostrei a outra parte da peça que, juntas, formavam um arco do tamanho de um anel. Ambas representavam uma flecha curvada em meia lua, só que uma com a ponta virada para cima e a outra seguindo para o lado oposto. Unidas formavam um anel, como se duas flechas se curvassem e se fundissem num círculo infinito.

— *Meu pai me disse que eu deveria dar uma parte para alguém em quem confiasse de verdade, alguém a quem eu confiasse minha própria vida. Essa pessoa carregaria parte de mim com ela.*

Antoni continuava sorrindo, com o objeto nas mãos. Quem diria? Meu protetor tinha um belo e iluminado sorriso. Eu jamais vi um que não carregasse alguma intenção, normalmente, irônica ou arrogante, e os olhos... Ah, os olhos sempre indecifráveis, agora estavam brilhantes. Não pude evitar reparar como ele ficava muito bonito atrás de um olhar brilhante e um lindo sorriso sincero.

Aproximei-me, absorvida por aquele olhar. Estendi a mão para ele e logo senti um toque forte em meu braço, mas não fazia parte da lembrança. Saí dela da mesma forma inesperada em que entrei.

— O que houve, Any? Você está bem? Ficou parada como um robô — disse Will, preocupado.

— Estou bem, Will. Foi só uma memória.

Tranquilizei meu amigo e com os olhos, busquei Antoni pela sala. O encontrei encostado ao batente da porta. Ele sabia que se tratava de uma lembrança e, com certeza, estava ansioso por saber se ela o envolvia. Perdi-me em seu rosto por um momento, associando aquele homem sisudo ao outro, o de sorriso encantador e olhos brilhantes. Permaneci ali por mais tempo do que pretendia.

Meu amigo e protetor entortou a boca e fez cara de quem não se importava, mas perguntou mesmo assim:

— O que foi que você viu?

— Eu vi isso. — Com dois largos passos, cheguei perto o suficiente para tocar o colar e mostrar o pingente metálico, preso a uma corrente que ficava em seu pescoço. — Você sabe como conseguiu isso?

— Na verdade, não — ele respondeu e arqueou uma das sobrancelhas, visivelmente incomodado.

— Eu sei. — O deixei pensando a respeito e saí.

Peguei minha bolsa, que estava sobre o sofá e rumei para fora, onde o carro estava nos aguardando. Pensei que Antoni viria atrás de mim. Seria engraçado vê-lo fazer uma cena por curiosidade, mas ele não veio. Simplesmente, não se importou.

— Any, eu só preciso pegar minha bolsa no quarto. Volto em um minuto e poderemos ir — disse Eleonor.

— Não podemos demorar nem um minuto a mais — Antoni falou, sem tirar os olhos de mim. — Precisamos ir, agora.

— Antoni, é muito importante que eu pegue o que preciso. Só vai levar um minuto, eu juro — Eleonor seguiu apressada para o corredor que levava aos quartos.

Sem nada dizer, ele seguiu em direção ao carro. Eu sabia que ele tinha razão, o tempo não era mesmo um amigo naquele momento.

Do lado de fora havia uma picape vermelha com vidros escuros o suficiente para esconder quem estivesse lá dentro. Provavelmente, ideia de Carol. Em alguns minutos Eleonor se juntou a nós, com uma pequena caixa de madeira nas mãos. Aproximou-se e, simplesmente, parou na minha frente com olhar resignado. Talvez tenha chegado a hora em que ela finalmente me contaria tudo o que sabe. Pelo menos foi o que pensei. Nosso olhar se cruzou e quase tive certeza disso, mas fomos interrompidas antes que qualquer palavra fosse dita.

— Alany, embora eu realmente me interesse em assistir essa conversa, precisamos terminá-la em outro lugar. Aqui não é mais seguro.

Antoni tinha razão.

Eu já estava me acostumando à sensação estranha causada pelo toque dele, mas, ainda assim, assustei-me com o pequeno choque, quando ele tocou minha mão. Deu para ver em seus olhos que ele sentia muito por interromper aquele momento, porém era necessário.

Olhei para minha avó e tenho certeza que ela entendeu o que eu queria dizer: teríamos aquela conversa em breve. Sem novas fugas.

CAPÍTULO 14

— Para onde vamos, Will?
— Ainda não sei. Por enquanto, vamos nos afastar o máximo possível, isso é o mais importante agora. Carol vai me ligar para indicar o nosso destino.

Entramos na elegante picape vermelha e pensei em como o trabalho da Carol devia ser lucrativo. Aquele era um belo carro e, com certeza, muito caro também. No banco de trás, Eleonor e eu olhávamos a casa que considerávamos um refúgio, ir se afastando aos poucos, ficando menor a cada segundo. Não demorou muito até que ela se misturasse à paisagem, para, em seguida, desaparecer.

Senti uma enorme tristeza por deixar o lugar onde estavam algumas das respostas que tanto busquei a vida toda, além de ver escorrer por meus dedos memórias aprisionadas que eu pensava estarem perdidas. Descobri que estavam apenas repousando, esperando pacientemente por seu resgate.

Com um suspiro, dei fim ao drama. Talvez, se fosse só por mim, correria o risco e ficaria, mas sei que Antoni não iria embora se eu me recusasse a partir e não podia arriscar que o pegassem. Não seria justo ele ser capturado por minha causa, depois de fugir por tanto tempo. Eu nem sabia direito porque ele estava fugindo, mas isso não importava. Eu também estava fugindo, não estava?

Às vezes, as coisas simplesmente não dão muito certo, e depois de um tempo, a gente nem sabe mais quando começou a dar errado.

Pensando nisso, eu precisava focar na minha própria história, em como tudo estava acontecendo e como comecei a descobrir as coisas. De repente, parecia ter aberto um livro e começado a ler do meio. Eu precisava voltar ao início.

Como se lesse meus pensamentos, Eleonor me chamou, colocando sua mão sobre minha perna.

— Alany, querida.

Eleonor olhou em minha direção e sorriu. Aquela era minha querida avó, sempre amável e carinhosa. Por um segundo, esqueci tudo que estava acontecendo. Éramos apenas uma neta e sua avó, juntas em uma aventura. Eu a abracei. Queria que ela soubesse que, apesar de tudo, eu a amava muito e não guardava mágoa.

— Alany, eu tenho algumas coisas para contar, mas, talvez, não seja exatamente o que você está esperando. Acho que isto aqui em minhas mãos pode ajudar mais do que as coisas que eu sei.

Eleonor esticou os braços e me entregou a pequena caixa de madeira que carregava.

— Sua mãe deixou essa caixa preparada para quando você estivesse pronta. Meu filho foi o guardião oficial por um tempo, ele me disse que eu deveria entregar a você se um dia ele mesmo não pudesse. Esta caixa guarda importantes lembranças e respostas. Ela deveria chegar a você, quando descobrisse tudo a respeito do mundo oculto. Eu acho que Twylla sempre soube que você descobriria, mais cedo ou mais tarde. Talvez ela até esperasse por isso, mesmo não querendo. Eu me lembro de quando seu pai a guardou e me deu as instruções, mas quando cheguei aqui não consegui encontrá-la. Só hoje me lembrei de onde estava. — Eleonor fez uma careta e sorriu de si mesma. — Essa casa é estranha, parece ter vida própria.

Peguei a caixa, mas não abri. Fiquei um tempo observando Eleonor e sentindo que não a conhecia, não de verdade, não como eu pensava.

Voltei a atenção para a caixa em minhas mãos, era de madeira clara com um desenho de uma árvore na tampa. Uma árvore exuberante com uma grande copa, robusta e cheia de galhos. A árvore estava entalhada na madeira, as raízes também eram visíveis e pareciam fortes e profundas, ao mesmo tempo, superficiais, como se a árvore quisesse mostrar toda sua extensão e poder. Era linda, imponente como a própria natureza. Sorri com aquela imagem e imaginei que minha mãe podia ser a única pessoa no mundo que enxergasse, assim como eu, a força da natureza representada em um simples entalhe na madeira.

Segurei a tampa e me preparei para abrir a caixa, como se lá dentro estivessem todas as respostas que eu procurava e elas fossem pular para fora, como aqueles palhaços que pulam da caixa para nos assustar. Respirei fundo e senti a mão de Eleonor sobre a minha.

— Preciso que me perdoe por não contar tudo a você antes. Espero que compreenda que eu tenho conhecimento parcial dos fatos e a deixaria com mais dúvidas. — Vovó suspirou e soltou o ar pela boca. — Além disso, seu pai me fez prometer que o ajudaria na missão de manter sua inocência. Depois do acidente, tive muito medo de perder você também. Achei que se ficasse afastada de tudo isso, de todo esse mundo oculto, estaria a salvo.

Eleonor fechou os olhos por um momento, mas logo os abriu. Estavam umedecidos. Visivelmente emocionada, ela voltou a falar:

— Apesar de toda essa loucura, eu sei que você não corre perigo, o Ministério nunca quis machucá-la. O plano sempre foi atrair sua mãe. Infelizmente, meu filho foi a maior vítima dessa perseguição insana. Aquele acidente nunca foi para matá-la, eles acharam que sua mãe apareceria para protegê-la. — Lágrimas escorreram. — Não era para ninguém morrer.

Eu não estava entendendo nada, mas isso já estava fazendo parte da minha rotina, por isso, não me surpreendi; nada mais me espantava.

Ainda com a mão sobre a minha, Eleonor respirou fundo. Algo me dizia que aquilo ficaria ainda mais estranho.

— Eu vi o amor deles crescer, e, junto com ele, o ódio de Handall. Aquele homem nunca se conformou com aquela união.

Franzi o cenho ao ouvir aquele nome vindo da boca de minha avó com certa familiaridade. Antoni e Will também se espantaram.

Senti o carro reduzir a velocidade. Quando olhei para frente, dei de cara com Antoni focado em Eleonor. Ele tinha as sobrancelhas unidas, indicando seu espanto.

Sorrindo sem ter vontade e fitando as próprias mãos, ela continuou:

— Seu avô era celsu. Ninguém sabia, mas ele nunca se subjugou ao Ministério, nunca quis ter sua vida vigiada. Viveu sem qualquer envolvimento com outro celsu e jamais usou alguma habilidade para sobreviver. Ele odiava Handall e forma como o Ministério manipulava a todos.

— Mas o vovô morreu em um assalto. Como...

— Ah, sim, ele foi vítima de um assalto — ela interrompeu. — Ele podia ter se salvado, mas preferiu deixar aqueles homens levarem seu carro e dispararem dois tiros pelas suas costas. Ele escolheu morrer como um humano, ao se revelar e colocar nossas vidas em perigo. Certamente, se o Ministério descobrisse que ele viveu tantos anos escondido, nossa família seria um alvo fácil. É assim que eles agem.

Antoni estava com um olhar de espanto como nunca vi e sua voz carregava um tom de incredulidade, ao perguntar se Eleonor sabia que minha mãe era celsu, quando se aproximou do meu pai. Vovó disse que no início não, mas depois de um tempo acabou descobrindo. Enquanto ela o respondia, percebi que Antoni ainda tinha dúvida. Então, ele olhou para mim com os olhos quase arregalados e disse:

— Any, se seu avô era um celsu, então, seu pai...

Só então percebi onde Antoni queria chegar. Eleonor também se deu conta e tratou de esclarecer o mal-entendido.

— Oh, não! Quando conheci seu avô eu já tinha um filho. Seu pai não era celsu ou híbrido, ele era cem por cento humano.

Antoni levou as mãos ao rosto e soltou o ar, demonstrando grande alívio. Depois dessa reação, que considerei um tanto exagerada, ele continuou com as perguntas:

— Então, você conhece Handall?

— Handall veio me procurar, quando o relacionamento entre eles começou a ficar sério. Eles já falavam até em casamento, estavam muito apaixonados. Esse homem me disse que havia algo perigoso em Twylla e que só queria me ajudar a proteger meu filho. Ele me revelou que sabia sobre seu avô. *Ninguém consegue esconder nada do Ministério por muito tempo*, foi o que ele disse. Isso foi uma novidade para mim, eu nem imagina que eles soubessem. Foi então que eu percebi...

Eleonor estava com os olhos marejados, puxando o ar com força demais, talvez, buscando nele coragem para deixar de lado as lembranças e prosseguir.

— Seu avô sempre nos protegeu, até mesmo na hora de sua morte.

Minha avó estava em nostalgia. Lágrimas escorreram, fazendo-a fechar os olhos por um instante. Era muita emoção se lembrar de uma época tão difícil, mas ela se recompôs e prosseguiu:

— E essa não foi a única vez que ele me procurou — declarou.

Todos nós olhamos para ela. Eleonor estava com receio, encarava-me com medo do meu julgamento. Aquele olhar foi a última coisa que vi antes de ouvir o grito.

Capítulo 15

— Cuidado, Will! — gritou Eleonor, ao ver uma pessoa parada no meio da estrada. Eu não vi de onde ele veio, mas estava ali, estacado e com as mãos nos bolsos de um alinhado terno cinza.
Ouvi o som de freio e a voz do Antoni ao mesmo tempo.
— Não podemos parar. Acelera!
— Mas... — Will tentou argumentar, mas foi interrompido.
— Ele é do Ministério. Confia em mim e acelera! — orientou Antoni, nitidamente irritado.
Will acelerou e vimos o homem pular para o lado, saindo de cena no exato momento de um inevitável acidente fatal.
— Não sei como, mas eles nos encontraram. Não pare e não reduza a velocidade por nada.
— Cara, que merda foi essa? Como você sabia que ele é do Ministério? — perguntou Will, assustado.
— Porque eu o conheço.
Andávamos em alta velocidade, sempre com os olhos grudados no retrovisor. Antoni nada mais respondeu, deixando-nos ainda mais aflitos. Will estava nervoso e ainda tinha que dirigir como um doido, sem saber para onde ir. Sua voz era tensa, quando fez mais uma tentativa de contato com aquele homem repentinamente mudo sentado ao seu lado.
— Antoni, ele já deve estar longe, acho que não precisamos mais correr tanto.
Continuamos sem nenhuma resposta e isso me deixou impaciente.
— Será que você pode, pelo menos, nos dizer alguma coisa? — perguntei e não tive resposta, o que me deixou incomodada. Levei o corpo para frente e toquei em seu ombro. — Antoni, você ainda está aqui?
Ele se assustou com meu toque e segurou minha mão, virando-se com os olhos arregalados.
— Nossa! Calma, sou eu! — falei.
Agora quem estava assustada era eu. Ele tinha os olhos perdidos, estava olhando para mim, mas era como se não estivesse me vendo. Senti um arrepio horrível percorrer meu corpo.
— Não faça mais isso — Antoni disse, tirando minha mão de seu ombro e voltando a olhar para a estrada.

Ele estava muito estranho, mas não era apenas sua falta de palavras, sua energia também estava alterada, havia algo de maligno o rondando. Minha respiração ficou acelerada e eu não soube o que dizer. Fiquei em choque.

— Ele não está longe — disse Antoni, simplesmente.

— Como isso é possível? — indagou Will com a voz insegura.

— Por que você não me diz? — questionou Antoni, olhando para Will com suspeita.

— Qual é, cara? Eu vim ajudar vocês a pedido de Carol, nem sabia que a barra estava tão pesada assim. E eu nem sou do Ministério nem nada. Ninguém sabia que eu viria e mesmo que soubessem, não acha que teriam chegado até a casa onde vocês estavam? — Will deu uma bufada alta e voltou os olhos para a estrada. — E essa agora. Fala sério!

— Isso é o mais estranho — observei. — É claro que se o estivessem seguindo, eles estariam na casa minutos depois que você chegou. Mas não faz muito sentido ele estar tão perto pouco tempo depois que saímos. Quer dizer... Parece que ele sabia onde estávamos.

— Por que não faz sentido? Vocês disseram que existem espiões, ou sei lá como os chamam, por todo lado. Esse cara pode ser só mais um deles. Podia já estar por aqui e recebeu algum tipo de... Sei lá! Um alerta. Ah! Nem sei o que estou falando — disse Eleonor.

— Faz sentido, vó.

— Não ele — retrucou Antoni.

Ah, não! Isso não era momento para enigmas. Eu não podia deixar que ele continuasse a nos esconder informações. Sabia que ele estava concentrado, tentando encontrar uma solução, mas eu queria que ele compartilhasse seus pensamentos, apesar de estar ficando com medo deles.

— Antoni, por favor" Quem é ele?

Antes que ele respondesse, Will completou minha pergunta.

— E como você sabe que ele ainda está atrás da gente? Eu não vejo nada.

— Apenas sei — ele respondeu sério.

Antoni não estava nervoso, mas seu tom de voz era de dar medo. Eu ia responder, mas quando olhei para ele e vi sua energia totalmente negra, fiquei sem reação. Por mais sinistro que ele fosse, eu nunca o vi assim, cercado por uma névoa negra e densa.

Will me encarou pelo retrovisor e eu dei de ombros. Não fazia ideia de porque ele estava daquele jeito, com uma voz tão dura que dava medo. Depois de alguns minutos em silêncio, perguntei:

— Quem é esse cara? E por que ele o deixa assim, tão sinistro?

Olhando para trás, Antoni me encarou e pude ver uma pontada de medo em seus olhos. Isso me assustou um pouco, porque nunca tinha visto medo entre as suas emoções. O cara devia ser barra pesada mesmo.

— Já ouviu falar dos legados? — ele perguntou.

Mexi a cabeça em negativa. Eu já tinha ouvido falar, porém naquele momento queria saber mais. Quem realmente se espantou foi Will. Percebi pelo tom de voz exaltado e a maneira como ele acelerou ainda mais o carro, fazendo meu corpo grudar no encosto do banco.

— O quê? Eles existem mesmo? Pensei que fosse só uma lenda? Carol nunca me disse nada sobre isso — disse Will, nervoso.

— São o esquadrão de elite do Ministério. Ninguém os vê, são como fantasmas — respondeu Antoni. Ele não tirava os olhos do Will, enquanto falava. Direcionou-me o olhar por um segundo, apenas para indicar que direcionava aquela explicação a mim, voltando a encarar o motorista.

— O que significa isso? Quer dizer... Eu acho que não pode ser tão ruim, ele é apenas um, estamos em maior número. E se ninguém os vê, é porque não saem muito por aí perseguindo as pessoas — concluiu Will.

— Significa que ninguém sobreviveu para contar — explicou Antoni, com os olhos ainda pregados em Willian.

— Mas nós podemos fugir, podemos nos esconder...

— Ou podemos lutar — disse Will me interrompendo.

— Não sabem o que estão falando.

A postura rígida e a energia escura de Antoni indicavam problemas, eu só não sabia o que havia causado essa mudança, muito menos como neutralizar o que estivesse provocando aquela reação nele. A única coisa que eu sabia era que algo estava errado. Nunca tinha visto Antoni tanto tempo sem dar nenhuma resposta irônica, sem frases arrogantes ou sorrisos tortos. Não parecia a mesma pessoa.

— Pare ali naquele posto — ele pediu.

— Mas... não estamos fugindo? — perguntei.

— Não se preocupe. Ele não está com pressa.

Quando o carro parou, Antoni desceu e pediu que o esperássemos em nossos lugares, disse ao Will para não desligar o motor. Ele estava tão estranho que ficamos apenas olhando, enquanto ele seguia para a loja de conveniência, saindo dois minutos depois.

— Só eu reparei que Antoni está mais esquisito do que o normal? — perguntou Will.

— Bota estranho nisso — respondi.

— Ele ficou assim quando vimos esse homem lá atrás. Será que está com medo? — indagou Eleonor.

— Não é só medo. Ele está distante, afundado em uma energia ruim. É difícil explicar — respondi.

Observando-o caminhar de volta, percebi que estava diferente de quando saiu do carro. Notei o início do velho sorriso torto e arrogante de sempre.

Ele entrou sem dizer nada e Will nos colocou de volta na estrada.

— Até quando vamos fugir desse cara, hein?

Quem podia criticar Will pela pergunta? Parecia que estávamos fugindo de um monstro terrível, porém, não havia ninguém que pudéssemos ver atrás de nós.

— Vocês decidem. Ele pode estar apenas atrás de mim, para me levar ou me matar. Mas ele também pode estar atrás de você — disse Antoni, olhando para mim. — Não sabemos o que esperar. O cara é um lobisomem e vocês viram como é lutar com um desses. Além disso, ele pode não estar sozinho, seu comportamento está estranho demais.

— Não é apenas o comportamento dele que está estranho — constatei. — Mas já estou animada por vê-lo dizendo mais do que duas palavras.

— Não se anime tanto. O que está acontecendo não é normal, mesmo como legado ele não poderia nos perseguir como está fazendo. É como se soubesse exatamente para onde estamos indo.

Olhei para ele e senti, de novo, um arrepio. Sua energia já não era tão negra como há minutos atrás, mas ainda estava pesada.

— Não acho que ele esteja sozinho nessa — disse Antoni, observando Will com olhar acusador.

Antes que Will respondesse a provocação, e ele estava preparado para isso, intervi, porque aquela acusação não fazia o menor sentido. Eu saberia se Will estivesse mentindo.

— E você consegue pensar em algo, além de ficar desconfiando de um de nós? Pode ter sido Santiago. Ele entregou você uma vez não foi? — questionei.

— Poderia, sim. Mas, se fosse esse o caso, ele estaria aqui. O príncipe não viria sozinho, Santiago estaria junto, por garantia. Além disso, por que ele não teria ido até sua casa? — Diante da falta de resposta, Antoni continuou: — Ele nos segue como se sentisse o nosso cheiro, o que seria impossível a essa distância, até mesmo para ele.

— Espera ai! Você disse príncipe? — perguntei.

— Sim. Um dos últimos descendentes da realeza celsu — respondeu Antoni, sem dar importância.

— Como você sabe que ele ainda está nos seguindo? — Eleonor perguntou.

— Eu apenas sei.

Will me encarou pelo retrovisor com interrogações nos olhos, então, eu o ouvi na minha cabeça.

— *Alany, continuo achando que devíamos parar e enfrentá-lo* — disse Will, sem emitir nenhum som.

— *Não sei, Will. É muito arriscado. Eu vi Santiago transformado, é assustador. Sei que Antoni está estranho, mas precisamos confiar nele* — respondi sem usar a voz.

— Querem que a gente saia do carro, para que possam conversar mais à vontade? — indagou Antoni. — O que está fazendo, Willian? Tentando convencer Alany que devíamos parar? Porque, se for isso, não me surpreende.

Pensei um pouco sobre isso, era exatamente o que Will estava fazendo.

— Antoni, dá um tempo! Estou apenas tentando encontrar uma solução. Mas, na verdade, nem sei se precisamos nos preocupar tanto. Não vejo ninguém nos seguir, nenhum homem ou carro. Acho que você está viajando — constatou Will, irritado.

— Querem pagar para ver? — questionou Antoni, enquanto abria uma embalagem de chiclete.

Capítulo 16

— Will, acho melhor não pararmos ainda — orientei, ignorando Antoni. — O que você sabe exatamente sobre esses legados?
— Quase nada, só sei que se cruzar um dia com eles é porque está muito encrencado. Mas eu achava que era só uma história para assustar celsus indisciplinados.
— Eles são um esquadrão selecionado, com habilidades escolhidas a dedo e elevadas ao máximo de suas capacidades, através de treinamentos extremos. São como uma lenda, como disse Will, mas são reais — completou Eleonor, surpreendendo-nos mais uma vez.

Todos nós olhávamos para ela espantados, fazendo a coitada se encolher no banco.

— É só isso que eu sei sobre eles. Sempre acreditei que eram reais, mas nunca imaginei encontrar com um deles. Seu avô dizia que eles têm um líder, chamam-no de General, e que o homem não sabe o que é piedade. Ninguém nunca devia cruzar o caminho dele, porque não tem como sair inteiro desse encontro. — A voz da minha avó estava mais fraca do que o normal, parecia que estava com medo até mesmo de falar sobre o tal general.

— Obrigado, Eleonor! Acho que agora eles compreenderam com o que estamos lidando. Embora, esse General tão cruel não seja mais o mesmo, este homem que está nos seguindo é o novo general do clã — completou Antoni. — Para estar neste posto precisa ser o legado mais forte ou o mais fiel. Não entendo por que ele nos persegue, mesmo sendo um lobo, existem legados mais preparados para rastrear. Além disso, sendo o general, ele não deveria sair do lado de Handall.

Não tinha como eu estar mais surpresa, Eleonor mostrando seu conhecimento sobre o mundo oculto e Antoni falando uma frase inteira.

Depois de alguns segundos de silêncio, Antoni acusou abertamente meu amigo.

— Will... Se você tem algo a dizer, a hora é agora. E, por favor, pare o carro.

— Quer saber? Vai à merda, Antoni! — revidou Will, claramente em desagrado. — Eu estou correndo perigo com vocês e ainda estou aqui. Se não confia em mim, pode descer! — Will parou o carro no acostamento e meu coração congelou. Eleonor apertou meu braço e quando olhei para ela, vi muito medo em seus olhos.

— O que está fazendo, Will? Esqueceu que estão nos caçando? — Eu nem percebi que estava gritando, até ele me olhar e devolver na mesma altura.

— Eu não sei, Any! Só sei que corro risco ajudando vocês, e não sei mais se o risco está lá fora ou aqui dentro.

— Que droga, Antoni! O que você está fazendo? Precisamos ficar juntos para sair dessa, o que não dá é para ficarmos parados aqui na estrada, esperando esse cara chegar — falei.

— No momento, eu até acho que é melhor ficarmos parados, já que ele também está — respondeu ele calmamente. — O príncipe não está mais nos seguindo e isso é muito pior, porque podemos estar indo para alguma emboscada. — Antoni soltou o ar pela boca e sorriu sem vontade. — Não sei se estou muito disposto a cair em uma... de novo.

— Como assim, não está mais nos seguindo? Por que estamos fugindo então? — perguntei, a essa altura minha paciência havia acabado por completo.

— Ele está nos seguindo, só que muito devagar, como se não tivesse pressa. E quando paramos, ele reduziu ainda mais, ficando praticamente parado também. O que é um comportamento estranho para quem está seguindo alguém, não acha? Seu amigo aqui pegou a via local lá atrás e mudou a rota. — Antoni fez uma pausa dramática antes de concluir: — O príncipe está distante o suficiente para não nos ver. A essa distância, seria impossível acompanhar a alteração de rota, mesmo assim, ele nos seguiu como se soubesse o nosso destino que, aliás, sequer sabemos qual é. Ele está nos dando tempo, quer que o levemos a algum lugar. É como se esse destino estivesse no GPS dele.

Antoni não desviou os olhos do Will enquanto dizia tudo isso, mas, assim que terminou, virou-se para mim. Com aquela energia densa o rondando, ele continuou:

— Sou especialista em fugas, faço isso há muito tempo e nunca vi algo assim. Ninguém persegue com tanta tranquilidade.

— Ah, que merda! — Coloquei as mãos na cabeça. Não queria acusar ninguém e sabia que não era necessário, mas Will precisava se explicar. — Will, por que você alterou a rota?

— Não é o que estão pensando. Você também, Any?

— Will, apenas responda. Eu não estou acusando você, só quero entender o que está acontecendo — falei tranquilamente. Eu realmente não pensava que ele estava envolvido, mas aquela situação estava estranha.

— Eu estava com alguém, quando Carol me ligou. Ela me pediu para não levar ninguém comigo, disse que ninguém mais poderia saber onde ficava a tal casa, que por sinal, eu jamais encontraria sozinho. Dirigi até encontrar algum lugar onde ela pudesse ficar me esperando, já que seria um lance rápido. Pelo menos, foi o que Carol me disse. A instrução foi pegar vocês e cair fora. Então, eu a deixei em um restaurante na estrada e prometi que voltaria para buscá-la.

Fiquei aliviada. Eu via, nitidamente, que ele não mentia.

— Will, você devia ter dito isso antes. Eu confio em você, mas essa alteração na rota foi suspeita. Acho melhor continuarmos, e talvez seja um bom momento para ligar para Carol. Antoni, podemos continuar agora? — perguntei com certo sarcasmo.

Antoni não respondeu, apenas me olhava, buscando algum sinal. Só eu saberia se Will dizia a verdade. Depois de receber o que queria, ele ficou ainda mais sério e pensativo.

— Não é seguro mesmo ficarmos parados por tanto tempo.

Estranhei ao ouvir a voz de Eleonor, esperava que Antoni se pronunciasse.

— Calma, vó! Está tudo bem. Nossa! A senhora está muito gelada! — constatei ao segurar sua mão.

— Eleonor, ele não vai nos pegar. Ao menos, não desprevenidos. Eu também conheço bem a fama dos legados e posso garantir que muito do que dizem é carregado de exageros. Não precisa ter medo.

Alguém me belisca! Antoni estava tentando acalmar minha avó, e conseguiu, porque senti a energia dela mais leve.

Will ligou o carro e voltamos para a estrada. O silêncio era horrível, cheio de perguntas para as quais nenhum de nós parecia ter as respostas.

Olhei para o horizonte e pensei em Nara. O que estaria acontecendo com ela? Carol não atendeu a ligação do Will. Lembrei-me também de Santiago. Será que ele havia mesmo nos entregado, de novo? Eu vi tanto arrependimento o rondando da última vez, que era difícil acreditar nessa traição.

Um som alto me tirou daqueles pensamentos, Antoni bateu as mãos com muita força no painel do carro, deixando todos nós em sobressalto.

— Que droga! — praguejou.

Embora fosse apenas uma reação exaltada, eu nunca tinha visto Antoni tão alterado. Ele respirou fundo e fechou os olhos.

— Desculpem! Não quero alarmar vocês, mas é inútil fugir se não descobrirmos o que está atraindo esse lobo. Será que existe algo nesse carro? Um rastreador?

— Eu olhei tudo, o que, pelo visto, não quer dizer muita coisa para você. Mas Carol me mandou esse carro, dizendo que ele seria mais seguro. Um cara parou onde eu estava, assim que falei com ela. Ele deixou a caminhonete e levou minha moto. Então, a menos que esteja desconfiando dela também, o carro está limpo.

Ficamos em silêncio por um tempo, acho que por total falta do que dizer.

— Vocês não estão achando que foi Carol, estão? Porque isso seria um absurdo — Will falou entre um sorriso nervoso.

— Will, eu não sei mais qual é o significado de absurdo — disse sem pensar.

— Ele tem razão. Seria um absurdo. Ela teve muitas chances para fazer isso. Além do mais, não faz o estilo dela — disse Antoni. Ele estava seguro ao defender Carol.

— Cara, vocês viajam! Carol sempre cuidou de você, Any. Mesmo que esteja com raiva agora, você ainda vai ver que tudo que ela sempre fez foi para protegê-la.

— Agora não, Will! — Eu não estava no clima para ouvir sermão.

— Não contar a verdade era difícil para ela. Eu a vi muitas vezes se desdobrando para afastá-la de coisas que a levariam ao mundo oculto. Eu nunca concordei porque não gosto de mentiras, mas via o esforço que ela fazia. Mentiu, sim, mas o amor que ela sente é verdadeiro. Carol é mesmo sua amiga, Alany. Você não sabe, mas ela já a tirou de várias roubadas. Só não conseguiu afastá-la de Santiago, e olha no que deu. — Will me encarou pelo retrovisor.

A imagem de Santiago veio à minha cabeça. O dia em que nos beijamos... Foi tão intenso e verdadeiro. Sorri sozinha, lembrando como me senti depois que ele foi embora e eu não sabia se o veria de novo. Não tínhamos trocado telefone nem nada. Mas, no dia seguinte ele estava lá, encantador como sempre.

Ah, meu Deus! Pensar naquele dia me fez lembrar de algo. Algo importante. A lembrança me deixou muito irritada.

— Ah, não! Será possível? Não acredito nisso! Eu mesma vou matar Santiago, quando encontrar com ele — falei sozinha e confusa. Senti meu rosto esquentar de raiva.

Todos me olhavam, aguardando a conclusão dos meus desabafos.

— Santiago me disse que esse tal de príncipe tinha desertado do Ministério, também disse que não sabia o que ele era lá dentro. Eu não sei como, mas, pelo jeito, ele conseguiu mentir para mim. Que ódio!

Antoni me observava sem entender. Acho que ninguém entendia nada naquele momento, mesmo eu estava com dúvida.

— Do que você está falando? — perguntou Antoni muito calmo, talvez para me acalmar, mas não funcionou, só fiquei mais irritada.

— Seria possível ele mentir para mim e eu não perceber? — perguntei e olhei para Antoni, mas acho que a pergunta era para mim mesma.

— Creio que não, querida. A menos que você tenha sentimentos muito fortes por ele, desses que nos deixam confusas... — Foi Eleonor quem me respondeu, mas não gostei daquela resposta, não era o que eu esperava.

Todos ainda me observavam e senti minhas bochechas corarem ainda mais. Não olhei nos olhos do Antoni e, ainda assim, senti o peso de seu olhar sobre mim.

Pensei, por um segundo, sobre o que Eleonor me disse.

— Não é esse o caso, vó. — Eu tenho certeza, pensei.

Não havia nada além de uma forte atração entre nós. Ele é lindo, sem dúvida o cara mais gato com quem eu já fiquei, mas não tinha esse lance de sentimento. Pelo menos, não ainda. E se o que eu suspeitava fosse confirmado, jamais teria.

Capítulo 17

— Santiago me deu isso. — Puxei o cordão que estava no meu pescoço. — Aquele dia, na fenda, ele me disse que só me encontrou porque eu estava com isso. Enquanto eu estivesse usando ele poderia me proteger. E agora, pensando bem, acho que pode ser algum tipo de objeto enfeitiçado, sei lá. Pode ser isso que está atraindo esse tal príncipe?

Antoni arregalou os olhos. Foi como se um vento forte tivesse passado por ali e levado todo o medo que ele sentia.

— Então é por isso que o próprio príncipe está aqui! Quem mais teria conexão com esse tipo de amuleto se não um cão do inferno? — Antoni ficou congelado me olhando, um misto de alívio e raiva era visível em seus olhos. Ele estendeu a mão e apenas aguardou, sem dizer nada. Demorei um segundo até entender o que ele queria.

— Se preferir, pode entregar pessoalmente quando ele estiver aqui? — disse, utilizando seu habitual sarcasmo, o que era melhor do que o silêncio e o medo de antes.

Sua energia estava mais leve, ainda escura e densa, mas parecia estar perdendo a força. Quando a energia é negra, não é possível enxergar muita coisa, ela consome o que há de bom, deixando tudo igualmente ruim.

Antoni me fuzilava, o único movimento que fazia era o de mascar seu chiclete, mas sua energia dançava em volta do seu corpo e percebi que ele estava ficando com raiva.

Só então a ficha caiu. Quase deu para ouvir o som dela batendo no fundo da minha cabeça. Retirei o colar e entreguei para ele. Antoni o segurou, observou por um segundo e abriu o vidro da janela. Pensei que ele jogaria simplesmente, mas ali não estava um homem previsível. Em um movimento rápido ele projetou metade do corpo para fora do carro, que ainda seguia em alta velocidade. Sentado na janela, como um adolescente que procura diversão e adrenalina fazendo coisas estúpidas, ele permaneceu por um tempo sentindo o vento bater no rosto. Ninguém disse nada e eu me sentia culpada demais para contestar qualquer que fosse seu plano.

Despois de alguns minutos, Antoni pediu para Will reduzir um pouco a velocidade. Atrás de nós vinha um caminhão com uma enorme caçamba. Somente quando ele já estava bem próximo, percebi que este seria o destino do colar. Sim, isso parecia mais eficiente do que simplesmente jogar o "rastreador" no mato.

De volta ao interior do veículo, Antoni parecia concentrado em seus pensamentos. Depois de longos três minutos, finalmente, disse:

— Pegue a próxima saída.

Apesar de apreensivos, parecia que todos no carro estavam confiantes que o plano daria certo, que tínhamos encontrado a razão de estarmos sendo caçados com tanta precisão. Já eu, nem tanto. O tempo parecia não passar. Eu sentia minha respiração rarear, minha vontade naquele momento era completamente indefinida. Não sabia se queria estar certa e ser o GPS ambulante, ou estar errada e não ter nada a ver com aquela fuga insana. A primeira opção nos daria o alívio de nos livrarmos do príncipe, mas também me traria a certeza da traição de Santiago.

Minutos depois, Antoni se virou. Eu já sabia o que era antes mesmo que ele abrisse a boca.

— Parabéns! Você não está mais sendo rastreada — afirmou, com um sorriso torto no rosto.

— Santiago me paga! Como ele pôde? — ralhei comigo mesma.

Foi a vez de Eleonor tentar me acalmar, segurando minha mão. Ficamos um tempo em silêncio. O olhar do Antoni pelo retrovisor me incomodava, como se ele quisesse me dizer alguma coisa e não soubesse por onde começar, como se eu tivesse feito algo de errado. Tudo bem que eu estava carregando um rastreador no pescoço, mas eu não sabia, então, teoricamente, não tive culpa. De um jeito ou de outro, eu precisava saber o que ele estava pensando. Aqueles olhos acusadores estavam me irritando.

— O que foi, Antoni? Alguma coisa está incomodando você?

— O dia está tão tranquilo. Por que eu estaria incomodado? — ele respondeu com ar de desentendido.

— Acabamos de nos livrar de um baita problema. Acho que você devia estar aliviado como o resto de nós e tentar ser um pouco mais simpático — respondi, áspera.

Ele se virou para mim e ergueu as mãos em rendição, o que me irritou ainda mais. Então, sorriu e não disse mais nada, apenas voltou a olhar para frente.

— Qual é seu problema? — falei mais alto do que o necessário.

— Achei que era eu que estava irritado — ele respondeu, sem tirar os olhos da estrada.

Idiota! Pensei. Não falei mais nada, para não alongar aquela conversa inútil e sem sentido.

— Vou fazer um retorno ali na frente apenas para pegar a outra rodovia. Estamos quase chegando onde eu deixei Carol — informou Will. Ele estava apreensivo, mas também parecia mais leve, conforme diminuía a distância entre nós e a tal pessoa misteriosa.

— Não precisa se justificar, Willian. Agora já sabemos quem era o agente duplo — respondeu Antoni, observando-me pelo retrovisor. Seu olhar se suavizou e ele piscou para mim. Não sei por que, mas isso me deixou ainda mais irritada.

Eu tinha coisas a pensar, uma amiga sequestrada, uma avó misteriosa, um bando de malucos me caçando e, ainda assim, o olhar provocador de Antoni era o que mais me incomodava naquele momento. Tudo nele estava estranho, desde o momento em que cruzamos com o tal príncipe. Eu nunca tinha visto aquele homem com medo ou com a energia tão carregada. Tudo bem que ele não era o ser mais gentil da Terra, mas não era maligno. Pelo menos, não o tempo todo.

As cores que o rodeavam sempre oscilavam. Nem sempre eram boas, mas nunca foram tão escuras. Eu teria medo, se não o conhecesse, mas será que eu o conhecia de verdade? Considerando minhas memórias, talvez. Mas, mesmo vendo aquelas imagens na minha cabeça, eu ainda não conseguia me lembrar dele. Não era como as memórias com minha mãe. Aqueles flashes despertaram outras lembranças e eu sentia que, aos poucos, lembraria de tudo relacionado a ela. Porém, o mesmo não acontecia com Antoni. As imagens eram isoladas, eu não conseguia ligar aquele momento a mais nada. O que mais conversamos? O que mais aconteceu naquele dia? Nada surgia na minha cabeça, nem uma faísca de lembrança.

Depois de um tempo naquela nova estrada, avistamos um posto de gasolina e ao lado uma lanchonete, dessas que vemos em filmes antigos. Nessa hora, pensei sobre o quanto tínhamos rodado. Eu não fazia ideia de onde estávamos. Não tinha prestado atenção nas últimas placas ou em qualquer outra identificação.

Will encostou o carro e pegou o celular.

— Vou tentar falar com Carol de novo — disse ele, saindo do carro.

O lugar era bem calmo, com certeza estávamos muito longe de qualquer centro urbano. Na lanchonete havia um letreiro velho com a letra A quebrada e pendurada, quase caindo. A letra seguinte deve ter caído há muito tempo, só existia a sombra do que um dia foi um B.

Will se afastou uns três passos do carro, mas logo voltou apressado.

— Any, o celular dela está caindo direto na caixa postal. Ela deve estar lá dentro. Fiquem aqui, eu já volto.

— Você não disse que ia ligar para Carol? — Antoni perguntou, observando a reação de Will com atenção.

— E eu tentei, só que ela não atende.

— Will, espera! Eu vou junto. Você vem, vó?

Antoni não disse nada, mas pelo olhar afiado, não estava nada satisfeito com aquela parada.

— Estamos em uma excursão agora? — questionou.

— Não, mas nem por isso deixamos de ter necessidades humanas — respondi, saindo de perto dele.

Se Antoni tinha necessidades iguais às pessoas normais eu não sabia, mas percebi que a palavra "normal" era bem relativa no momento.

Eleonor e eu seguimos Will em direção à lanchonete. Quando ele abriu a porta, um som de sinos fez com que todos olhassem para nós. Para quem está fugindo, aqueles olhares não eram nada confortáveis, pareciam ameaçadores, erámos forasteiros naquele lugar.

Will seguiu para uma mesa à direita do salão, exatamente na direção do corredor onde estavam placas apontando a direção dos banheiros. Nós o acompanhamos. Uma cabeleira loira, atrás de um banco, indicava que ele estava certo, a moça misteriosa ainda o esperava. Reconheci a garota paciente e sorri para ela antes de entrar no banheiro. Eu não podia me dar ao luxo de parar para um comprimento mais adequado.

— Você a conhece? — perguntou Eleonor.

— Já nos vimos antes, em um episódio bem estranho para falar a verdade, mas acho que podemos confiar nela.

Quando saímos, não havia mais ninguém no banco que antes acomodava Alamanda. Seguimos para a saída e percebi que a garçonete nos olhou com desprezo, com certeza irritada por usarmos o banheiro sem consumir nada. Eu andava devagar e meio envergonhada, pensando que deveria ao menos pedir alguma coisa. Então, parei em frente ao balcão e coloquei as mãos nos bolsos da calça apenas para constatar o que eu já imaginava, não tinha nada, nenhuma moeda.

— Você vai andar ou se sentar e pedir um café?

Antoni estava bem atrás de mim. Ele tinha duas garrafas de água nas mãos. Eu não disse nada, apenas segui para a porta, aliviada por ver que ao menos um de nós tinha dinheiro. Talvez não estivéssemos completamente ferrados.

O Sol estava quente e apontando direto para os meus olhos. Com a mão em forma de viseira, olhei para Eleonor, que cerrava os olhos com força, incomodada. Estendi a mão livre para que ela a segurasse. Esperava que meu gesto indicasse para a vovó que eu estava disposta a uma trégua. Já estava cansada, sentia-me uma pessoa amarga e não gostava disso. Acho que ela entendeu, porque me fitou, ainda com os olhos meio fechados, e sorriu, apertando minha mão.

Caminhamos de mãos dadas até a parte de trás da lanchonete, onde o carro estava estacionado, longe das vistas de quem passava pela estrada. Antoni vinha logo atrás de nós, mas nos ultrapassou quando estávamos há mais ou menos um metro do carro. Ele abriu a porta e, num gesto de cavalheirismo, falou:

— Eleonor! — Em seguida, estendeu a mão e ajudou minha avó a entrar. O carro era alto e ela encontrava certa dificuldade para subir. Depois, fez o mesmo comigo. Talvez existisse um cavalheiro naquele corpo.

— Obrigada! Isso tudo foi para sentar ao meu lado? — brinquei ao passar por ele.

— Podemos dizer que sim, já que estou curioso por saber o que há dentro de certa caixa.

Ah, meu Deus! A caixa!

Capítulo 18

~~~❋~~~

Esqueci completamente. Procurei no banco onde estava sentada e não havia nada lá. Abaixei-me até avistar um objeto brilhando embaixo do banco e estiquei o braço para alcançá-lo. Senti um alívio, quando toquei na tampa da caixa. Ela estava aberta, mas estava lá. Duas fotos estavam caídas no chão do carro e também um papel dobrado que parecia uma carta. Juntei as fotos e ao pegar a carta, senti algo gelado tocar minha mão. Estiquei ainda mais o braço, encostando o ombro no banco da frente, minha cabeça quase tocava o chão.

O cheiro de poeira acumulada nos tapetes do carro incomodou meu nariz, mas consegui pegar o que parecia ser um colar. Não podia ver o que era na posição em que eu estava, mas senti a corrente, era mesmo um colar. Peguei tudo que encontrei e coloquei de volta dentro da caixa. Levantei-me com a ajuda do Antoni e sentei um pouco ofegante. Talvez pelo esforço ou pela ansiedade de, finalmente, saber o que havia lá dentro.

— Acho que isto pertence a você. — Antoni me estendeu a tampa da caixa, que eu havia empurrado para o lado, deixando o caminho livre para alcançar os outros itens.

— Obrigada!

Respirei fundo, acomodei-me no banco e fechei os olhos por um instante. Era quase um ritual. Eu estava me preparando para ver o que havia no interior da misteriosa caixa de madeira. Ali dentro podiam estar as respostas que eu tanto precisava.

Comecei pelas fotos. Na primeira, minha mãe sorria, linda, com seu cabelo negro pendendo sobre os ombros. Ao seu lado, eu igualmente ostentava um largo sorriso, transbordando alegria. Certamente, meu pai era o fotógrafo, por isso não estava conosco. A imagem me absorveu por um momento e fiquei esperando um novo flash de memória que não chegou.

— Deve ter sido seu pai quem tirou essa foto. Vê como vocês são parecidas? Os mesmos traços fortes e marcantes. Olhos grandes e brilhantes. — A voz de Eleonor me trouxe de volta como quem aperta o botão que libera uma chamada em espera.

Olhei para ela e vi um doce sorriso de vó. Não podia ignorar que ela escondeu muitas coisas de mim, mas, naquele momento, erámos apenas uma avó e uma neta, compartilhando lembranças.

— Você acha mesmo que me pareço com ela?
— Muito! De várias maneiras.
— Olá, Alany?

Ouvi meu nome e ergui a cabeça para encarar um rosto conhecido. A garota misteriosa havia entrado no carro e estava acomodada no banco ao lado do motorista. Só então me toquei que, talvez, Antoni tenha mesmo algo de cavalheiro, pois ele cedeu o lugar sem criar caso nem jogar indiretas.

— Como vai, Alamanda? Fico feliz que seja você a acompanhante misteriosa do Will — respondi.

Alamanda assentiu e, sorrindo, olhou para Will. Aquele era um olhar de cumplicidade. Talvez Will estivesse dizendo alguma coisa, algo que só ela podia ouvir. Não pude deixar de pensar que esse é um tipo de habilidade bem útil, às vezes, principalmente para um casal.

— Ah, esse é Antoni, um amigo. E esta é Eleonor, minha avó.
— Muito prazer, Eleonor! — disse ela educadamente, estendendo a mão para um cumprimento. — Will já me apresentou ao Antoni.

A lembrança de Alamanda na minha cabeça estava associada a uma sensação de paz. Só de olhar em seus olhos já me sentia mais tranquila, e isso era ótimo, tanto quanto era assustador.

— Eu soube o que houve com Nara e quero ajudar vocês.
— Any, Alamanda pode nos ajudar. Você sabe que se não fosse por ela, talvez não tivéssemos saído inteiros daquela briga no bar. — justificou Will com muita convicção. Mas eu realmente não sei se ele não era a melhor pessoa para avaliar as intenções da garota, já que, segundo minha avó, fortes sentimentos podem atrapalhar o julgamento. E eu via claramente quais eram os sentimentos que ele nutria por aquela moça de longas mechas louras e lindos olhos verdes.

— Acredito que ela possa, de fato, ajudar. O que não sei é se devemos envolvê-la nessa bagunça, Will.

Ela abriu a boca para responder algo, mas antes que qualquer palavra saísse, Antoni a interrompeu:

— Desculpe me intrometer, mas não temos muito tempo. Então, a pergunta é: que tipo de celsu você é? Não se ofenda. Acontece que estamos em uma situação delicada, precisamos saber em quem confiar.

Apesar de inquiridor, ele não tinha o tom agressivo de costume. Se eu não o conhecesse, poderia pensar que estava até sendo gentil.

— Sou apenas uma celsu com alta sensibilidade.

Ela parecia extremamente convincente, de um jeito bem casual. O problema era que talvez essa sensação também estivesse sendo manipulada por ela. Isso me deixava confusa e não era só a mim que ela perturbava. Antoni me olhou de um jeito estranho. Um tipo de olhar que sempre estava associado a problemas. Estava claro que ele desconfiaria dela até que provasse o contrário, e eu queria evitar um novo conflito naquele carro. Will já havia sido acusado uma vez e foi péssimo. Eu não queria que acontecesse de novo, já que, com certeza, ele a defenderia.

Will tentava insistentemente falar com Carol, que não atendia o celular. Deixou vários recados e a cada nova mensagem, ficávamos apreensivos e quietos o bastante para tentar ouvir se haveria um diálogo ou apenas outra mensagem de voz. Aguardamos um retorno de Carol, enquanto seguíamos estrada afora, sem destino. E ainda tinha o tal príncipe, que a qualquer momento descobriria que foi enganado e voltaria a nos caçar no mesmo instante. Esperávamos que ele não encontrasse mais o nosso rastro, só que não tínhamos garantia de nada. Não tínhamos sequer um plano de fuga e isso nos deixava muito vulneráveis.

Pensar nisso me fez lembrar que tudo era possível para o Ministério. Talvez, Antoni estivesse certo em desconfiar de Alamanda. Não podíamos confiar em ninguém.

— Alamanda, eu me lembro que naquela noite, lá no bar, senti-me confusa. Parecia que você me deixava sem reação, como se eu estivesse calma contra minha vontade. Não sei explicar muito bem, mas a sensação foi estranha e acredito que você tenha causado isso.

— Não era contra sua vontade. Eu causo essa sensação nas pessoas, dizem que eu transmito paz — explicou ela, erguendo os ombros e sorrindo, como quem tenta minimizar o assunto. Em seguida, voltou os olhos para a estrada.

Apesar de vaga, havia verdade no que ele dizia, sem dúvida ou dissimulação. Talvez não estivesse dizendo toda a verdade, mas isso logo descobriríamos. Olhei para Antoni e assenti, porém entortei um pouco a boca. Tenho esse costume, quando algo não me agrada muito, e isso foi como um sinal. Ele me conhecia muito bem, até demais para quem estava na minha vida há alguns dias.

Ela não estava mentindo, mas ficaríamos de olho nela. Não precisei ter a habilidade do Will para saber que Antoni havia compreendido o sinal.

Alamanda era um mistério que não parecia representar perigo, então, decidi voltar ao que estava prestes a fazer antes que ela entrasse no carro. A caixa de madeira continuava em minhas mãos. Resolvi explorar e descobrir tudo de uma vez.

Perdi-me na foto que mostrava mãe e filha em um dia feliz em família.

— Você se parece mesmo com Twylla.

Virei para Antoni ao meu lado e o peguei olhando fixamente para a foto na minha mão. Sua voz estava calma e sem qualquer ironia. À sua volta havia algo novo. Toda aquela energia carregada tinha sumido. Era apenas o Antoni que conheci no meu quarto, sinistro e estranho, com um sorriso torto no rosto, mas também tranquilo e seguro.

— Você pode me dizer mais sobre minha mãe? Tipo, como a conheceu ou por que ela confiava tanto em você?

— Você pode me dizer qual foi a lembrança que teve envolvendo este colar? — respondeu ele, encarando-me.

Era justo.

— Fui eu quem o deu a você. Meu pai me disse que eu devia dar esse colar para alguém a quem eu confiasse minha própria vida.

Pela primeira vez vi Antoni ficar mudo e não era por que simplesmente queria, tive certeza que ele não sabia o que dizer. Ficou me encarando como se eu fosse uma pintura em uma tela. Acho que aquele olhar me hipnotizou, porque eu fiz o mesmo. Ele franziu a testa e apertou o colar com a mão, então, desviou os olhos.

— Não faço ideia de porque você o daria justo para mim, mas... pelo visto, já fui um cara confiável um dia.

— Você ainda é — respondi com sinceridade.

Ele se recostou no banco, levou a mão à cabeça e soltou o ar pela boca, estava incomodado demais por não se lembrar, era claramente uma tortura para ele.

Na caixa ainda havia mais uma foto, mas não tinha ninguém, apenas uma paisagem bucólica com uma grande e linda árvore sob os últimos raios do por sol. Apesar de linda, a imagem não me chamou atenção, deixou-me decepcionada na verdade. Não me dizia nada, porque não havia ninguém naquela foto, podia até estar ali por engano, pensei. Parti para o papel dobrado que parecia uma carta. Abri com cuidado. Estava um pouco amarelado, mas intacto. Meu coração acelerou antes mesmo de começar a ler.

Any,
Talvez você nunca entenda o que aconteceu e eu também não. Só preciso que saiba que não tive escolha. Não a estou abandonando, ou talvez esteja, mas nunca foi essa minha intenção. Você é, de longe, a melhor coisa que já me aconteceu.

Você é a única possibilidade de felicidade para mim. Jamais terei uma vida completa sem você segurando minha mão, correndo comigo pelo jardim, dançando na chuva ou me olhando com tantas perguntas escondidas atrás de um brilho intenso e quase infantil.

Sinto um amor que não imaginava existir até ter você tão perto. É tão grande... quase do tamanho da dor que sinto, só de pensar em me afastar. Jamais faria isso se não fosse preciso.

Só queria que soubesse que você é meu sol e eu sei que viverei na escuridão de agora em diante, apesar de estar fazendo a coisa certa. Mas isso não importa, desde que você esteja segura.

Eu a amo demais para suportar saber que estando por perto a coloco em perigo. Meu maior desejo é que tenha uma vida feliz.

Você será sempre minha princesa das sombras.

Quase não consegui ler até o final, meus olhos estavam embaçados pelas lágrimas. É difícil ser forte o tempo todo. Principalmente, quando o mundo joga uma torta de verdades na sua cara e você percebe que é apenas uma menina, tentando sobreviver a mais um dia.

Antoni enxugou uma lágrima que escorria pelo meu rosto, afastou alguns fios de cabelo que estavam grudados na minha bochecha e me deitou em seu ombro. Não disse nada, apenas passou a mão no meu cabelo como fazem os amigos. Senti-me acolhida.

— Alany, o que houve querida? — Ouvi Eleonor perguntar, mas sua voz parecia tão longe. Apenas lhe estendi a carta. Quando lesse, seria o suficiente para entender.

Tinha uma mistura de sentimentos dentro de mim: saudade, tristeza, amor e um enorme vazio, o mesmo que me perturbava há anos. Depois do acidente, foi quase impossível me recuperar. Na verdade, nunca me recuperei, a dor da perda nunca se foi como as pessoas diziam.

— *Um dia você vai acordar e a dor terá ido embora, só vai ficar a saudade. Essa, nunca vai acabar. Mas o vazio vai diminuir um pouco mais a cada dia* — foi o que disse uma das tantas psicólogas que conheci. Ainda espero esse dia chegar.

Acordo todos os dias com um vazio me corroendo por dentro. Tento preenchê-lo de várias maneiras, mas sempre falta alguma coisa. Eu não morri naquele acidente, mas sou como um brinquedo quebrado e depois colado; até dá para brincar, mas não é mais a mesma coisa.

Nem sei quanto tempo passou, só vi que a estrada deserta foi, aos poucos, mudando. Primeiro um posto de gasolina, depois um restaurante e mais à frente algumas casas. Estávamos entrando em uma região habitada. Pensei em perguntar onde estávamos, mas desisti. Que diferença faria? Não havia mais nada na caixa, além de um colar igual ao que Antoni carregava no pescoço, porém, com a seta invertida. Não me importei em pegá-lo. Dentro da caixa ele estaria mais seguro.

O celular do Will tocou e isso me tirou daquela nuvem de autopiedade.

— Carol? Carol? Merda de sinal! Carol, estou ouvindo, mas a ligação está bem ruim.

Capítulo 19

Will encostou o carro. Aquela ligação era muito importante, ele não podia correr o risco de perder o sinal. Ficamos em total silêncio, afinal, aquela era a ligação que esperamos o dia todo.

— O que você queria? Estamos na estrada há horas e tentamos ligar mais ou menos umas trezentas vezes... Eu sei. Tá bom... Tá bom! — Will se virou com cara de poucos amigos e entregou o telefone para Antoni.

— Sou eu. Onde você está?

Senti minhas mãos suarem, queria saber o que estavam falando.

— Ok! Mas eles estão oficialmente nos caçando. Já não sei mais se estão apenas atrás de mim, você me entende?

Já era agoniante o bastante ficar ouvindo frações da conversa e ficou ainda pior quando ele disse isso, principalmente, porque a sensação de medo que ele sentia antes estava presente de novo.

— Não, Carol. Quem estava aqui era o próprio príncipe... — disse Antoni, fazendo careta. — Sim, você ouviu bem. Nós o vimos, mas o despistamos.

Ela deve ter ficado calada por um momento, porque ele também ficou.

— O que foi, Antoni? — perguntei, mas ele apenas levantou a mão, fazendo sinal para esperar. Em seguida, fez cara de tédio e voltou a falar com Carol. Um pouco mais alto dessa vez.

— Hei! Calma, fica tranquila. Acha que eu não sei despistar um caçador? Até mesmo seu cachorrinho? Relaxa! O que precisamos agora é saber para onde... — Antoni afastou o celular do ouvido e falou: — Ela pediu um minuto.

— Eu quero falar com ela.

— Alany, vai ter de esperar na fila. Eu não acho que ela vai poder ficar muito tempo... Carol? Carol? — Bufou antes de praguejar: — Mas que merda!

A ligação caiu. Ele tentou retornar várias vezes, mas não conseguimos mais falar com ela, achamos que o celular dela estava sem bateria ou sem sinal.

— O que ela disse, Antoni? — perguntou Will, tirando a pergunta da minha boca.

— Basicamente, que Nara está bem, ela já localizou o cativeiro. Não conseguiu libertá-la ainda, mas ela não corre nenhum risco. Carol não sabe nada sobre o paradeiro de Santiago e a ligação caiu antes que ela dissesse alguma coisa sobre nosso próximo destino.

Will desceu do carro, irritado. Todos nós saímos do carro, estávamos no limite. Enquanto Willian andava de um lado para o outro, Antoni ficou encostado no carro, pensativo e fechado. Havia medo em volta dele e eu queria tentar entender o que o assustava tanto.

— Antoni, o que incomoda você?

Ele fez uma careta e nada disse, mas não podia negar, não para mim.

— Eu posso ver, não se esconda de mim. Você conhece bem esse príncipe, não é? — perguntei, sem tirar os olhos dele.

— Conheço e não tenho medo dele, se é o que está pensando.

— Por que você o chamou de cachorrinho, quando falou com Carol?

Um sorriso brotou em seu rosto e se alargou, como se eu tivesse contado uma piada.

— Depois você pergunta para ela.

— Sério?! Não pode me contar porque não cabe a você? Igual ao que não me contou sobre Santiago? Você não gosta dele e teve chance de me contar que ele tinha nos entregado, mas ficou calado. Por quê?

— Acho que já respondi essa pergunta — respondeu ele, afastando-se do carro.

Eu o segui.

— Respondeu, mas não como eu gostaria. Eu sei que ele fez alguma coisa da qual se arrependeu. Eu o vi carregar isso como uma cruz. Mas queria que você tivesse me dito antes...

Ele me interrompeu antes que eu pudesse concluir, virando-se e ficando de frente para mim.

— O que exatamente você queria ouvir? Ou melhor, o que você quer ouvir agora? — Ficamos apenas nos olhando por alguns segundos. — Eu sei que ainda não está convencida, e você tem razão, porque não faz sentido. Nada é totalmente verdadeiro ou totalmente falso. Ninguém, além da própria pessoa, é capaz de explicar suas atitudes, Alany.

Ele fez cara de quem estava cansado daquela conversa, mas parecia ter mais a dizer. Fechei os olhos e aguardei. Nada aconteceu. Então, os abri e falei o que me veio à cabeça. Nem sei o que eu queria ouvir, só não queria mais aquele olhar acusador sobre mim.

— Antoni, você ainda me esconde alguma coisa, eu posso ver.

Ele respirou fundo e se aproximou mais.

— Não queira saber todos os segredos de alguém, é pesado demais. Sim, pode haver coisas que ainda não lhe contei, mas isso não quer dizer que eu esteja mentindo. — Sua voz era calma e, ao mesmo tempo, pesada.

— Devia ter me contado sobre o San, teríamos evitado tudo isso. Se fui uma agente dupla, como disse, é porque eu não sabia a verdade sobre ele. Eu só queria... Quer saber? Deixa para lá. — Desisti de falar, virei-me de costas e saí andando.

Eu só queria encontrar com Santiago mais uma vez, para que ele me dissesse por que fez tudo isso? Queria ver em seus olhos que tudo que me disse antes era mentira. Queria entender como eu pude ter me enganado tanto com ele.

Antoni deu mais um passo e me segurou pelo braço, fazendo-me olhar para ele. Senti um pequeno choque. No mesmo instante, ele me soltou e cravou os olhos em mim, e aquele era um olhar de pura raiva.

— Não sofra, Alany. Estou tentando pensar em uma solução para o nosso problema que, aliás, só estamos enfrentando por culpa do seu amigo. O mesmo que você quer tanto reencontrar. Então, por favor, ajudaria muito se ficasse um pouco quieta.

— Qual é seu problema? Eu só estou querendo entender as coisas. Você não precisa ser um babaca — falei, alterada.

— É... Nisso você tem razão, eu não preciso.

— Idiota! — falei para mim mesma, enquanto me afastava dele.

— Vale lembrar que não fui eu o enganado pela mesma pessoa duas vezes — ele salientou, a uma altura que eu pudesse ouvir, mesmo já estando um pouco distante.

Parei onde estava e especulei se Antoni teria ouvido, quando o chamei de idiota. Não olhei para trás, não queria dar de cara com aquele sorriso irritante. Apenas respirei e andei até Alamanda e Eleonor.

— O que é que há com vocês dois? Acho que temos problemas maiores para resolve — repreendeu Eleonor, pegando-me de surpresa. Não percebi que alguém mais ouvia aquela singela troca de insultos.

De repente, toda minha irritação estava sumindo, como se um vento a estivesse levando embora. Senti a brisa tocar meu rosto e o sol aquecer minha pele. Fechei os olhos e deixei a natureza falar. É bem verdade que tínhamos sérios problemas, porém, estávamos livres e essa sensação era ótima. Então, lembrei-me da minha amiga, que não estava tão livre quanto nós. Isso fazia toda aquela paz ser uma grande mentira.

Will se aproximou, sem ânimo algum.

— Carol não me atendeu, mas mandou uma mensagem.

— E o que ela disse? — fiquei animada com a notícia, mas Will não parecia nada satisfeito, a mensagem não devia ser boa.

— Ela disse que não vai poder atender tão cedo e que precisamos parar de ligar ou iremos atrapalhar os planos de resgate. Acho que estamos por nossa conta agora.

— Ela só disse isso?

Ele apenas fez um gesto com a cabeça em sinal positivo, enquanto entortava a boca em uma careta.

— Que merda! O que vamos fazer agora?

— Vamos parar de fugir.

Dei um pulo de susto quando Antoni disse isso logo atrás de mim. Nem vi que ele tinha chegado tão perto.

Capítulo 20

Se existia alguém especialista em fugas, esse era Antoni. E foi ele quem apresentou uma possível solução. Estávamos exaustos, o jeito era aceitar a ideia do senhor sabe tudo.

— A pior estratégia de fuga é fazer o que esperam. É muito mais fácil encontrar alguém que está fugindo do que alguém que está se escondendo — explicou ele.

Ficamos apenas olhando, esperando o que mais viria. Antoni ficou quieto por um momento, apenas pensando, acredito que ponderando o que dizer.

— Eu conheço um lugar. Não me perguntem se é seguro, mas existe uma boa chance. Talvez, a única.

Permanecemos em silêncio e entramos no carro. Ninguém perguntou para onde estávamos indo. Acho que tínhamos medo de saber.

Seguimos estrada afora. Não estávamos muito longe, duas horas sem parar ou um pouco mais, foi o que ele disse. Paramos em um posto de gasolina, quase meia hora depois de pegarmos a estrada e aproveitamos para abastecer, não apenas o carro, mas a nós também; precisávamos de comida e água.

Dentro de uma precária loja de conveniência, o senhor atrás do balcão assistia à uma pequena televisão. O jornal local noticiava uma briga entre um casal e um sem-teto. A chamada dizia: "morador de rua é morto a socos e chutes por pedir dinheiro". Na tela se via a cena do crime, ainda com muito sangue espalhado pelo chão. Era uma via pública e pessoas transitavam por lá no momento da filmagem. Imaginei quantas tinham passado quando tudo estava acontecendo. Será que ficaram inertes, assistindo à barbárie?

Aquela notícia me deixou enjoada.

— Que covardia! — falei.

— Todo dia é isso, moça. Nem me espanto mais. Tem muita gente ruim por aí. — O senhor atrás do balcão, com o topo da cabeça à mostra pela falta de cabelo, não estava feliz com o que via, mas também não parecia indignado. Era só mais uma notícia horrível, em meio a tantas outras que ele ouviu naquele dia.

"Esse ciclo está, aos poucos, matando a esperança que existe dentro de cada ser humano."

Essa frase nunca fez tanto sentido, era exatamente isso que Antoni estava tentando me dizer.

Voltei para o carro e enquanto caminhava para seguir nossa viagem, percebi que tudo continuava exatamente como antes de ver aquela notícia. Dei-me conta de que éramos iguais a todo mundo. Eu não conheço aquelas pessoas e isso dá uma sensação enorme de distância, tão longe que é como se não fizéssemos parte do mesmo mundo. A revolta é passageira, o enjoo desaparece logo e a vida segue.

"Não é o ódio que alimenta a maldade, é a indiferença."

Andávamos em direção ao carro. Will e Alamanda seguiam na frente, conversando sobre algo engraçado. Casais apaixonados sempre fazem isso, não importa o quanto suas vidas estejam uma merda. A paixão é um belo atenuador de problemas.

Senti alguém me segurar pelo braço e pelo toque firme, seguido de um pequeno choque, só podia ser Antoni. Parei e Eleonor, que andava ao meu lado, também parou.

— Precisamos conversar.

— Vó, a senhora pode ir para o carro, nós já vamos.

— Não me digam que vão brigar de novo? — questionou ela.

— Não, vó. Está tudo bem — respondi, sorrindo para tranquilizá-la.

Aquela estranha sensação de choque no braço me fez perceber que ele ainda me segurava. Virei-me para encará-lo, a irritação de antes estava de volta. O observei com frieza. Ele soltou meu braço, porém, não se moveu um centímetro.

Pensei que Antoni quisesse dizer por que estava tão bravo comigo. Eu queria saber, mas perguntar não era uma opção, já que ele, com certeza, daria alguma resposta evasiva.

— Estamos indo a um lugar que, teoricamente, não existe. Pelo menos, não para o Ministério. Não podemos repetir nossos erros. Levar alguém que não seja de confiança pode ser nosso fim.

Por um segundo, senti um olhar e um tom acusador. Talvez ele estivesse tentando dizer: Você não pode errar de novo.

Fechei os olhos e respirei fundo, tentando encontrar minha paciência. Quando os abri, levei um susto. Antoni estava ainda mais perto e seus olhos sobre mim me lembraram do dia em que o vi em meu quarto, observando-me a uma proximidade desnecessária.

A lembrança me impediu de iniciar uma discussão. Antoni me causava curiosidade, quando invadiu meu quarto. Mas, agora, o que eu sentia era diferente; gratidão, talvez. Afinal, ele estava empenhado em me fazer entender o mundo oculto e encontrar meu lugar nisso tudo.

Antoni estava instável, a energia fluía ao seu redor, agitada e cheia de cores. Nunca vi tantas, não naquele sujeito sinistro. Sua respiração estava acelerada. Ele fechou os olhos e deu um passo para trás. Sua energia foi reduzindo o ritmo e as cores foram mudando de tom. Então, ele abriu os olhos e soltou o ar pela boca, como se estivesse aliviado.

— Eu não confio na Alamanda — declarou, por fim.

— Tudo bem, vamos falar sobre isso. Mas, antes, queria dizer que jogar na minha cara o tempo todo que fomos traídos por minha culpa, não vai nos ajudar — falei no tom mais calmo que pude.

— Não, não vai — ele respondeu, sorrindo.

— Idiota! — Dei um soco em seu braço e começamos a dar risadas pela primeira vez em... Nem sei há quanto tempo.

Quando a graça acabou, voltei os olhos para o chão e tive de reconhecer seu ponto de vista.

— Você tem razão sobre Alamanda.

Antoni arqueou as sobrancelhas e me olhou de um jeito que pareceu ponderar a resposta, mas ele não podia deixar passar.

— E quando é que eu não tenho razão?

Sorri de volta, embora sem muita vontade. Eu já estava prevendo um tremendo problema entre Antoni e Will, só não queria ter que administrar isso. No entanto, quem mais faria o trabalho chato?

— Antoni, o problema é que não sei como fazer isso. Como podemos ter certeza? Eu sei que ela não estava mentindo, mas não acho que seja o suficiente. Depois de Santiago, não estou mais cem por cento segura de meus instintos. Como vamos saber se ela é de confiança, sem arrumar um baita desconforto com Will? Talvez, se os deixássemos em algum lugar e seguimos sozinhos...

— É tarde demais para isso — interrompeu. — Só se nós os...

— Você não está pensando em fazer mal a eles, não é? Está mais maluco do que já era, se pensa que eu vou deixar você fazer qualquer coisa contra eles.

— Eu só estou considerando as opções.

— Pois, então, desconsidere! Isso não é uma opção.

— Eu só pensei em prendê-los em algum lugar. Isso não é fazer mal. Não necessariamente.

Avancei um passo e cheguei ainda mais perto dele, ignorando o choque que senti ao segurar sua mão.

— Precisamos ficar juntos, somos mais forte assim.

Estávamos muito próximos e vi quando seus olhos brilharam. Eles percorreram meu rosto e voltaram a me encarar. De repente, ele soltou minha mão e se afastou.

— Eu tenho um plano. Vamos! — anunciou e me puxou pelo braço.

Talvez o choque o tenha incomodado, pensei. Tive vontade de perguntar se ele sentia o mesmo que eu, mas tive medo de parecer idiota. E se o mesmo não acontecesse com ele? Seria estranho dizer que sentia um choque cada vez que ele me tocava. Pensar isso já era estranho, imagina dizer.

Já no carro, voltamos à posição que estávamos antes. Eleonor e eu dividíamos a atenção de Antoni, sentado entre nós duas, que insistia em conversas descontraídas. Eu estranharia se não soubesse que havia um plano por trás de tanta simpatia. Ainda assim, a conversa estava agradável.

Antoni nos contava sobre algumas de suas fugas desesperadas. Viajou por vários lugares, mas nunca muito distantes.

Um pensamento me ocorreu, enquanto ele narrava suas aventuras. Tive de perguntar:

— Se você estava fugindo ou se escondendo, por que nunca foi para China ou sei lá? Sabe o que eu quero dizer? Para algum lugar muito distante, onde ninguém o encontraria.

— Primeiro, porque eu não podia me afastar muito. — Antoni me olhou com intensidade e foi como ler em seus olhos que ele não podia se afastar de mim. Não consegui dizer nada. Senti um arrepio incômodo.

— Mas, por que, Antoni?

— Além do fato de Twylla me pedir para proteger você?

— Sim, apesar disso? Você me protegeu, salvou minha vida. Então... fez sua parte. Por que ainda continuar vigiando e me ajudando, quando está sendo caçado justamente por me salvar?

Ele desviou os olhos e focou em algum ponto fora do carro. Respirou fundo e olhou para Eleonor, que assim como eu, aguardava uma resposta. Então, voltou a me olhar com a mesma intensidade de antes.

— O Conselho do Ministério também acredita que faço parte dessa história de ordem. Digamos que não foi apenas o fato de salvar você que me colocou na lista dos mais procurados do mundo oculto.

— Mas por que continuou tentando fazer contato comigo, mesmo sabendo que Carol podia entregá-lo se descobrisse?

— Eu acho que já respondi isso também. Você está prestes a atingir a maturidade da sua espécie, logo vai sentir suas habilidades mais fortes. Precisa apreender a se controlar. Precisa descobrir como dominá-las, porque não vai conseguir escondê-las por muito tempo. Eu queria que estivesse preparada.

— E o que pode acontecer?

— Você pode se ferir ou ferir alguém. Não sabemos a extensão de suas habilidades, é difícil dizer o que pode acontecer.

— Eu queria que minha mãe estivesse aqui. Não gosto da ideia de enfrentar, sozinha, esse momento.

— Bem, não sei se reparou no que acabou de dizer, mas você não está sozinha — respondeu ele, parecendo magoado. — Encontrar Twylla também é uma das minhas metas, acredite.

— Desculpe! Não foi isso que eu quis dizer. Onde você acha que ela está? Se ela partiu para me proteger, para onde foi? Que tipo de acordo fez com o Ministério, que incluía abandonar a única filha?

— Sua mãe fez um acordo com Frederick Solomon para manter você em segredo do mundo oculto e retornar para seu povo. Mas ela nunca deixou de acompanhar seus passos.

— E esse acordo incluía matar meu pai? — perguntei, amarga.

— Com certeza, não. Ainda não entendo o que aconteceu, de fato, para que Handall ordenasse o ataque. Esse é meu maior desejo, descobrir a razão de tudo isso. Agora, diga-me qual é seu desejo?

— Quero encontrar minha mãe.

Antoni ficou quieto. Ele observava as próprias mãos, antes de me olhar com seriedade. Calculando seu próximo movimento, cerrou os olhos sem tirá-los dos meus e aproximou sua mão da minha, mas recuou antes de tocá-la. Em vez disso, inclinou-se para frente, pousou a mão direita no ombro de Alamanda e lhe fez a mesma pergunta.

— E você, Alamanda, qual é seu desejo? Você já percebeu que não estamos em uma viagem de férias, não é? Pode ser bem perigoso.

A garota olhou para trás com um leve sorriso.

— Percebi, sim. Eu sou uma sídhe, Antoni. Não preciso me esconder de ninguém e o Ministério não me assusta. Mas desejo descobrir o que está fazendo minha espécie entrar em extinção e, quem sabe, com sorte, mudar essa perspectiva que, na verdade, diz respeito a todos nós.

— Como assim, extinção? — perguntei, de repente, sem pensar se estava interferindo nos planos do Antoni para testar a garota. Foi bem estranho ouvir essa palavra relacionada a uma pessoa, mesmo sendo um celsu.

Capítulo 21

Alamanda virou o corpo levemente até encontrar meus olhos. Aquela garota era estranha, mas tinha uma aura pura.

— Há algumas décadas, minha espécie parou de se reproduzir e não sabemos o motivo. Então, há alguns anos eu resolvi ganhar o mundo, deixar o nosso refúgio e procurar respostas. Eu sei que é bem estranha essa coisa de extinção. Parece dramático demais, mas é a verdade.

— O que é um sídhe? — Eu estava curiosa, era a primeira vez que alguém se abria com tanta clareza, sem enigmas ou meias palavras.

— Somos conhecidos como *O Povo da paz*. Alguns nos chamam de fadas, mas não é a nossa verdadeira origem. Somos seres com interesses bizarros, tipo a paz mundial. — Ela sorriu. — Não temos nada de muito especial, além de conduzir um ser ao seu equilíbrio natural.

Olhei para Antoni e percebi que estava inerte, como se algo o tivesse atingido e paralisado seus movimentos. Cutuquei seu braço com meu cotovelo para ver se estava bem e ele piscou algumas vezes. Em seguida, olhou-me e esperou por algo que não entendi imediatamente. Então, Antoni arregalou os olhos e fez sinal com a cabeça em direção à Alamanda.

Ah, sim! Lembrei-me do plano. Na verdade, não sabia bem qual era o plano. Sabia apenas que ela não mentia, então, fiz um sinal afirmativo com a cabeça.

Com isso, Antoni disse:

— Interessante! Nunca conheci um sídhe, mas sei que há muito tempo um de vocês foi membro do Conselho e ele foi condenado por traição.

— Foi o que disseram, não foi? — O olhar de Alamanda nos dizia mais do que suas palavras, e ele indicava que aquela informação não era verdadeira. — Nunca viu nenhum de nós, porque não deixamos nossa terra com frequência. Nosso rei, Brendo, fez parte do Ministério por anos. Um dia, ele retornou de uma reunião com o Conselho, reuniu todo o nosso povo e, sem muita explicação, nos proibiu de deixar nossas terras. Ele disse que o mundo não queria a paz e exatamente por isso, precisávamos preservá-la. Isso foi há muito tempo. Desde então, ficamos confinados ao que chamamos de *Reino da paz*. O rei Brendo nunca mais retornou ao Ministério ou a qualquer lugar fora do reino.

— Poxa, que legal! Vocês têm um rei! — Senti-me uma idiota, assim que a frase saiu da minha boca. A garota acabou de dizer que sua espécie vai acabar e eu só consegui focar na parte do rei. Até Antoni me lançou um olhar de reprovação.

— Eu fugi da Irlanda para buscar pelo mundo todo, se necessário, alguma razão para estarmos fadados a esse futuro. Ou melhor, para entender porque não temos mais perspectiva de futuro.

— Cara, isso é bem ruim! Mas vocês já tentaram esse lance de reprodução com outras espécies? — perguntou Will.

Agradeci em silêncio porque quando ele abriu a boca também salvou o dia, pelo menos o meu. Olhei pelo retrovisor até encontrar seus olhos e pensar: obrigada Will! Só você conseguiria dizer uma merda ainda maior do que a minha e me fazer parecer um pouco menos idiota.

Se ele ouviu não sei, mas me senti aliviada mesmo assim.

Depois de um minuto constrangedor de silêncio, Antoni quebrou o gelo.

— Acho que está na hora de saberem que existem algumas questões a serem consideradas, quando chegarmos ao nosso destino. Eu tenho um amigo que vive na região mais improvável, tanto quanto a mais possível para um celsu viver. Por isso, ninguém pode saber o que somos, seja ele celsu ou humano. Dizem que não se pode encontrar o local exato, mas eu já estive lá, então, consigo achar. Mas não acredito que será fácil. Na verdade, penso que será muito arriscado.

— Amigo? — Will e eu falamos juntos.

Antoni franziu a testa e nos olhou, indignado. Continuamos com olhar de dúvida. Até Eleonor fazia careta, demonstrando incredulidade.

Vencido, Antoni disse:

— Tudo bem! Ele não é exatamente um amigo, mas me deve um grande favor.

— Ah, tá! — Mais uma vez, falamos em uníssono.

— Não assusta a gente assim não — brinquei.

Antoni revirou os olhos.

— Só para constar, eu disse muito mais coisas, além da palavra *amigo*.

O silêncio tomou conta do carro, não tinha muito que fazer ou dizer. Seguíamos para um destino que parecia melhor nem saber qual era. Mas eu confiava em Antoni, então, apenas fixei os olhos na estrada e logo não vi mais nada. Eu estava pensando sobre o que conversávamos há pouco. A imagem de minha mãe não saía da minha cabeça, até que o cansaço tomou conta do meu corpo e apaguei.

Quando despertei, meus olhos não conseguiam focar em nada. Já estava escurecendo e só o que consegui perceber foi que não estávamos mais em uma estrada deserta, cercada por árvores. Andávamos por uma via pública, contornada por alguns prédios antigos. Árvores frondosas formavam um caminho à parte, seguindo, sem fim, entre duas ruas. Apesar da curiosidade, eu ainda despertava, então, não identificava com clareza aquele lugar.

Provavelmente, nunca estive ali, porque nada era familiar. Algumas casas pareciam bem antigas, contrastando com outras mais modernas, com cores claras e varandas amplas. Passamos por um cruzamento e me forcei a enxergar a placa, mas não consegui.

Percebi que não havia voz nenhuma indicando o caminho. Levantei a cabeça e vi que uma mudança aconteceu durante minha pequena hibernação. Antoni estava ao volante e Eleonor ao meu lado, seguida por Alamanda.

Minha avó colocou a mão sobre a minha, quando percebeu que eu havia acordado. Arrumei a postura e bocejei. Olhava pela janela dianteira, agora e algo me chamou atenção. No início, pensei que fosse só minha sonolência, mas não, existia mesmo uma lista vermelha na calçada, em toda extensão por onde já tínhamos passado. Agora eu podia me localizar. Com certeza, estávamos em algum lugar de Boston.

As ruas seguiam vazias. A noite não estava quente, mas o frio não incomodava muito. As largas ruas foram dando lugar a caminhos mais estreitos, mais escuros e cada vez com menos casas.

Reparei em uma árvore com alguns pingentes, enfeitada como um pinheiro de natal. Do lado direito, havia alguns comércios, todos fechados. Claro, era noite! A ausência de pessoas circulando me levava a deduzir que devia ser bem tarde.

Vi um prédio grande e quadrado, poucos metros à frente. Tinha muitas janelas e uma arquitetura bem tradicional. Decerto era um hotel, ao menos parecia ser um. Alguns toldos verdes cobriam as portas do prédio. Estiquei-me para frente, buscando enxergar o nome escrito na cobertura do que deveria ser a entrada principal. Hawthorne Hotel era o que estava escrito na fachada. Infelizmente, o nome não me dizia nada.

Passando o hotel e a rua se tornou estritamente residencial, com casas de ambos os lados, a maioria de madeira. Eram sobrados pequenos e estreitos, com janelas antigas. As portas, pequenas e apertadas, ficavam na calçada, sem um hall, uma pequena escada ou portão. Coloridas, as portas davam certo charme ao bairro.

Conforme andávamos, uma ou outra casa se destacava por ser diferente. Algumas eram mais recuadas, garantindo distância suficiente entre a porta de entrada e a rua. Naquele espaço, sempre havia um pequeno quintal com um bonito jardim.

Nas ruas havia muitas árvores, o que me agradava bastante. Apesar da escuridão, era possível perceber uma beleza meio gótica. Não havia ninguém andando pelas ruas, nenhum carro circulava por ali e a cada esquina tudo ia ficando mais sinistro. Até o ar ficava mais frio. Cansei-me de tentar adivinhar e perguntei:

— Antoni, que lugar é esse?

— Bom dia! — ele disse, olhando-me pelo retrovisor. — Espero que não tenha medo de bruxas.

A faixa vermelha no chão, a árvore com pingentes, a arquitetura das casas e aquele ar pesado e sombrio, como eu não me toquei antes? Bastava ligar os pontos.

— Não acredito que estamos aqui! É meio clichê, não? Mas eu gostei. Sempre tive curiosidade sobre esse lugar. É verdade o que dizem sobre ele? — perguntei, curiosa.

Na mesma hora, lembrei-me da Nara, ela adoraria estar ali. Tantos filmes já foram feitos naquela cidade e tantos outros foram produzidos sobre sua história. Era emocionante estar ali, ainda mais naquela circunstância.

— Você terá oportunidade de perguntar a alguém que esteve aqui naquela época. Ninguém melhor do que uma testemunha ocular para contar a história verdadeira.

A resposta dele me deixou ainda mais ansiosa. Sempre quis entender o que aconteceu ali, anos atrás.

Will me salvou de agonizar em minha própria aflição.

— Pelo que sei, a história verdadeira é muito mais sinistra. Por exemplo: foram mais de duzentas pessoas mortas e não apenas dezenove, como eles contam. Muitos nem eram celsus, mas humanos que os defenderam por serem amigos ou simpatizantes.

— Misericórdia! Dezenove já era um número bem revoltante — disse Eleonor, fazendo careta. — Eu li um livro sobre essa história horrível.

— Essa cidade não lida muito bem com coisas que não consegue explicar, assim como a maioria dos humanos — concluiu Antoni. — Naquela época, em muitos outros lugares também houve relatos desse tipo de caça às bruxas, mas o que aconteceu nesse lugar não tem precedente. A diferença é que aqui era a terra de uma bruxa muito poderosa. Ela não aceitou muito bem o que fizeram e resolveu se vingar. Aconselho não agirem de modo muito estranho.

— Depois de tudo o que aconteceu, ainda existem celsus por aqui?

Alamanda tirou a pergunta da minha boca!

— Muitos. Pelo mundo afora, nossos ancestrais foram mortos ou se esconderam como bichos acuados. Mas não aqui. Nenhum outro povo foi mais perseguido do que os celsus de Salem. Foi aqui que nasceu a necessidade de se misturar e camuflar as habilidades para sobreviver, mas eles tentaram de tudo antes disso. Até se sacrificaram na tentativa de mostrar que a diferença existia, de fato, mas ela não os tornava perigosos. Alguns se entregaram à morte para provar isso, o que resultou em mais mortes em vão e só confirmou a necessidade de manter o mundo oculto, oculto.

Eu não sabia o que dizer. Só de pensar em tudo que eles passaram, em como foram perseguidos, discriminados e mortos, revirou meu estômago.

— Mas isso foi há muito tempo, né? Antigamente, muitas lutas sem sentido aconteciam no mundo. As coisas são diferentes hoje em dia, as pessoas são mais tolerantes e menos selvagens — comentou Will, tentando quebrar o clima estranho que ficou no carro depois das palavras de Antoni.

— Ah, claro! — respondeu Alamanda. Seu olhar veio até mim e depois voltou para Will. — Will, você acredita mesmo que hoje ninguém mais é perseguido por suas diferenças? Que cor da pele, religião ou opção sexual não faz diferença?

— Acho que bem menos do que antigamente.

— E você acha que bem menos é o suficiente para revelar a existência de seres ainda mais diferentes, como elementais, bruxas e lobisomens? — Will ficou em silêncio, não soube o que dizer. — Foi o que pensei — concluiu ela.

— Poxa! Eu só quis dizer que as pessoas estão mais conscientes, sei lá! — justificou Will, arqueando os ombros enquanto falava. — Existe uma busca maior por igualdade e tal. Só acho que isso não dá para negar.

— O ser humano não tolera facilmente tudo que é diferente, talvez pelo medo de se tornar como aquilo que lhe causa estranheza. Mas, o que realmente os assusta, é encontrar no outro algo que eles nunca poderão ser — interveio Antoni.

Não podíamos contestar o argumento. Não quando estávamos em um lugar onde a história mostrava uma tragédia épica, justamente envolvendo pessoas diferentes, que foram condenadas por utilizar feitiçaria ou fazer pactos fantasiosos. Nenhuma delas era culpada do que foram acusadas. Até onde eu sabia, nunca fizeram mal a qualquer pessoa daquela cidade ou de outra. Ainda assim, foram condenadas e mortas. Aquele lugar realmente nos fazia entender a razão de todo o segredo que cercava os celsus.

Pela primeira vez, senti o peso de ser diferente em um mundo cheio de intolerância. A chamada *caça às bruxas* sempre poderia recomeçar, se é que um dia ela realmente terminou.

Provavelmente, todos nós estávamos refletindo sobre o que ouvimos ou sobre o que aquele lugar representava. O carro matinha seu curso e só o que escutávamos era o som do motor, além de corujas e folhas rodopiando sob a influência dos ventos.

— E o que tem aqui, Antoni? Quem neste lugar pode nos ajudar? — Will quebrou o silêncio.

— Por incrível que pareça, conheci um homem que mora aqui há muito tempo. E ele não apenas é um celsu. Há anos cuida de um lugar que é praticamente um santuário. Antes que me perguntem, ele estava aqui na época da caça às bruxas. E se quiserem saber mais, terão de perguntar a ele. Mas eu não aconselho.

Capítulo 22

O caminho logo se transformou em uma estradinha de terra. As casas e comércios sumiram e as árvores tomaram conta da paisagem. Nem preciso dizer que estava muito mais escuro agora.

— Minha nossa! Olhem isso! — A voz de Eleonor chamou a atenção de todos. Imediatamente, olhamos na direção em que ela apontava.

Uma coruja branca, de proporções incomuns, estava pousada sobre o galho de uma árvore. Ela nos espiava com aqueles olhos abissais, fazendo pequenos movimentos com a cabeça, típicos da espécie. O tamanho do animal, muito maior do que o padrão, e o olhar fixo formavam um conjunto arrepiante. Ficamos apenas observando, enquanto Antoni avançava pela pequena estrada, deixando para trás a ave mais estranha e igualmente linda que eu já tinha visto.

Estávamos muito mais atentos agora, com os olhos fixos no breu entre as árvores, esperando por qualquer coisa bizarra, o que não demorou a acontecer.

Vários pares de luzinhas, espalhadas entre as árvores, fizeram meu coração acelerar. Eram pequenos olhos, que brilhavam na escuridão.

— Apenas fiquem calmos. Está tudo bem, são apenas sentinelas — assegurou Antoni.

Olhando-me pelo retrovisor, ele sorriu sem mostrar os dentes. Em seguida, ouvi a voz assustada de Will.

— Essa aí também é Sentinela?

Antoni pisou no freio abruptamente, jogando-nos para frente como bonecos. No meio da estrada havia uma menina. Típica adolescente, usando saia à altura dos joelhos, uma jaqueta jeans e tênis. Sua aparência não era nada agradável, havia sangue nos braços e na cabeça. Suas roupas estavam sujas e parecia cansada, como se estivesse correndo.

— Fiquem aqui! — orientou Antoni antes de descer do carro.

— Graças a Deus vocês apareceram! Estou vagando por aqui há horas. Eu estava com alguns amigos e me perdi. Caí em um barranco, escureceu rápido demais e eu não consegui mais achar o caminho de volta — esclareceu a menina.

Antoni não se convenceu e chegou mais perto.

— Podem me ajudar? Não sei o que estão fazendo aqui a essa hora, mas caíram do céu. Acho que preciso de um hospital e o único da região é um pouco longe daqui. — A menina se apoiava no carro para não cair, demonstrava dificuldade até para falar.

— Qual é seu nome? — perguntou Antoni.

— Juliet.

Eu estava preocupada com a garota, no início, mas logo pude ver que ela estava mentindo.

— Precisamos ajudar — disse Will, colocando a mão na porta para sair do carro.

— Espera, Will! — interrompi. — Isso não é o que parece.

— Como assim? — indagou Alamanda.

— Ela está mentindo.

— O teatro não é necessário, Juliet. Não vai funcionar. Não com a gente. Eu só preciso falar com Gideon, depois vamos embora — explicou Antoni.

— Não sei do que está falando. Se não quer me ajudar é só falar. Eu vou sozinha — disse Juliet, afastando-se.

— Só preciso falar com ele, então, avise-o que estou aqui. Se ainda assim ele não me deixar entrar, iremos embora. Tem minha palavra! — Antoni tentou negociar.

A garota endireitou o corpo, que antes fingia estar fragilizado pela dor dos falsos ferimentos, mas continuou se fazendo de desentendia:

— Não sei do que está falando.

— Estou falando de Leezah — disse Antoni, deixando a garota de olhos arregalados. — Eu já estive lá e só preciso voltar para falar com Gideon.

— Ninguém entra em Leezah! Sugiro que voltem de onde vieram. — A garota frágil desapareceu, em seu lugar estava apenas Juliet, com a postura de uma guerreira.

— Que tipo de gente deixa uma menina de guarda? — comentou Will.

Ela ouviu e sorriu. Imediatamente, um sinal de alerta foi acionado na minha cabeça. Claro, devia ter mais alguém com ela. Lembrei-me dos olhos escondidos entre as árvores e da enorme coruja que nos observava.

Busquei cada canto entre as árvores, por algum sinal dos grandes olhos brilhantes. Não encontrei nada, mas eu sentia que mais alguém nos espreitava. Quando voltei a olhar para a garota, ela não estava mais sozinha. Havia um homem parado com os braços cruzados, um pouco atrás de Juliet. Ele tinha cabelo comprido como o de um índio e era forte como um lutador de boxe, peso pesado. Mesmo no escuro, pude ver que seus braços eram cheios de tatuagens e seu rosto não parecia nada amigável. Ele ficou imóvel, assumindo a posição de um guarda-costas.

— Não somos uma ameaça para Leezah — anunciou Antoni, enquanto chegava mais perto da menina.

— Temos ordens de não deixar ninguém passar. Não existe uma lista VIP, senhor... Como é mesmo seu nome? Ah, lembrei! Tanto faz, porque não existe exceção. Sugiro que retornem agora. — A garota tinha a voz firme, não mudaria de ideia. Pelo visto, era muito boa em seguir ordens. Sorrindo, ela concluiu: — Se for preciso, nós o ajudaremos a sair. Mas esperamos que não seja necessário.

— Sério? E como pretendem fazer isso? Porque já podem começar, nós não vamos embora — alertou Antoni.

Juliet ergueu os ombros e estreitou os olhos.

— Você pensa mesmo que encontrou Leezah, não é? — perguntou retoricamente. — Você não sabe onde está se metendo. Estou lhe dando um conselho, se não quer ouvir não posso fazer nada.

A garota começou a caminhar, lentamente, de costas, sem tirar os olhos de Antoni. Rápido o bastante para que ela não antecipasse seu movimento, ele a segurou pelo braço. Juliet fuzilou seu detentor, sua respiração estava ofegante.

— Você também não sabe onde está se metendo — retrucou Antoni.

Eu dei um passo para frente, por instinto.

— Any, aquele homem continua parado ali. Acho melhor você voltar para o carro — disse Eleonor, segurando meu braço.

— Acho que ele é o menor dos nossos problemas, vó. — Olhei para trás para acalmá-la. Will e Alamanda estavam ao seu lado, com o mesmo semblante de preocupação. — O grandão não é real. Mas essa menina... Não sei explicar, ela é sinistra.

— Como você pode saber? Ele parece bem real para mim — Alamanda sussurrou nas minhas costas.

— Sim, ele parece, mas eu posso ver que não tem energia nenhuma. Meu palpite é que seja algum tipo de feitiço.

Voltei a olhar para Antoni e para a garota. Nunca tinha visto nada parecido, Juliet estava com os olhos fechados e seu corpo parecia estar criando um tipo de barreira invisível, que ia afastando Antoni aos poucos. Eu podia ver uma luz crescendo entre eles. Antoni não entendia como a garota conseguia escorregar de suas mãos, mas, na verdade, era ele quem estava se afastando dela, involuntariamente.

— Você nunca vai entrar — afirmou a garota ao se libertar completamente e correr para a mata. Não sei o que deu nele, mas correu atrás dela e sumiu por entre as árvores.

— Antoni, não vá! — gritei, mas foi inútil.

— Não me diga que você vai atrás deles? — perguntou Will, segurando-me pelo braço.

— Acha que eu sou tão idiota assim? Claro que não!

Olhei em volta e só vi escuridão, a única iluminação eram os faróis do carro. Encostamo-nos ao carro em silêncio e tentávamos ouvir os ruídos da floresta, o que não demorou a nos assustar. O som de asas batendo nos fez buscar algo acima de nossas cabeças. Vimos o céu estrelado e era uma linda visão, mas nenhum sinal de pássaro noturno. Lembrei-me da coruja branca que vimos lá atrás, com seus olhos enormes, brilhando como dois faróis no breu da noite. Busquei ao redor, minuciosamente, até encontrá-la nos observando. Apesar do susto, fiquei aliviada por descobrir a fonte do bater de asas. E que asas! A ave era enorme, eu sabia por que, mesmo na escuridão, a energia brilhava ao redor de seu corpo. A cor era intensa, como se um neon amarelo estivesse contornando o animal.

— Vocês estão vendo aqueles olhos brilhantes? — Will perguntou meio assustado. — São enormes!
— Ah, meu Deus! Nunca vi olhos tão grandes! O que pode ser isso? — indagou Eleonor, segurando meu braço como se isso fosse salvá-la de algo.
— É a mesma coruja que vimos lá atrás.
— Coruja? — questionou Alamanda.
O tamanho da ave era impressionante, não parecia em nada com uma coruja. Quando passamos por ela, estávamos distantes. Mas, agora que estávamos mais próximos, parecia muito improvável.
Observava-nos tão curiosa quanto nós em relação a ela. Quando abriu as asas foi um espetáculo à parte, a envergadura devia ter uns cinco metros. Se eles pudessem ver o brilho em volta daquela ave ficariam abismados, tanto quanto eu estava.
Ela sobrevoou nossas cabeças e se perdeu em meio às árvores. Não víamos mais os grandes olhos brilhantes, mas eu ainda a via, empoleirada sobre um galho logo atrás de nós. Seus olhos a denunciavam quando perto, mas, agora, estava afastada o bastante para ficar invisível na escuridão. No entanto, continuava brilhando para mim.
— Ela foi embora? — Will olhava para todos os lados.
— Não. Ainda está aqui. Eu posso vê-la.
Ela voou mais uma vez e segui o rastro de luz, enquanto eles seguiam o som das asas. Desta vez, ela desceu ao chão, pousou e se ocultou como antes. O comportamento daquela ave bizarra não parecia nada normal, como se estivesse nos testando. Não que uma ave com aquele tamanho fosse um ser normal, mas, ainda assim, ela parecia estar fazendo algo mais do que apenas observar.
— O que ela está fazendo? — questionou Will. Eu não diria que estava assustado, mas, com certeza, preocupado.
— Não está fazendo nada. Está parada, imóvel.
— Como você consegue vê-la e nós não? — dessa vez, a pergunta veio de Alamanda.
— Eu vejo a energia dela, assim como vejo a sua — respondei, olhando para ela e sorrindo.
— Não estamos sozinhos — disse Will, de repente. — E não falo da coruja gigante. Tem mais alguma coisa e o som vem dali. — Will apontou para o lado oposto ao que olhávamos. Ele ouvia algo que nenhum de nós era capaz.
Ao mesmo tempo, a coruja bateu as asas, atraindo-nos uma vez mais. Ela levantou voo, mas não foi longe, pousou apenas alguns metros à frente. Era como se esperasse por alguma coisa.

Capítulo 23

— Eu não sei o que é, mas está se aproximando rápido. Não é uma boa ideia ficarmos aqui — alertou Will, apreensivo.

— É isso! Precisamos sair daqui! Ela quer que a sigamos, só pode ser — conclui, tentando parecer segura, mas, no fundo, eu não tinha tanta certeza. De qualquer forma, fazia sentido que a coruja estivesse se comunicando de alguma maneira e não tínhamos muitas opções.

A passos largos, começamos a caminhar em direção à coruja, não corríamos porque estava muito escuro. A iluminação da lua era pouca, quase não penetrava por entre as árvores. Como eu queria que fosse noite de lua cheia.

Desta vez, consegui ouvir o ruído de algo se movendo entre a vegetação e estava chegando mais perto. Olhei para trás e não vi nada, a única visão era o carro que nos trouxe até aquele lugar e ele diminuía de tamanho a cada passo. Nesse momento, congelei, com a lembrança de algo esquecido no banco de trás.

— Ah, meu Deus! Deixei minha caixa no carro. Preciso buscá-la — anunciei em desespero. A sensação de perdê-la era muito mais assustadora do que qualquer coisa que pudesse estar andando naquela floresta.

— Sério mesmo?! — Will perguntou sem ânimo.

— Podem continuar! Eu volto e pego rapidinho. Ou me esperem aqui. Vocês decidem, mas eu preciso ir até lá.

Não deixaria aquela caixa por nada, mas também não queria arriscar a segurança de ninguém. Corri em direção ao carro, abri a porta e me debrucei no banco de trás. Lá estava ela, minha preciosa.

Senti um arrepio, quando sai do carro. Olhei em volta e não vi nada, mas o ar parecia diferente, mais pesado, quase enevoado. Busquei meus amigos e consegui vê-los no meio da mata, seguindo em frente, na direção da coruja, mas sumiram assim que entraram mata adentro. Não havia luz, o breu era o senhor que ditava às regras naquela floresta, a lua não tinha qualquer poder sobre ele.

Comecei a andar na direção em que os vi. Um barulho me chamou a atenção, como se fosse um passo quebrando alguns gravetos no chão, logo atrás de mim. Parei. E, então, o único som era o da minha respiração. Pensei por um segundo. Que tipo de floresta não tinha som de farfalhar de folhas por causa do vento ou uma toada típica de animais silvestres?

Tudo bem que era noite, não havia muitos pássaros de hábitos noturnos, ainda assim, estava silencioso demais. Onde está a coruja gigante — que, certamente, não era apenas isso —, quando se precisa dela? Relaxei a postura de alerta e voltei a andar, mas um novo ruído me fez gelar. Definitivamente, eu não estava sozinha.

Agarrei a caixa em minhas mãos e corri. O som atrás de mim se intensificou. Os passos, agora, eram nítidos e próximos. Eu não via nada, apenas ouvia as pisadas fortes e elas se aproximavam rapidamente. Minha respiração estava ofegante e alta, quase o suficiente para abafar o som dos passos, que já não disfarçavam mais a perseguição.

— Corram! — gritei, mas a voz não saiu, assim como o ar tinha dificuldade de entrar em meus pulmões.

Eles pararam de andar e ficaram me olhando, sem entender o que estava acontecendo. Eu gritaria uma vez mais, porém, antes que conseguisse, tropecei em um galho. No chão, virei-me para ver o que me perseguia e não vi nada; não havia ninguém. Assim como também o som dos passos havia desaparecido.

Meu peito subia e descia sem controle, os batimentos acelerados denunciavam o misto de medo e fadiga. Deixei a cabeça pender para trás e tentei recuperar o fôlego. Num salto, levantei-me, obstinada a continuar meu caminho. Quando olhei para os meus amigos, vi que andavam tranquilamente, mas agora estavam em quatro. Minha visão estava comprometida pela escuridão, porém, tive certeza de que havia quatro pessoas e não três. Como isso era possível?

Pisquei algumas vezes, depois busquei focar naquelas pessoas. Eu precisava ver a energia delas, assim conseguiria identificar a de cada um. Mas isso não aconteceu, não fui capaz de enxergar nada além de quatro pessoas caminhando em direção aos grandes olhos brilhantes.

Alguma coisa, ou alguém, seguia meus amigos e eu não sabia o que era. Só podia ser o que estava me perseguindo há pouco. Corri o mais rápido que pude. Gritei o mais alto que consegui, mas a voz não saía. Olhei para trás e notei que ainda podia ver o carro. Eu não estava saindo do lugar.

Respirei fundo e me concentrei ainda mais. Consegui dar dois passos com dificuldade, como se estivesse caminhando dentro d'água, mas foi suficiente para chegar mais perto dos meus amigos.

Subitamente, a quarta pessoa parou. Seu movimento ao se virar em minha direção me fez perceber que era algum tipo de criatura bizarra. Seu corpo era como uma fumaça densa e negra, que se desfazia e se recompunha, conforme se movimentava. Ela assumia o formato humano, mas estava muito longe de ser uma pessoa.

— Corram! Will, vocês precisam correr! — dessa vez eu consegui gritar, mas logo percebi que não foi uma boa ideia.

Os três pararam para tentar ouvir o que eu estava dizendo, facilitando o alcance da criatura. Eles não me entendiam, só ficavam me olhando, parados, esperando-me, talvez.

Consegui dar mais um passo e percebi que isso preocupou aquele ser disforme. Ele levantou as mãos e seus braços foram totalmente diluídos no ar, até voltarem a se parecer com dois braços enevoados novamente, com as mãos apontadas em minha direção. Tentei outro passo e senti o primeiro corte. As folhas de todas as árvores à minha volta se transformaram em lâminas afiadas. A cada movimento daquele ser eu sentia um corte e eles queimavam como o inferno.

Pedi ajuda ao ar, que o levasse para longe ou, pelo menos, que afastasse meus amigos daquela criatura, mas nada aconteceu. Eu nunca os alcançaria antes dela. Parei de tentar andar e gritei o mais alto que consegui. Dessa vez, meu objetivo era alcançar o coração da mata.

— Estou em uma maldita floresta e não é como na fenda, aqui tudo é muito vivo, preciso de ajuda. Por favor!

Senti meu corpo todo enxamear. Meus pés, de repente, não se apoiavam mais no chão e deslizei sobre as folhas secas, como um fantasma. As *lâminas* me cortavam pelo caminho, a dor era intensa e eu deixava um rastro vermelho, como se marcasse uma trilha, mas, ao menos, estava me movendo.

Logo, estava às costas daquele que perseguia minha avó e meus amigos. Cheguei próximo o bastante para ver o rosto assustado, quando se virou para me encarar. Seus olhos amarelos e brilhantes me fitaram por um segundo, até que ele abriu um sorriso medonho e sem vida.

Ele não tinha exatamente um rosto ou um corpo, parecia mais uma sombra humanoide. Aquela coisa, sorrindo ainda mais, abriu os braços, como se eles fossem parte de uma grande capa de fumaça. Soergui os braços em um movimento involuntário de defesa e fechei os olhos. Em seguida, senti alguém me segurando pelo ombro e me chacoalhando.

— Ah, graças a Deus! Any, você está bem? — Eleonor me segurava em seu colo, enquanto Will apertava meus braços.

— O que aconteceu? — perguntei, completamente perdida, ao perceber que estava dentro do carro e com a pequena caixa de madeira nas mãos.

— Você adormeceu. Tentamos acordá-la e não conseguimos. Parecia que estava tendo algum pesadelo, estava suando e sua respiração ficou muito pesada, ofegante. E sua expressão... Nossa! Mesmo de olhos fechados deu para ver que estava com medo — respondeu minha avó.

— Quando foi que eu dormi? Só me lembro que descemos do carro e seguimos a coruja e... — Calei-me, percebendo a expressão do rosto deles.

— Any, nós não descemos do carro — Alamanda foi quem respondeu.

— Isso não é possível! Eu... Não pode ter sido só um sonho. Como isso é possível? — Já tinha me acostumado a sonhos vívidos, mas esse não foi como os outros, alguma coisa estava acontecendo.

Ajeitei-me no banco e senti uma dor alucinante nos braços, no mesmo local onde sofri cortes durante o tal sonho. Vistoriei a região. Não encontrei nenhum sinal de laceração, mas sentia as pontadas de dor.

— E Antoni? Ainda não voltou? Por quanto tempo eu dormi?

— Por isso estávamos tentando acordá-la, ele voltou. Quer dizer, alguém o trouxe e o colocou ali na frente do carro. Parecia uma sombra ou uma coisa com braços e pernas que mais pareciam feitos de fumaça — explicou Eleonor, com pesar na voz.

— O quê? Por que não disseram logo?

Levantei e fui descendo do carro com urgência. Antoni estava recostado ao para-lama, fazendo com que a luz dos faróis refletisse por trás de sua cabeça. Havia tanto sangue em seu corpo que era difícil identificar o que tinha acontecido. Agachei-me Diane dele e percebi que ali só havia um corpo sem vida.

— Ah, não! Não pode ser! — gritei, desolada.

Mais uma vez, abri os olhos assustada. Estava sentada no banco do carro, ao lado da minha avó. Ela segurava minha mão e percebeu quando acordei.

— Ah, querida! Graças a Deus! Estávamos tão preocupados. Você desmaiou. Estamos tentando levá-la para um hospital, mas parece que estamos perdidos. — Eleonor sorria, mas por trás daquele sorriso havia muita preocupação.

— Cadê Antoni? — Eu estava confusa e com medo de ser mais um sonho. Precisa saber que ele estava bem.

— Ele não voltou. Você está inconsciente há mais de meia hora e nós não conseguimos sair dessa floresta. De repente, ela se tornou um labirinto — disse Will, preocupado.

Fechei os olhos e coloquei a mão na cabeça. Respirei fundo e tentei pensar em uma explicação para esses sonhos, mas só consegui sentir medo, muito medo de ainda estar dentro de um deles.

— O que vamos fazer? — indagou Alamanda.

— Eu não sei! Eu não sei! — Era tudo que eu conseguia dizer. Senti algumas lágrimas escorrerem pelo meu rosto. — Eu não sei... — continuei dizendo e balançando o corpo de forma infantil, para frente e para trás.

— Você está bem? — Minha avó me abraçou e me senti tão confortável que desejei ser real, mas eu não era capaz de ter certeza. — Vai ficar tudo bem, minha querida.

Capítulo 24

Quarenta minutos depois, rodando naquela floresta que realmente parecia um labirinto, começamos a achar que seria impossível encontrar a saída. Will estava muito nervoso, não parava de dizer que estávamos completamente perdidos. Eu não me importava tanto porque, talvez, não fosse verdade, já que poderia ser apenas mais um sonho. Esse pensamento me deixava anestesiada, alheia à preocupação de Will.

— Alguma coisa está acontecendo aqui. William está nervoso, parece assustado. Você está esquisita, sem se importar com nada. Se pelo menos Antoni estivesse aqui para ajudar... — Eu ouvia o que minha avó falava, mas não parecia importante. — Você sabe que precisamos encontrá-lo, não é?

— Eu não sei de mais nada, vó.

Na verdade, só sentia o peso da insignificância de qualquer coisa que eu fizesse naquele momento. Não é real! Não é real! Eu repetia para mim mesma.

— Não sei mais para onde ir. Desisto! — Will estava desolado e cansado. Quando ele parou o carro, percebi que suas mãos tremiam.

— Você não está bem — afirmou Alamanda, segurando sua mão trêmula.

— Não! Eu não posso mais fazer isso! Não consigo! Alguém precisa assumir esse volante. Estou me sentindo perdido e isso me assusta. Além do mais, o combustível vai acabar logo e vamos ficar presos aqui, sei lá por quanto tempo. Talvez exista alguma coisa nesse lugar que nunca mais nos deixará sair.

Will foi se encolhendo no banco. Eu vi meu amigo mergulhado em uma energia de profundo temor. Crianças com medo de escuro ou do bicho papão têm esse tipo de reação, mas Will não era assim. Ele levava tudo na brincadeira, até as situações mais emotivas ou dramáticas. Nunca o vi tão vulnerável, sequer no dia da briga no bar, quando foi atirado pela janela com violência. Fiquei na dúvida, entre me preocupar ou deixar acontecer até acordar. Mas quando ele começou a bater as mãos na cabeça e puxar alguns fios de cabelo, não consegui mais ficar inerte. Aquilo não era mais medo, ele estava tendo uma crise pânico.

— Will, você precisa se controlar. Isso tudo pode nem estar acontecendo de verdade. Você não pode se entregar assim — falei sem pensar muito bem.

Alamanda tentava acalmá-lo, ora acariciando sua cabeça, ora segurando sua mão para barrar aquele processo de autoflagelação, mas nada adiantava. O que aconteceu em seguida foi uma das coisas mais surpreendentes que já vi, desde que mergulhei nas aventuras do mundo oculto. A garota respirou profundamente e soltou as mãos de Willian. Então, em alguns segundos, pude ver sua energia se acender. Ela parecia ter ligado um interruptor, a luz ficava mais e mais intensa a cada segundo. Logo, ela ficou totalmente incandescente.

Uau! Era lindo! Ela parecia uma estrela cadente, de tanto que brilhava.

Senti-me desperta na mesma hora. Talvez, nada fosse real e eu acordasse a qualquer momento, ainda assim, senti-me confiante. Minha vontade de encontrar Antoni e sair daquele lugar estava de volta.

Como eu, Will também se recompôs. Ele focou o olhar em Alamanda e sorriu. O medo estava sendo chutado para bem longe e ele sabia que ela era a responsável por isso.

Ela apenas sorriu, o corpo ainda rodeado por uma luz mágica e brilhante. Uma pena que só eu podia ver, nem mesmo Alamanda podia contemplar seu próprio show.

— Alamanda, isso é incrível!

A garota me olhou e apagou. Recostou a cabeça no banco e fechou os olhos, nitidamente esgotada.

— Você está bem?

De olhos fechados, ela apenas ergueu a mão, tranquilizando Will. Parecia muito cansada para dizer qualquer coisa.

— Precisamos encontrar Antoni, mas não tenho a menor ideia de como fazer isso.

— Se tem alguém que pode encontrá-lo no meio de uma floresta é você. Não sei o que a está deixando tão desacreditada, mas olhe em volta... Este lugar deveria recarregar suas energias, mas não é o que está acontecendo. Concentre-se um pouco, querida.

Eleonor estava certa, eu precisava reagir. Sonho ou não, o que adiantaria ficar parada? Respirei fundo, fechei os olhos e senti aquela mão pequena segurar a minha. Uma sensação de calma me fez esquecer, ou não me preocupar, se aquilo tudo era real.

Desci do carro, concentrei-me e deixei a natureza me invadir, fortalecendo-me. A barreira que a Carol me ajudou a criar para me proteger também me limitava e quando abri mão dela, foi libertador. Abri os olhos e vi pontos de energia espalhados pela floresta. Havia muita vida que os olhos não alcançavam. Percebi que eles nos vigiavam o tempo todo, escondidos nas sombras. Fiquei maravilhada com aquela visão.

A mata estava acesa para mim, parecia repleta de vaga-lumes. Observei cada um daqueles seres e, logo, uma luz, bem maior do que as outras chamou minha atenção. Sorri ao reconhecer a silhueta iluminada de uma enorme coruja. A criatura de olhos brilhantes abriu as asas, indicando que ali não era sua parada e, por mais louco que pudesse parecer, eu tive certeza de que precisávamos segui-la.

— Will, precisamos continuar e encontrar Antoni.

Voltei para o carro e não disse nada sobre a coruja, apenas pedi que seguisse minhas indicações. A ave voava baixo e seguia por trilhas escondidas, estradas que não tínhamos notado. A visão de Will era ótima, mesmo no escuro, mas seguíamos por caminhos que antes ele não tinha visto, porém, estavam ali todo tempo.

— Any, não sei como você está conseguindo se guiar nessa escuridão, mas acho que reconheço esse lugar. Estamos próximos à estrada pela qual viemos. Se eu estiver certo, estamos quase livres — comemorou Will.

Enquanto seguíamos a coruja misteriosa, eu mantinha a atenção nos mais variados seres que se aproximavam da estrada, provavelmente, atraídos pelo som do carro. Um bando de morcegos me assustou ao passar por nós, fazendo um barulho alto. Nunca vi tantos deles juntos, o barulho era ensurdecedor. Os morcegos são criaturas admiráveis, embora não muito bonitos, mas o que eu via era encantador. Vários animais pequenos e brilhantes, voando juntos em meio à escuridão da floresta. Queria poder tirar uma foto dessa imagem.

Eleonor olhava pela janela, atordoada, procurando a origem de tanto barulho. O som que faziam era mesmo preocupante, parecia que estavam fugindo. Eles voaram para longe e, em instantes, eu não via mais nada e o breu dominava o cenário outra vez.

Senti um calafrio ao pensar que estávamos seguindo na direção contrária aos morcegos, pois se eles estivessem mesmo fugindo de alguma coisa, nós estávamos indo ao encontro dela. Respirei fundo e fiquei mais aliviada, quando vi a silhueta da coruja mais à frente.

A voz de Will me assustou, ele estava eufórico.

— Ali! Estão vendo? Foi de lá que viemos, tenho certeza. Estamos livres, finalmente! — Ele acelerou e disparou em direção a tal saída.

— Will, não! Não podemos sair sem encontrar Antoni. — Debrucei sobre seu braço. — Por favor, precisamos encontrá-lo!

Ele parou e ficou por um tempo me observando sem nada dizer. Em seguida, balançou a cabeça de um lado para o outro.

— Não. Eu não consigo. Já me perdi uma vez, não quero passar por isso de novo. Eu não vou entrar nessa mata mais uma vez. Sem chance, Any!

— Você está exagerando. Agora que encontramos o caminho, não vamos mais nos perder. Por favor, Will! — implorei. Eu via o medo crescendo e tomando conta dele de uma forma assustadora.

— Any, não vai rolar.

— Do que você tem tanto medo, Will?

Alamanda segurou sua mão.

— E se não acharmos mais a saída e ficarmos presos aqui? Acreditem, vocês não vão querer ficar perdidos em uma floresta como essa.

— Will, estamos juntos. Nós vamos sair, mas não podemos deixar ele para trás. Ele não faria isso com a gente.

— Ele não deixaria você para trás. Duvido que se importe comigo ou com Alamanda — respondeu, ríspido.

— William, não importa! Não podemos deixá-lo e você sabe disso — protestou Alamanda.

— Will, você está com tanto medo que não consegue ver isso, mas Alamanda está certa, você sabe que não podemos deixá-lo.

Alamanda deve ter feito sua mágica porque, de repente, ele começou a falar com mais calma:

— Quando eu era criança, comecei a conversar com meus pais sem emitir nenhum som e eles se apavoraram. Nasci em uma família humilde e sem muita instrução, meus pais eram muito religiosos. Para eles, o que acontecia comigo não era coisa de Deus. Ficaram com medo. Trancavam-me em casa, eu não podia mais ir à escola ou à igreja, como costumávamos fazer aos domingos. — Will limpou o rosto e passou a mão pelo cabelo.

— Está tudo bem! — disse Alamanda, acariciando o rosto do meu amigo.

— Um dia fomos viajar. Rodamos de carro por algumas horas. Eu conhecia aquele caminho, passamos por ali para ir à casa do meu avô, Leny. Eles me levaram para um passeio na floresta, onde fazíamos piquenique quando eu era menor, eu estava tão feliz. Pensava que eles, finalmente, tinham entendido que aquilo não era coisa do demônio, era só algo meu. Fazia um ano que meu pai mal falava comigo e quando olhava para mim, tinha medo ou raiva, mas não naquele dia... Ele me olhou com tristeza. Eu só tinha oito anos, não percebi nada de errado, até que a gente se separou. Fiquei perdido por alguns dias, esperei e chorei muito, mas eles nunca voltaram para me procurar.

Nossa!

Ficamos quietos por um minuto, enquanto Will debruçou a cabeça sobre o volante do carro e uma lágrima escorreu pelo rosto de Alamanda.

— Eu já imaginava — comentou Eleonor, ganhando a nossa atenção imediatamente.

Capítulo 25

— Will, sinto muito! Ficar perdido no meio de uma floresta, com essa idade, deve ter sido um pesadelo terrível. Esse tipo de situação deixa marcas. Acredito que este deve ser um de seus maiores medos. — Will não disse nada, apenas ouviu com atenção. Eleonor continuou: — Assim como estar entre o sonho e a realidade, sem conseguir distinguir quando é um ou outro, é um dos seus maiores medos, Any!

Meus olhos encontraram os dela na mesma hora. Não sei que mensagem passei nesse olhar, mas eu não imaginava que ela soubesse disso. Nunca comentei com ninguém.

— Eu sou sua avó, conheço seus medos. Conheço-a melhor do que ninguém. Percebi que quando acordou aqui no carro, algo não estava certo. Você teve algum sonho muito ruim, que a deixou assustada. Mas, por alguma razão, sentiu-se presa, como se não tivesse acordado realmente.

— Por isso precisamos encontrá-lo. Tem algo de errado nesse lugar, ele deve estar com problemas também. Você, mais do que ninguém, sabe o que é ser abandonado — ponderei.

— Se a parada for essa mesmo, Antoni está tranquilo, porque é um cara que não tem medo de nada. Mas... vocês têm razão, não podemos deixá-lo aqui.

— Ele tem medo, sim. Não sei exatamente do quê, mais hoje mesmo eu consegui ver. E agora que você sabe que tudo isso é algum tipo de manipulação dos nossos medos, fica mais fácil enfrentar. Nós vamos conseguir, Will! — Apertei sua mão fria, em um acordo silencioso. Ele apenas assentiu.

Seguimos as indicações da ave e depois de algumas curvas, ela parou no meio de uma estradinha de terra. Fiz Will parar o carro. Parecia que estávamos no meio do nada, mas quando olhamos melhor ao redor, percebemos estar ao lado de um penhasco. Não chegamos nem perto do perigo de cair, mas vimos, pela iluminação do farol do carro, alguém andando um pouco à frente. O homem não estava com a mesma sorte, já estava muito perto da beirada e seguia rumo à queda certa.

— Ah, Deus! É Antoni.

— Como você sabe? Nem eu consigo ver a essa distância — considerou Will.

Não tive tempo de responder, apenas corri.

— Antoni! — gritei o mais alto que pude e, por um momento, pensei que a voz fosse me faltar novamente, mas não desta vez. No entanto, ele não ouviu.

Comecei a duvidar da realidade de novo. A cena era muito parecida com alguns sonhos que já tive, mesmo assim, gritei seu nome mais uma vez, alto o suficiente para fazê-lo estacar e duvidar do que ouvia.

— Antoni, por favor, pare! — Eu já não sabia se gritava para ajudá-lo ou para que ele me ajudasse. Precisava chegar até ele. Nos meus sonhos isso nunca acontecia, eu nunca chegava a tempo.

Ele inclinou a cabeça, duvidando do que via, enquanto forçava os olhos para focar a imagem distorcida pela iluminação dos faróis ao longe.

— Alany?

Eu não estava perto o suficiente para segurá-lo pelo braço e chacoalhá-lo se fosse preciso. Antoni me observou como se não tivesse certeza que eu estava ali. Desconfiado, caminhou na minha direção. Ele não correu, apenas andou a passos largos e eu vi seu medo dar lugar a algum tipo de confusão mental.

Eu ainda corria, mesmo vendo que ele já havia se afastado do perigo. Queria tocá-lo, isso me diria que tudo era real. Quando cheguei bem perto, reduzi a velocidade, estava cansada. Ele tocou meu braço e ficou me olhando como se estivesse me vendo pela primeira vez. Levou uma das mãos ao meu rosto, parecia querer ter certeza de que eu era real. Fiquei muda, apenas observando aqueles olhos curiosos.

Senti um pequeno choque no rosto, foi quando tive certeza de que não era um sonho. Considerando o sorriso torto que se formou em seus lábios, acho que ele também sentiu.

Ainda sorrindo, Antoni fechou os olhos e aproximou seu rosto do meu, tão perto que senti sua respiração. Aliviada, fechei os olhos e senti quando ele encostou sua testa contra a minha. O pequeno choque permanecia, mas não importava.

Acomodando meu rosto entre as suas mãos, Antoni afastou-se por um instante. Senti seus lábios tocarem minha bochecha, o choque se intensificou e abri os olhos. Deparei-me com aquele homem a me observar com cautela. Seus olhos não estavam apenas me vendo, eles me vasculhavam. Quando seu sorriso torto progrediu para um sorriso iluminado, eu também sorri. Ele retirou alguns fios de cabelo que estavam sobre meu rosto, levou a mão ao meu pescoço e me puxou para um abraço apertado.

— Você está bem? — perguntei.

— Agora estou.

Eu estava muito aliviada. A sensação horrível de vê-lo morto bem na minha frente me assombrava, mesmo sabendo que era só um sonho. Estar com ele agora deixou essa sensação para trás, não pensaria mais nisso. Além disso, confiar no que estava vendo e vivendo era algo

inexplicavelmente bom. Não tinha mais dúvidas sobre a realidade daquele momento.
— O que aconteceu com você?
— Eu só estava perdido — respondeu ele, ainda me abraçando.
Ouvimos o som do bater de asas e percebi que era hora de acabar com o momento sentimental. Precisávamos sair dali.
— Vamos! Tudo que eu quero é deixar esse lugar.
— Não precisa falar duas vezes. Sinto muito por trazê-los aqui.
— Responsabilidade não é uma das suas qualidades — respondi, piscando para ele. — Mas sei que não faria se soubesse o que ia acontecer.
Contei a ele sobre a conclusão a que Eleonor chegou para explicar tudo o que estava acontecendo naquela floresta e ele concordou com a teoria sem questionar. Já no carro, todos estavam agoniados para sair dali e não perdemos mais tempo.
— E eu que pensava que você não tinha medo de nada — brincou Will, assim que entramos no carro.
— E não tenho. Agora precisamos descobrir como sair daqui, antes que mais alguém seja afetado — Antoni respondeu, sem dar maiores explicações.
— O que pode ter causado isso? — Eleonor fez a pergunta certa.
— Existem magias capazes de simular situações em que seu pior medo pode ser materializado... — Antoni respondeu, pensativo.
— Magia? Mas você não está com aquele colar que o protege de feitiços?
— Por que você acha que eu entraria no meio do mato atrás de uma pirralha ladra? Aquela Juliet, mão leve, conseguiu roubá-lo de mim.
Respiramos tão aliviados que foi possível ouvir o som do ar saindo forçoso, quando o carro apontou para a saída que havíamos passado há pouco. Mas estávamos atentos a tudo. Ao mínimo som das folhas ou animais, buscávamos a origem ou, pelo menos, tentávamos.
A estrada estava acabando, dava para ver o fim da floresta e, por alguma razão, isso me assustou. Será que seria assim tão fácil? Tive a impressão de que alguma coisa estava errada, a estrada parecia estar mais estreita a cada metro. Senti um arrepio correr pela espinha, o ar ficou muito mais frio e os animais que circulavam por ali, simplesmente, sumiram. Estávamos sozinhos naquela floresta possuída. Não disse nada para não causar preocupação, pois a saída estava bem à nossa frente.
— Parece que alguma coisa está acontecendo... As árvores estão andando? — perguntou Will, incrédulo.
Ok! Não era impressão minha. Procurei pela coruja, mas não a encontrei. Antoni estava mais sério do que o habitual, quando soltou a primeira coisa que lhe veio à cabeça, e não foi nada animador:
— Temo que sim. Seja lá o que for, parece que não quer nos deixar partir.
As árvores se juntaram, criando um obstáculo. Como se a estrada não existisse. De repente, estávamos em um beco sem saída.

O meu medo estava latejando, rondando e ameaçando me apavorar uma vez mais. Will parecia também estar sendo contaminado pelo medo que pensávamos ter deixado lá atrás. Por um segundo, o silêncio me incomodou. Mal respirávamos dentro do carro, esperando que algo mais acontecesse.

Capítulo 26

— Parece que alguma coisa está se mexendo entre as árvores. — observou Antoni, levando todos a prestar atenção nas enormes árvores que ganharam vida e estavam decididas a nos impedir de avançar.

Tentei minha conexão com a natureza, com o ar ou com qualquer elemento que pudesse nos ajudar, mas nada funcionava. Eu olhava, mas não via nenhum movimento, sequer uma folha se mexia. Enquanto apertava os olhos, na esperança de captar algum movimento à frente, um deslocamento de ar do lado de fora do carro me deixou paralisada. Eu estava com medo, muito medo.

Na janela do carro, consegui ver, de canto de olho, quando o vidro ficou embaçado, deixando a marca da respiração de alguém. Senti a minha falhar.

Tensa, virei a cabeça até encarar a marca nuvosa no vidro. Fosse o que fosse, teve a ousadia de bufar, deixando o embaçado ainda mais evidente. Havia algo de muito ruim naquela floresta e ele estava ali, ao meu lado.

Uma figura disforme começou a ganhar corpo e se projetar na janela. Não tinha rosto, apenas olhos grandes e amarelos como no meu sonho. Olhei para Antoni, assustada e me desesperei ainda mais ao perceber que ele procurava alguma coisa, enquanto eu me encolhia de medo. A essa altura, eu não sabia se o medo era da criatura ou de descobrir que tudo tinha sido um sonho.

— Any, você está bem? — Antoni perguntou, olhando na direção da janela. Por sua reação banal, tive certeza de que ele não estava vendo a criatura feita de fumaça, com olhos amarelos, crescendo bem ali ao meu lado.

— Tem alguma coisa aqui! — Apontei para a janela, mas minha voz não saiu como eu esperava, estava fraca, quase inaudível. — Você não vê?

— Não!

Antoni se esticou sobre meu corpo para abrir o vidro do carro.

Meus movimentos pareciam lentos, meu grito desesperado saiu mais baixo do que um sussurro. Levei a mão ao rosto, meus pensamentos estavam bagunçados. Antoni ignorou meu sussurro ou, talvez, nem tenha ouvido. O vidro desceu e a criatura começou a escorregar para dentro.

O som foi ensurdecedor. Todos no carro taparam os ouvidos e abaixaram a cabeça. Pensei que, finalmente, minha voz havia ganhado força, mas logo vi que não era meu grito que os atordoava.

Eu protegia o ouvido com uma das mãos e não conseguia mexer a outra. Meu braço esquerdo começou a tremer, a caixa em minhas mãos quase caiu. Quando o grito assustador esmaeceu, olhamos todos juntos para a janela, em tempo de presenciar uma cena inacreditável. A criatura estava sendo sugada para dentro da caixa, deixando um rastro de fumaça preta.

Em questão de segundos, aquela abominação estava presa em algo minúsculo, junto às lembranças importantes que eu não queria perder. Tive o impulso de levantar a tampa para ver se a criatura saia, mas me contive. Ter aquele ser horrendo dentro da minha caixa não era uma ideia agradável, mas tê-lo do lado de fora era muito pior.

As árvores que impediam nosso avanço voltaram para suas posições de origem, como num passe de mágica. A floresta ganhou vida, animais voltaram imediatamente a circular e até a luz da lua conseguiu passar, deixando a estrada menos sinistra.

— Mas que merda foi essa?! — perguntou Will
— Não faço ideia — respondeu Antoni.
— De uma coisa eu sei, você não pode abrir essa caixa.

Will ligou o carro e tocou em frente sem dizer mais nada, estava muito aliviado em ver a estrada livre de novo. Até que, há alguns metros, uma bifurcação o fez duvidar do caminho.

— Eu não me lembro disso — comentou ele.

Paramos no início de uma estradinha de terra batida, muito diferente do caminho irregular por onde estávamos seguindo até agora. Parecia dar acesso a alguma propriedade.

Will foi dando ré para retornar ao caminho que sabíamos ser a saída, mas a silhueta iluminada da ave que nos acompanhava mostrava o caminho oposto.

— Will, confia em mim, precisamos seguir por aqui.
— Você só pode estar brincando!
— Não estou. Vamos seguir só mais um pouco, por favor. O monstro que nos assombrava está preso, não tem como nos fazer mal agora. Eu tenho certeza que foi essa coisa aqui dentro que nos fez sofrer com nossos medos.

Antoni me olhou como se soubesse que eu escondia alguma coisa, mas não comentou.

— Só mais alguns metros, e não vamos nos afastar demais da saída — ele considerou.

Will assentiu e seguiu em frente. Não foi preciso andar muitos metros para vermos uma porteira como a de uma fazenda. Havia uma placa sobre o portão de madeira, onde se lia: Bem-Vindo à Leezah!

Will não desligou o carro, apenas parou. A porteira se abriu num convite, no mínimo, estranho. Depois de tudo que passamos naquele lugar, tínhamos que desconfiar de qualquer coisa e, definitivamente, não estávamos querendo entrar.

— Exatamente como me lembro — disse Antoni, quebrando o silêncio.

— Não sei se é uma boa ideia entrarmos aí — disse Eleonor, apreensiva.

A silhueta de uma velha conhecida me convenceu. Dentro dos portões, a coruja voava livre, seguindo em direção à propriedade que víamos ao fundo, com as luzes de algumas janelas acessas.

— Eu acho que devemos entrar.

Meu pensamento mudou de uma hora para outra. Confiar naquela ave tinha sido a única certeza que tive, enquanto estava perdida em um pesadelo. Por que não confiar nela agora?

Avançamos até à entrada da construção. À medida que nos aproximávamos, a propriedade ficava maior, ainda assim, era uma pequena casa de interior. A coruja desapareceu assim que chegamos mais perto.

Paramos o carro bem em frente à escada, que dava acesso à porta principal. Uma mulher, que há muito deixou de ser menina, mas que parecia manter o espírito jovem, esperava no primeiro degrau. Ostentando longos *dreadlocks*, que misturavam o negrume natural do cabelo com os fios brancos que denunciavam a ação do tempo, ela sorria como se nos aguardasse com anseio.

— Tituba — anunciou Antoni sem humor.

— Parece que não se lembra muito bem como chegou aqui no passado, meu amigo. — Tituba tinha a voz forte como um trovão. — Você não encontra Leezah, nós encontramos você, devia saber disso.

— Aqui é Leezah, não é? — Antoni respondeu, sarcástico como sempre. — Mas não é como me lembro. Eu devia saber que era você por trás dessa bagunça. Quase nos matou! — Antoni parecia em posição de alerta, aquela mulher devia ser perigosa.

— Você está errado! — Ela falou, aproximando-se. — Você quase sucumbiu, mas os seus amigos se saíram muito bem.

A mulher se divertiu com a expressão de raiva no rosto de Antoni, mostrando os dentes em um sorriso debochado, antes de prosseguir:

— Vocês não são bem-vindos em Leezah! Só estão aqui para que devolvam o que é meu. Quero saber o que fizeram com meu espírito guardião, ele nunca foi imobilizado antes.

A mulher tinha a testa franzida em sinal de curiosidade, mas não fui capaz de definir o que ela estava sentindo. Era como olhar um boneco sem vida, eu não conseguia ver nada ao seu redor. Nenhuma sombra ou luz.

Estiquei os braços e lhe mostrei a caixa que ainda carregava cuidadosamente.

— Parece que ele entrou aqui — falei com a voz baixa e sem confiança.

Talvez, pela presença forte da mulher ou pela completa ausência de qualquer sensação sobre ela, entrei no modo automático de insegurança, ao qual já estava muito acostumada. Afinal, vivi nele por muitos anos.

Os olhos de Tituba caíram sobre a caixa.
— Um Malum...
— Não fale com ela! — esbravejou Antoni.
Não soube a quem era direcionado seu alerta, então fiquei parada onde estava.

Capítulo 27

A mulher parou por um segundo. Provavelmente, teve a mesma dúvida que eu. Então, sorriu, estalou o pescoço e continuou caminhando em minha direção. Eu estava em apuros, isso era fato, mas o que era um Malum, afinal?

— Eu não sei como ele veio parar aqui dentro, nem sei o que é esse negócio de Malum — falei.

— É algo muito poderoso para estar nas mãos de uma menina frágil e estúpida.

Como é que é?! Eu queria responder, mas não consegui. Tive muita vontade de devolver o insulto, porém, estava paralisada e assustada na frente daquela mulher de postura ameaçadora. Ela continuava caminhando em minha direção. Quando esticou o braço e fez um movimento estranho com a mão, senti algo subindo pelas minhas pernas.

Do chão, surgiram alguns ramos que se agarraram aos meus pés, e não era apenas comigo que estava acontecendo. Ouvi quando Will soltou um palavrão, tentando lutar sem sucesso. Olhei para trás e vi Eleonor e Alamanda na mesma batalha. Eu quis correr ou, ao menos, sair dali e ir para perto deles, mas era como estar colada ao chão.

— O que está fazendo? O que você quer? — gritei.

Com um largo sorriso, a mulher me observou mais de perto.

— Só quero o que é meu, garota.

— Tudo bem, nós não queremos ele. Eu não o aprisionei, foi ele quem entrou aqui. Eu não fiz nada — tentei explicar, mas ela continuou de onde parou, sem se importar com o que eu dizia.

— Não gosto de humanos por aqui, e você... tem cheiro de humanidade — disse ela, franzindo o nariz.

— Não é a primeira vez que me dizem isso, e você, assim como a outra pessoa, está errada.

Olhei para Antoni, que estava balançando a cabeça em sinal negativo, enquanto se livrava daquelas pragas no chão.

Eu não devia confrontá-la, era o que ele parecia me dizer com aquele olhar. E, realmente, não era minha intenção. Só estava irritada por ela nos tratar como invasores, o que eu já nem sei se éramos ou não.

O sorriso dela se alargou ainda mais. Parada na minha frente, ela abriu os braços e disse algo que eu não entendi, talvez em outra língua, só sei que não parecia nada bom. Os ventos sopraram mais fortes, levantando meu cabelo e fazendo com que eu me arrependesse do havia dito. Vi minha avó e os meus amigos serem libertados do que os prendia ao chão, para, em seguida, levitarem como marionetes. Subiram há uns dois metros e gritavam assustados.

— Ah, meu Deus! Para com isso! O que você vai fazer? Eu devolvo esse espírito. Na verdade, eu não sei como libertá-lo, mas é só me dizer o que fazer e eu faço.

— Any, não faça isso — disse Antoni, segurando minha mão. — Nós encontramos Leezah. Acha que ela vai, simplesmente, deixar irmos embora?

A altura aumentava a cada minuto, já deviam estar há uns cinco metros. A mulher deu uma gargalhada, sua cabeça pendeu para trás, deixando à mostra todos os dentes. A gargalhada cessou, a cabeça voltou à posição normal, mas seus olhos estavam fechados. Quando os abriu, não havia mais as órbitas, apenas dois buracos negros. Levei um susto e meu reflexo foi dar alguns passos para trás, mas como estava presa, caí sentada no chão.

— Acha que pode me enfrentar aqui na minha terra, Antoni? — A voz da bruxa ecoou por todo lugar.

— Não queremos enfrentá-la. Esse... Malum é meu, então, sou eu quem decide o que fazer e eu o entregarei a você assim que nos soltar — falei, estendendo a caixa para entregar à Tituba.

Antoni tentou impedir, mas Tituba o empurrou para longe, sem tocá-lo e tentou pegar o Malum, porém, ela não esperava pelo que aconteceu.

Quando ela o tocou, senti uma vibração e percebi que a caixa estava presa em minhas mãos, parecia colada. O toque permitiu que eu sentisse um pouco da energia daquela mulher. Ela havia encontrado alguma forma de se proteger, mas estava vulnerável. A caixa afetava a bruxa, enfraquecendo suas defesas.

Com a voz transformada e os olhos ainda parecendo os de um demônio, a mulher pediu:

— Liberte-o!

Tremi dos pés à cabeça. Já não tinha tanta certeza se devia fazer isso, nem fazia ideia de como fazer. A bruxa tremia como se sentisse muito frio e estava tão presa à caixa quanto eu.

— Eu não sei como libertá-lo — respondi, desesperada.

Ela puxou a caixa, tentando tirá-la das minhas mãos. Irritada por não conseguir, voltou o corpo para frente e me encarou. Apesar de não ter nada ali, além de dois buracos negros, foi como se ela enxergasse toda minha vida através dos meus olhos. Tentei fechá-los. Estava sendo invadida, eu podia sentir, mas alguma força os manteve abertos contra minha vontade. Com a visão periférica, percebi Antoni se aproximando e falando algo que eu já não conseguia ouvir. Havia uma confusão à nossa volta, o mundo estava tremendo, tanto quanto Tituba. Ele partiu em direção à bruxa para empurrá-la, mas se chocou em um tipo de bloqueio invisível. Esse campo de força não apenas o deteve como o arremessou para muito mais longe, dessa vez.

Minha visão começou a embaçar, percebi que meu corpo também tremia e eu já não via nada em volta. Senti meus olhos sendo tomados pela escuridão. Mergulhei em um breu total, mas não apenas perdi a visão, caí em um buraco negro de consciência. Não havia mais nenhum som ou luz, apenas a escuridão total. Meu coração batia acelerado, isso eu podia sentir, mas não ouvia os batimentos, assim como não ouvia meus próprios gritos.

Entrei em um estado de agonia e desespero, mas não durou muito. Logo, o negrume foi clareando e uma imagem se formou à minha frente. O que eu via não era Tituba num duelo para pegar uma pequena caixa de madeira, que pelo visto era muito mais do que isso, tampouco o lugar onde eu estava era Leezah. O cenário mudou de repente, acabando com aquela tortura.

Como se eu viajasse no tempo, vi-me no meio de uma rua, entre uma enorme gritaria. Havia pessoas à minha volta, com olhares agressivos, vociferando palavrões e praguejando insultos. Os homens gritavam com tanta vontade, que mais pareciam animais ferozes em vias de atacar e alguns cuspiam, atingindo-me no rosto. Mulheres, com o rosto vermelho pelo esforço de elevar a voz ao volume máximo, jogavam frutas podres, restos de comidas e pedras em minha direção.

Levantei as mãos para proteger meu rosto de uma pedra, atirada por uma senhora com lenço na cabeça. Eu podia ver o excesso de saliva nos cantos de sua boca, ela parecia enlouquecida.

O que eu fiz para essas pessoas? Foi o que me veio à cabeça.

A cena se desfigurou antes que a pedra me acertasse, levando-me a outro lugar, como num sonho, onde a gente viaja e quando acorda não faz ideia de onde esteve.

Eu estava sentada em uma cadeira, escolhendo alguns grãos. Sentia-me calma e tranquila, não havia mais ninguém ali. Sem gritos ou insultos. Apenas uma pequena casa vazia e eu, cantarolando um cântico em uma língua estranha aos meus ouvidos. Levantei-me, deixei a bacia sobre uma bancada e segui até à janela do pequeno cômodo. Do lado de fora, estava Ana. Eu sabia seu nome, mas nunca a tinha visto, ainda assim, sentia que éramos próximas. Ana era apenas uma garotinha saltitante, com duas belas tranças louras, usando um vestido florido. Ela vinha na direção da pequena casa.

— Como está, Ana? Sente-se melhor? — perguntei.

— Sim, obrigada! Acho que ainda não tinha lhe agradecido. Aquele cavalo teria me matado se não fosse você. Nossa! Ele estava mesmo possuído — respondeu a menina, sorrindo.

— Ainda bem que nunca saberemos o que teria acontecido — comentei, mas no fundo eu sabia, ela não estaria na minha frente agora se eu não tivesse aparecido. O cavalo havia disparado em direção ao precipício e precisei entrar na frente deles para contê-lo.

— Minha mãe está muito grata e mandou que lhe trouxesse essa torta — disse, entregando-me um embrulho.

Peguei a torta de sua mão e agradeci de forma muito formal como, aliás, estava sendo conduzida toda àquela conversa.

— Posso lhe perguntar uma coisa? — indagou a garota, apoiando-se na janela.

— Evidente, Ana!

— Como você fez aquilo? Como deixou o cavalo parado no ar?

— Não é algo que eu consiga explicar agora, menina. Quem sabe, um dia?

— Acho que você tem poderes. Talvez, até seja uma bruxa.

Crianças são curiosas por natureza e por essa razão não me aborreci com o comentário. Expliquei à garota que existem seres diferentes dela, mas que isso era normal. O mundo era feito de diversidades e essa era sua maior beleza. A menina estava encantada, ouvindo as histórias que saíam da minha boca, porém, de um jeito muito estranho, não era eu quem as contava. Na verdade, eu nem as conhecia.

A menina já havia entrado e estava sentada na cadeira, ouvindo atentamente histórias sobre celsus e seus feitos mundo afora.

— Será que eu posso voltar para conversarmos mais um pouco, outro dia? Minha mãe já deve estar me procurando.

— Certamente que sim, Ana. Mas não conte a ninguém sobre o que conversamos, pois as pessoas não gostam muito dessas histórias. Será o nosso segredo.

— Combinado! E obrigada! Com certeza eu voltarei para ouvir mais. Até amanhã, Tituba! — Ana se despediu, antes de sair saltitando pela porta da pequena casa.

O nome que ela falou fez com que eu começasse a entender o que estava acontecendo. Eu estava vendo pelos olhos da bruxa, revivendo algum momento da sua vida.

Capítulo 28

Não pude ver as outras conversas que elas tiveram sobre o assunto, mas eu sabia que existiram. Tornaram-se amigas e confidentes. Falavam sobre várias coisas sobrenaturais e até sobre alguns rituais. Tituba ensinou Ana como fazer para neutralizar um celsu, caso um dia a menina precisasse se defender de uma ameaça.

A sensação foi muito estranha, porque era sempre eu quem estava falando sobre coisas que eu não conhecia, sobre pessoas que nunca tinha visto e até sobre profecias que nunca tinha ouvido falar. Mas, ao mesmo tempo, eu conhecia todas elas de cor. Os sentimentos que aquelas conversas me traziam não eram meus e eu os sentia mesmo assim.

Mais uma vez, a cena mudou. De repente, eu estava sentada em uma cadeira, de frente para várias pessoas que falavam ao mesmo tempo. Um homem, que estava em pé ao meu lado, falava e apontava o dedo em minha direção.

— Está mulher foi acusada de bruxaria. Ela está manchando nossa cidade, condenando todos nós ao fogo eterno.

Embora eu nunca tivesse visto aquele sujeito, sabia que ele era o revendo Erick. Eu não estava apenas vendo o que Tituba viu, estava dentro dela, sentindo o que ela sentiu, vivendo o que ela viveu.

A maioria das pessoas que assistiam ao discurso do respeitado reverendo apresentava sinais de que concordava com o que ele dizia. Algumas balançavam a cabeça, outras apenas observavam em silêncio, outras gritavam: *Isso mesmo! Você é a nossa salvação! Queimem a bruxa!*

Observando todas aquelas pessoas, eu conseguia reconhecer cada uma delas. Na minha frente estava Laura, olhando-me com aflição. Tituba a havia curado de uma grave enfermidade. A mulher nunca a entregou, mesmo conhecendo a origem de tal ajuda. Laura, sobrinha do reverendo, foi criada sob rigorosas crenças religiosas, ainda assim, nunca sentiu medo ou repulsa pelo que sabia ser a mulher que a curou, ao contrário, sempre foi uma amiga e, aos poucos, tornaram-se algo mais.

Tituba tinha o espírito inocente, eu podia sentir. Seu coração nunca foi levado por gêneros e sim pela simplicidade do amor. Bruxa ou não, ela era motivada pela vontade de ajudar àqueles que precisavam e sempre acreditou que seu dom tinha algum propósito maior.

Ao lado da mulher pesarosa, estava Harris, o ferreiro da cidade, homem conhecido por todos e famoso por sua impaciência com as pessoas, exceto com sua esposa. Meteu-se em uma briga de bar certa noite e foi atingido gravemente por uma facada. Sua esposa, Gisel, desesperou-se com a possibilidade de perder o marido e procurou por Tituba. A curandeira ou bruxa, como hoje era chamada, foi indicada por outros membros da cidade que também estavam presentes àquele julgamento. Por muito pouco o ferreiro não partiu para o outro lado, ela quase não teve tempo de salvá-lo.

Havia também outros rostos conhecidos na multidão, rostos que demonstravam espanto, ao ver a reação de ódio das pessoas que mal conheciam a mulher sentada no banco dos réus. Muitos, mal sabiam o porquê de estarem ali, mas participavam ativamente com reações exageradas de concordância ao reverendo, destilando ódio e crueldade.

Pessoas que Tituba salvou ou ajudou, não sabiam o que fazer, estavam de mãos atadas, sofrendo sem poder ajudar. Eu via a preocupação nos olhos delas. Parei de prestar atenção ao que dizia o reverendo e apenas fechei os olhos, desejando que elas conseguissem se controlar. Pensei no quanto poderiam ser penalizadas, se deixassem transparecer sua aflição. Não era aceitável tomar partido de uma bruxa, a pena seria se juntar a ela.

Quando o revendo bateu com um pequeno martelo na mesa e declarou a sentença, abri os olhos, alarmada.

— Este júri condena esta bruxa à morte por enforcamento!

A multidão foi à loucura. Mas, enquanto a maioria comemorava, Laura deixou escorrer uma lágrima. Eu queria dizer algo para que não se preocupasse tanto, que tudo ficaria bem, mas não podia, qualquer contato levantaria suspeita sobre a mulher. Estávamos vivendo em um período de caça às bruxas, fosse você uma ou não.

Harris ergueu a mão e pediu a palavra ao reverendo. Por não imaginar que alguém fosse capaz de defender uma bruxa, o reverendo não se opôs.

— Essa mulher não merece ser condenada, ela ajudou muitas pessoas desta cidade. Como podem ser tão hipócritas? — reivindicou Harris, olhando para as pessoas sentadas nos bancos logo atrás dele.

— Senhor? — O reverendo não podia acreditar no que estava ouvindo. — Por favor, peço que pare agora, antes que se complique.

— Eu sei reconhecer uma injustiça, quando vejo uma. Tituba salvou minha vida, assim como a de muitos aqui. Não me importa o que ela é, precisamos nos apegar ao que ela faz com... Seja lá o que for que ela tenha de especial — declarou Harris, apontando para as pessoas. — Está mulher só fez ajudar a todos. Seja lá do que vocês a chamem, ela viveu tranquilamente em sua posição de criada dos Corving, sempre submissa e esforçada, como qualquer outra. Não percebem que tudo isso não faz o menor sentido?

O homem estava incitando aqueles que, de alguma maneira, concordavam com ele, ainda que calados. Ele queria que se levantassem, que lutassem com ele. De fato, algumas pessoas se levantaram, foi quando o barulho recomeçou. Gritos de ofensas, direcionados a todos que se mostraram defensores de Tituba.

— Ele foi tocado pelo demônio!
— Deve ser julgado junto com ela!

Laura se levantou, causando um alvoroço ainda maior. O próprio reverendo a mandou se sentar.

— Vocês são pobres de espírito! Pensam que estão falando em nome de Deus, mas não reconhecem seu amor. Ele não escolhe em quem vai derramar suas bênçãos. Ele planta a semente do amor em todos nós, mas vocês a regam com ódio, inveja e maldade. Que frutos esperam colher? Se ser bruxa é ser diferente de vocês, então, eu também sou uma delas — disse Laura, com a maior coragem que já vi alguém ter na vida.

O coração de Tituba se iluminou, eu senti sua gratidão e amor. Mas também senti seu medo por Laura e as outras pessoas que a defenderam. A partir daquele momento eles corriam risco, poderiam ser acusados de ajudar uma bruxa e quem sabe qual seria a pena para tal crime?

O reverendo Erick estava em choque, pelo menos nove pessoas estavam dispostas a defender a acusada. Em sua mente oclusa e cheia de preconceitos, ele não entendia como isso era possível. Afinal, ela era uma bruxa. Só podia ser obra do ardiloso, dizia a si mesmo.

— Sentem-se agora ou todos vocês serão acusados de bruxaria — ameaçou ele, erguendo a bíblia e subindo o tom de seu discurso: — Só quem foi tocado pelo demônio defenderia uma bruxa. Infelizmente, subestimamos o mal e ele conseguiu alcançar nossos pobres amigos, mas não podemos aceitar que ele invada nossa alma e corrompa a todos. Hoje, são nove. Amanhã, não teremos mais controle sobre esta cidade. Não posso deixar que o mal se espalhe pelo mundo.

Algumas pessoas se sentaram, mas não todas. Aquelas que permaneceram de pé foram jogadas em uma cela, para aguardarem o julgamento que seria no dia seguinte.

Tituba deixou de se preocupar porque já tinha tudo planejado, ela se sacrificaria para salvar aqueles que a defenderam. Usaria seus poderes se necessário, mas não permitiria que sofressem por tentarem protegê-la. Isso não estava certo. Havia uma grande pressão para caçar seres diferentes, não importando o que eles fossem de fato, todos eram considerados bruxas ou bruxos. Muitos já tinham perdido suas vidas apenas por rumores. Humanos foram confundidos aos montes e, na dúvida, perdiam a vida, antes que pudessem provar sua inocência.

Eu sentia tudo que Tituba estava sentindo, até mesmo as batidas aceleradas do seu coração. A bruxa queria lutar, porém, não queria mais mortes. A única forma de ganhar seria trazendo luz para aquelas pessoas, fazendo-as enxergar que a diferença não era nociva. Ela queria provar que ser diferente da maioria não dá a ninguém uma ligação direta com o demônio. Fingir ser alguém que não é, apenas para salvar sua pele, não era um caminho que desejasse seguir. A verdade liberta e não a mentira. Por isso, estava em paz com sua decisão.

Tituba assumiria sua origem perante todos, faria uma demonstração dos seus poderes, mostrariam a todos que ela poderia sair facilmente daquela situação, planejava se libertar e aos outros, mas não fugiria. Ela se deixaria enforcar como mártir.

Não era uma mulher ingênua, sabia que isso não acabaria com a caçada, mas esperava que fosse o começo de uma mudança na percepção das pessoas. Queria mostrar que não havia o que temer, que não eram as diferenças que estavam matando pessoas, sim, a intolerância. Ela estava mesmo disposta a morrer para acabar com a ignorância dos homens. Sabia que corria o risco de mudar sua vontade diante da morte e, se assim fosse, livrar-se-ia da forca e deixaria a cidade para sempre, mas esperava não temer quando chegasse a hora.

No dia do enforcamento, Tituba foi levada à praça central, onde havia um palco erguido para o show de horrores. Sentiu repulsa, enquanto andava por entre as pessoas, que já se aglomeravam a frente da plataforma onde estava a forca, ansiosos por assistirem o que chamavam de purificação Divina, que nada mais era que a vontade do homem acima de tudo, inclusive de Deus.

Tituba observava cada rosto, enquanto caminhava. Percebeu que no olhar deles havia ódio, medo, remorso e até pena. Pensou em como estavam sendo, meticulosamente, manipulados. Ainda assim, as pessoas têm liberdade para fazer suas escolhas e a bruxa não entendia porque continuavam seguindo o ditador por trás da batina. Mas, mesmo sem entender o que leva o ser humano a fazer escolhas erradas, ela buscou a paz dentro de seu coração.

Existem pessoas que vagam pela vida sem realmente viver e passam por ela procurando por algo que nem sabem o que é. Estas são pessoas que se deixam influenciar por aqueles que falam mais alto ou que trazem algum conforto, mesmo que estejam usando uma grande mentira.

A sensação de paz era enorme naquele momento de resignação, mesmo prestes a se sacrificar, não havia nenhum sentimento hostil naquele corpo em que eu, bizarramente, estava presa.

A bruxa ficou sentada, amarrada pelos braços e pernas, junto a uma cadeira de madeira. Tranquila com sua decisão, ela se deixou manter na frágil forma de captura. Via as pessoas se acomodarem, prestes a assistir o espetáculo, quando o mundo escureceu ao ser atingida por uma forte e inesperada pancada na cabeça.

Pensei que a cena mudaria novamente e que eu estaria em outro capítulo daquela história. Porém, quando a nitidez voltou, Tituba estava na mesma cadeira, de frente para a plataforma arcaica de madeira, de onde, agora, pendiam seis e não apenas uma forca.

Quando recuperei totalmente a visão, percebi que as pessoas olhavam em outra direção, um pouco mais ao centro da praça. Caminhando com as mãos amarradas por uma corda, e escoltados por guardas e moradores ignorantes, seis pessoas vinham em direção à plataforma.

Capítulo 29

Era óbvio o que estava para acontecer e Tituba não podia mais ficar indiferente. Senti o coração da bruxa se apertar no peito ao ver o olhar de medo no rosto de Laura, Harris, Lídia, Mary, Joana e Bethani. Todas eram pessoas que tinham ou já tiveram alguma ligação com ela. Pessoas que tiveram suas vidas salvas pela mulher que nunca usou seus poderes para se privilegiar ou fazer mal a alguém.

Tituba sentia uma enorme tristeza, assim como eu também sentia. Era difícil pensar que alguém pagaria um preço tão alto por ter nascido diferente da maioria.

Mesmo se os sentimentos dela não fossem os meus, eu estaria desolada pelo que via acontecer com aquelas pessoas. Não apenas as condenadas, mas, todos que participavam do veredicto. Homens e mulheres que acusavam sem piedade, desferindo palavras amargas e cruéis.

Eu já não sabia se estava absorvendo os sentimentos dela ou se eram os meus aflorando, mas era absolutamente desolador presenciar a maldade vencendo a humanidade. Pela primeira vez, senti-me aliviada por não ser totalmente humana.

As seis pessoas estavam posicionadas. Havia um banco de madeira à frente de cada uma e uma forca acima de suas cabeças. Laura chorava compulsivamente. Quando encarou Tituba, só havia perdão e agradecimento em seu olhar. Foi insuportável sentir a dor daquela mulher, mas todos teriam uma enorme surpresa, quando ela se desprendesse da cadeira num passe de mágica.

Senti a onda de calor tomar conta do meu corpo, a sensação era a de estar no meio de um incêndio e não conseguir sair. Só após alguns segundos percebi que aquele calor representava o desespero de Tituba, quando tentou soltar as amarras e descobriu que não conseguiria.

Abaixo da cadeira, desenhado no chão, havia um pentagrama dentro de um círculo de sal. Ela percebeu que estava impotente, as cordas que a amarravam estavam molhadas e vermelhas, e isso não era bom sinal. Não demorou a entender que nada podia fazer. A única maneira de controlar a magia de uma bruxa era usando seu próprio sangue em um ritual simples, empregando as palavras certas e um símbolo poderoso. O sal impede sua saída do círculo, tornando impossível uma fuga. Tituba deixou uma lágrima fugir pela fúria que sentia naquele momento de fraqueza e também pela dor de uma traição.

As seis pessoas ocuparam os lugares determinados no palanque para finalizar suas vidas. Eu nunca senti tanto desespero. No dia do acidente que levou meu pai, eu apaguei quando houve a colisão e quando soube de sua morte foi devastador. A dor era inexplicável e nunca passou ou diminuiu, apenas aprendi a conviver com ela. Mas o que Tituba sentia naquele momento era um descontrolado misto de angustia e tormento. Ela chorava, gritava e tentava a todo custo se livrar de alguma maneira. Seu esforço cessou, quando o primeiro banco foi empurrado, deixando a gravidade fazer todo o trabalho sujo. A imagem do corpo da inocente Laura, pendurado e sem vida, a assombraria para sempre.

Pensei em tantas histórias que ouvi sobre bruxas serem queimadas vivas e me senti beirando o alívio por não estar na Europa, onde praticavam esse tipo de execução em uma enorme fogueira. Mas isso em nada amenizava a dor que aquela mulher estava vivendo. Ela fechou os olhos. Ao menos, esse direito não lhe foi tirado. Enquanto ouvia o som de cada banco tombando no chão, ela pensava que aquilo tudo só provava que não haveria trégua. Se os humanos eram capazes de fazer isso aos seus semelhantes, o que não fariam para acabar com os celsus? Como foi tola ao acreditar que sua morte causaria algum impacto na consciência dos homens.

Senti na pele e no coração, a esperança de Tituba deixar seu corpo, como se a própria alma estivesse partindo.

Buscando entre as pessoas que assistiam ao show, ela encontrou a menina Ana com os olhos inchados de tanto chorar. Sua mãe estava logo atrás, segurando-a pelos ombros. A mulher não conseguia olhar nos olhos de Tituba. Uma vez mais, seu coração se apertou naquele dia e foi quebrado em milhões de pedaços. Sim, a menina Ana traiu sua confiança, delatando suas conversas, mas o feito de sua mãe nunca sairia de sua cabeça ou da minha.

Eu senti toda sua indignação, quando focou os olhos na menina que soluçava e tremia sob os braços de uma mãe leviana. Tituba nunca entenderia como uma mulher era capaz de condenar a própria filha a um destino tão cruel. A menina, que estava claramente sofrendo pelo que acabará de presenciar, carregaria aquela cena pelo resto de sua vida. O peso da culpa pela morte de inocentes nunca a deixaria viver em paz, assim como a traição de sua mãe, que a usou para tramar contra aquela que um dia salvou a vida de sua filha.

Confesso que também jamais entenderei.

O coração da bruxa estava sangrando. A tristeza era intensa, porém, mais violenta era sua revolta. A mente criou um buraco negro, onde foram jogadas todas as coisas boas que conhecia sobre a humanidade. Tituba ainda estava viva, mas uma parte dela havia morrido com aquelas pessoas.

Mesmo estando em uma espécie de visão, eu conseguia ver a energia de todos, inclusive à de Tituba, e fiquei muito impressionada. A mulher estava em pedaços, viver não lhe interessava mais.

Senti um choque percorrer meu corpo e um solavanco me lançou para trás. Caí de costas, ainda segurando a pequena caixa, mas não atingi o chão. Não sei como, mas Antoni amorteceu minha queda, o que não deve ter sido muito agradável para ele, deduzi, ao ouvir seus murmúrios de dor.

— O que houve? — perguntou Antoni.

— Não sei — respondi, olhando para Tituba e, em seguida, buscando por Eleonor e os outros.

— Bem! Primeiro seus olhos ficaram negros e você parecia não estar mais nesse plano, depois começou a chorar e tremer — explicou Alamanda, ajoelhada ao meu lado. — Foi bem estranho.

Olhei em volta e vi Eleonor me observando, assustada.

— Estou bem, vovó.

— Quando, finalmente, consegui me aproximar de você — descreveu Antoni, enquanto levantava —, segurei suas mãos e senti um tipo de descarga elétrica. Então, fomos arremessados.

Tituba estava estirada no chão. Deduzi que fora arremessada também, mas ela parecia inconsciente.

— Tituba! — Instintivamente, levantei e corri para ajudá-la.

— O quê? — Antoni ficou parado, incrédulo com minha reação. Nem poderia ser diferente, afinal, aquela era a bruxa que tentou nos matar há pouco.

Ela não teve Antoni para amortecer sua queda, então, imaginei que teria maior dificuldade em recobrar os sentidos. Quando abriu os olhos, assustou-se ao me ver. Nós nos encaramos por alguns segundos. Eu conheci parte de sua história e, considerando seu olhar, ela conheceu alguma parte da minha também.

— Não me toque! — ordenou ela, retraindo o braço. — O que aconteceu?

— Eu não a toquei. Nós duas tocamos a caixa ao mesmo tempo e isso fez alguma coisa com a gente.

— Não sei o que você viu, garota, mas saiba que não me importo. Infelizmente, vejo que ninguém mais pode abrir o Malum, ele está ligado a você — ralhou a bruxa, tentando se levantar de forma desajeitada.

Antoni passou por mim como um raio e puxou algo do pescoço de Tituba, antes que ela pudesse se recuperar totalmente.

— Não viemos aqui atrás de confusão, mas se é isso que você quer, posso atender seu pedido — ameaçou, piscando para ela.

A bruxa ergueu a mão direita e apontou para Antoni, mas tudo que conseguiu foi fazê-lo sorrir. Confirmando que a magia não estava funcionando, Antoni chegou perto o suficiente para segurá-la pelo pescoço. Tituba não se intimidou.

— Então, o que vai ser? A fenda o aguarda há muito tempo. Ou será que seu amiguinho mexicano garantiu que não seja aceito por lá?

Antoni perdeu o sorriso presunçoso e fuzilou a bruxa com os olhos cheios de raiva.

— Antoni, não! — interferi.

Ele se voltou para mim e, apesar do olhar sombrio, esperou.

— Alany, ela era a Juliet. Olha isso! — disse, erguendo a mão livre e mostrando os seus dois colares entre os dedos, os mesmos que foram roubados por Juliet.

— Nós não somos uma ameaça e ela precisa saber disso, assim como eu sei que ela não é uma ameaça para nós. — Olhei nos olhos dela, queria que visse que estava sendo sincera. — Eu não aprisionei seu espírito, não sei como ele veio parar aqui dentro. Eu nem sabia que isso se chamava Malum. Minha mãe o deixou para mim e eu pensava que era apenas uma caixa com antigas lembranças.

Coloquei minha mão sobre o braço de Antoni e pedi que se afastasse. Ele cerrou os olhos. Não entendia por que eu defendia a bruxa, mas sabia que podia confiar em mim. Além disso, sentia-se muito mais seguro com seu colar protetor, nenhum feitiço o atingiria.

— Hiertha não faz isso para qualquer um. O que deu a ele? — ela perguntou com os olhos fixos em Antoni, enquanto ele se afastava.

Antoni não respondeu.

— Já chega, Tituba! — Todos nós olhamos em direção à voz masculina que dava ordens à bruxa como se fosse seu pai.

— Até que enfim! — resmungou Antoni. — Onde você estava, enquanto essa bruxa tentava nos matar?

Recompondo-se, Tituba caminhou até o homem parado com os braços cruzados e olhar cortante.

— O que quer aqui, Antoni? — indagou o homem grisalho.

— Gideon, eu não tinha mais para onde ir. Aqui é o único lugar onde o Ministério não tem ninguém infiltrado, então... — respondeu, erguendo os ombros.

— E achou que seria bem-vindo em Leezah?

Gideon não era bem o que eu esperava. Imaginei um homem bondoso, que ajuda celsus desesperados, mas ele era um velho arrogante e sisudo, com um olhar raivoso, capaz de espantar qualquer animosidade.

— Na verdade, não. Apenas pensei que gostaria de conhecer a filha de Twylla.

— O quê? — perguntei, indignada.

CAPÍTULO 30

Will chegou mais perto de mim, abraçou-me e sorriu. Estranhei a reação fora de contexto e o encarei. Quase de imediato, ouvi sua voz na minha mente.

— Calma, Any! Esse era o único jeito. Antoni pediu para avisá-la.

Embora espantada, essa informação me deixou mais curiosa do que brava. O homem com os cabelos completamente brancos se aproximava em silêncio. Que raio de lugar era aquele, onde todo mundo era esquisito e parecia do mal? Não pude deixar de pensar que estávamos em mais uma enrascada, só para variar.

O homem de calça branca, camisa azul claro e com os pés descalços parecia estar de férias, só faltava o chapéu. Uma pena que seu humor não acompanhava a leveza de seu look. Chegando mais perto, ele me olhou com curiosidade da cabeça aos pés. Eu estava ficando incomodada. Ergui uma das sobrancelhas e o medi de cima a baixo, devolvendo a indiscrição. Ele parece ter gostado do que viu, porque abriu um largo sorriso.

Voltando a atenção para Antoni, o homem esticou a mão para um cumprimento. Isso me fez lembrar as palavras de Antoni. Quando disse ter um amigo em Leezah, com certeza, referia-se a Gideon.

— É, ela é mesmo filha de Twylla — concluiu Gideon.

Desconfiei daquele sorriso e tentei encontrar algo por trás dele, mas não consegui ver nada. Aquele homem, assim como Tituba, tinha uma espécie de barreira que o protegia. Eu não podia ver se ele estava sendo sincero, quando apertou a mão de Antoni, puxando-o para um abraço como velhos amigos.

— Vocês não podem ficar aqui. É perigoso demais — interveio Tituba. Sua voz não era mais tão dura, porém, carregada de certa preocupação.

— Já estão aqui, não estão? — indagou Gideon. — Agora são meus convidados. E vamos deixar de conversa, já está ficando frio aqui fora.

— Não estaríamos aqui se não fosse nossa última opção — disse Antoni, olhando para a mulher nitidamente contrariada, à nossa frente.

— Vamos entrar e você me conta tudo o que aconteceu — retrucou o homem, caminhando em direção à pequena casa e esperando que o seguíssemos.

Juntei-me à Eleonor e aos outros, segurei na mão da minha avó e seguimos para dentro da casa. Eu não disse nada, mas ficaria de olho naquele homem. Não gostei nada do que vi e menos ainda do que não vi.

A casa era pequena e tinha um ar rústico bastante acolhedor. A sensação era boa, o cheiro também. Estávamos há muito tempo sem fazer uma boa refeição e aquele aroma se espalhava por todos os lados. Era estranho sentir cheiro de comida fresca àquela hora, mas com a fome que estávamos, quem iria se importar?

— Vocês devem estar com fome, venham!

Gideon nos levou até uma sala de jantar. A mesa tinha mais de dez lugares e estava fartamente servida. Ficamos admirando a comida por alguns segundos, parecia um banquete.

— Por favor, sentem-se! Esse jantar foi feito para vocês — revelou o homem.

Não havia mais ninguém ali, então, de onde tinha vindo tanta comida? Quem havia preparado tudo aquilo? E como sabiam que viríamos?

Will foi o primeiro a se sentar, seguido por Alamanda. Eleonor apenas observava, tão desconfiada quanto eu. Senti alguém segurar minha mão e um pequeno choque percorreu meu braço. Vi que Antoni alcançou Eleonor com a outra mão.

— Está tudo bem, podem se sentar. Sei que é estranho, eu também desconfiaria dessa recepção depois do que passamos lá fora, mas garanto que não corremos risco aqui dentro. Confiem em mim.

O olhar de Antoni estava carregado de coisas que ele não podia dizer, não ali. Mas ele estava com uma tranquilidade que não me lembro de ter visto antes e fez questão que eu percebesse. Era claro como o dia. Ele abriu um lindo sorriso, não aquele torto de sempre; estava diferente. Eu não confiava em Gideon, muito menos em Tituba, mas confiava em Antoni totalmente. Confirmei isso com um movimento de cabeça e me sentei. Eleonor se sentou ao meu lado.

— Any, isso está muito bom! E olha que eu não sou muito de comer — comentou Will.

Antoni serviu um prato com algumas coisas que estavam sobre a mesa e disse que iria conversar com Gideon no escritório, mas já voltava. Passamos um tempo comendo, conversando e, por alguns minutos, esquecemos tudo que estava acontecendo à nossa volta. Pensei que Alamanda, talvez, fosse responsável por essa pausa no estresse geral, mas não me incomodei com isso, estávamos mesmo precisando de uma interrupção em todo aquele drama.

Will contava uma de suas péssimas piadas, que era tão ruim a ponto de causar graça. Demoramos alguns segundos para entender os movimentos dele ao atender o celular, que tocava no modo silencioso. Aquela ação nos trouxe imediatamente de volta à dura realidade.

— Alô! Carol, até que enfim!

Cheguei perto de Will segundos depois de ouvir o nome de Carol.
— Will, eu quero falar com ela.
Ele não criou problemas, apenas me passou o celular.
— Carol, por favor, me diz que tem boas notícias.
Aguardávamos do lado de fora do escritório, onde Antoni havia entrado. Eu andava de um lado para outro. Os outros estavam sentados no sofá de uma sala de TV, que ficava ao lado do escritório. O silêncio era angustiante, mas não sabíamos o que dizer. Quando a porta se abriu, Antoni estranhou nos ver ali, aguardando com cara de assustados. Ele não disse nada, apenas me observou com os olhos cheios de curiosidade.
— Carol encontrou Nara, ela já está fora de perigo — informei.
— Isso é ótimo! — disse ele, ainda curioso. Antoni sabia que eu não estaria tão agitada somente por isso.
— O Ministério ofereceu uma recompensa pela nossa captura. E não é só isso... Todos que nos ajudarem serão considerados traidores — revelei, imaginado que Gideon nos colocaria para fora de Leezah, o que seria justo. Não era nossa intenção causar problemas para ninguém.
— Foi essa a palavra que Carol usou? Captura? — questionou Antoni com tranquilidade.
— Foi sim — respondi.
— Então, nossa situação não mudou em nada. Já estávamos ferrados antes. Handall apenas tornou público o que faria de qualquer forma e tornou mais atrativa a caçada. Ele é um homem inteligente. Sabe que estamos escondidos e está contando que irão nos entregar. Parece que, por alguma razão, ele precisa de nós vivos.
— O que vamos fazer agora? — perguntou Will.
— Não podemos colocar essas pessoas em risco, precisamos ir embora — disse Eleonor, antecipando o que eu estava pensando.
Gideon estava saindo do escritório, mas parou à porta ao nos ouvir. Ele pousou as mãos sobre os ombros de Will e Antoni ao mesmo tempo, dizendo que estaríamos seguros ali. Disse que o Ministério não tem poder sobre os assuntos de Leezah. Mas, para mim, ele parecia preocupado.
— Acho melhor vocês descansarem um pouco — disse Tituba, fazendo-nos olhar para trás.
— O que vocês fizeram com ela? Nunca a vi tão simpática — observou Gideon, intrigado. — Mas ela tem razão, agora precisam descansar.
A casa era pequena, não parecia ter acomodações para todos nós. Pensei em dizer que não queríamos incomodar, mas me contive. Tituba fechou os olhos, ergueu os braços e disse algumas palavras que eu não compreendia. Ficamos parados, observando, enquanto alguma coisa estava mudando. A humilde casa foi dando lugar a algo diferente. Ficamos perdidos olhando em volta e quase não acreditando no que estávamos testemunhando. Uma construção, que mais parecia uma mansão, surgia como mágica. O lugar onde estávamos era apenas um pedacinho da casa.
Bem na nossa frente, surgiu uma escadaria enorme que, provavelmente, levava aos quartos no andar de cima. Corredores intermináveis também

apareceram em volta do cômodo onde aproveitamos uma maravilhosa refeição. Era mesmo uma enorme mansão antiga, rústica e encantadora.

— Bem-vindos à Leezah! — disse ela em tom de apresentação.

Olhei para Antoni, que apenas entortou a boca num leve sorriso. Ele não estava surpreso porque já estivera ali, sabia como era a verdadeira Leezah.

Tituba começou a subir a escada e nos pediu para acompanhá-la. Seguimos a bruxa até os quartos preparados para visitas, ao menos era o que parecia. Não dava para saber quantos quartos havia, mas, com certeza, nos acomodariam perfeitamente. Se Antoni não estivesse tão seguro sobre confiar naquelas pessoas eu jamais aceitaria ficar ali, era bom demais para ser verdade.

Cada um de nós foi levado a um dormitório, um ao lado do outro, num corredor que parecia o de um hotel. Nas paredes havia molduras com fotos de lugares e pessoas que eu não conhecia. No chão, um carpete floral abafava nossos passos. A primeira a se acomodar foi Eleonor. Quando ela entrou e se jogou na enorme cama, percebi o quanto a coitada devia estar cansada.

Eu fui a próxima. Meu quarto era menor, porém tão aconchegante quanto o da vovó. Não que isso importasse, qualquer quartinho com uma cama já seria suficiente. Mas a grande janela de madeira, a decoração provençal e a grande cama com dossel, alegravam os olhos. Não me lembro de mais nada, depois de tomar um banho e cair na cama.

CAPÍTULO 31

Acordei num sobressalto, quando alguém bateu à porta do quarto.
— Alany!
Levantei assustada e fui até a porta, mas não a abri. Fiquei apenas esperando que batessem ou me chamassem de novo. Meus sentidos poderiam estar me enganando ou podia ser apenas um sonho.
— Alany, sou eu, Tituba. — Foi um alívio e uma preocupação ao mesmo tempo. Abri a porta e ela já foi me dizendo a razão da visita:
— Precisamos libertar o espírito, ele é o guardião de Leezah. Você entende que precisamos dele mais do que nunca, não é?
Sim, eu entendia. Nossa presença ali trazia grande ameaça para Leezah e eu guardava sua melhor chance de defesa dentro de uma pequena caixa.
Tituba parecia bastante apressada em resolver esse assunto, sua preocupação transbordava por seus olhos. Assenti e busquei o objeto mágico. Em poucos minutos, estávamos do lado de fora da casa. Caminhamos por um tempo, o ar frio incomodava um pouco, mas logo chegamos a um jardim enorme. Estava quase amanhecendo e a noite já dava lugar aos primeiros raios de sol. Embora ainda não estivesse completamente claro, já era possível ver a extensão da propriedade. E havia algumas casas menores rodeando o perímetro.
Será que todos os moradores eram celsus? Pensei em perguntar, mas não tive tempo.
— Você não sabe mesmo o que fazer para libertá-lo? — perguntou Tituba, enquanto andávamos em direção à mata que circulava a propriedade, logo depois do grande jardim.
— Não tenho a menor ideia.
— Já pensou em simplesmente abrir a caixa?
A ideia era tão simples quando assustadora. Claro que eu estava com muito medo de libertar aquela criatura e passar por tudo de novo.
— O que ele fez a você? — Tituba percebeu meu receio, meu olhar perdido deve ter me entregado. — Qual foi o medo que precisou enfrentar?
— Algo que tem a ver com os meus sonhos — respondi, sem olhar para ela e continuei andando. Aquele assunto não era agradável, principalmente naquele momento.

Não sei se ela direcionou a pergunta a mim ou se estava apenas pensando em voz alta. De qualquer maneira, ela não teve resposta. Continuei caminhando e me distanciei um pouco. Ela me alcançou e me segurou pelo braço.

— Não sei como ele usou isso contra você, mas não deixarei que a atinja de novo. Pode confiar em mim! Apenas, abra a caixa.

Lembrei-me de tudo o que Tituba havia passado e pensei que aquele jeito grosseiro fosse apenas uma defesa. A vida endureceu o coração daquela mulher, mas quem poderia julgá-la? Sua essência poderia ser boa, apesar de tudo.

— Acha mesmo que é tão simples? Apenas abrir a tampa? — perguntei, observando as árvores à nossa frente. O vento balançava as folhas e também meu cabelo. Não havia nada de assustador naquele lugar. Talvez, por estar amanhecendo ou pela ausência do espírito protetor.

— O Malum é um objeto poderoso. Ele é capaz de guardar feitiços, abrir portais e até, como você viu, prender criaturas mágicas. Esse tipo de artefato sempre tem conexão com alguém, ele precisa disso para conservar seu propósito. O que estiver aí dentro pertence apenas a você. Então, quando abrir, você poderá libertar mais do que meu espírito protetor — alertou Tituba.

— Aqui só tem alguns objetos que me trazem lembranças da minha mãe. Não existe nada ameaçador, além do seu guardião.

— Melhor para nós, porém, não se engane, Alany. Nada é só uma coisa ou outra. Tudo tem dois lados. Ninguém colocaria algo em um Malum apenas para ser um objeto que guarda lembranças. Dificilmente ele teria pretensões tão simples. Seja como for, você tem o poder sobre tudo o que está aí dentro, então, ordene que ele saia. Liberte-o do que o prende. Só assim ele vai conseguir deixar o Malum. Ele jamais poderá fazer isso sozinho.

Olhei para a mulher por um segundo e pensei: Como assim? Achei melhor apenas tentar. Fechei os olhos e forcei minha mente, pensando: Espírito do mal, você está livre! Mas nada aconteceu.

Tituba quase riu da minha tentativa infantil, como se ouvisse meus pensamentos. Tentei de novo. Dessa vez, concentrei-me um pouco mais. A caixa tremeu por um segundo e quase caiu da minha mão, no mais, nada aconteceu.

— Esse é o caminho — disse ela, satisfeita. A mulher me olhou, erguendo uma das sobrancelhas. — Você aprende rápido, para uma híbrida. Não está indo nada mal.

Meus olhos demonstraram meu espanto.

— Ah, sim, eu sei seu segredo! Você acha que só você viu coisas sobre minha vida, quando ficamos presas ao Malum?

— Mas... — Eu não sabia o que dizer, ela não podia saber disso, ninguém podia. Como dizer que, o quer que tenha visto, não era verdade? Impossível contestar uma visão como aquela, não tinha como não ser verdade.

— Não se preocupe — ela interrompeu meu pequeno desespero. — Eu não vou entregá-la, seu segredo está seguro. Agora você precisa se concentrar. Eu vi sua habilidade em ação. — Ela chegou mais perto e segurou minha mão. — É fantástico o que pode fazer e, principalmente, o que pode ver.

— Não é tão fantástico assim. Eu luto para controlar isso há muito tempo — respondi simplesmente, esquecendo de que falava com uma desconhecida. Por um instante, foi como desabafar com uma amiga.

Ela estava tão calma, não parecia a mesma mulher que nos recebeu. Apenas me observava com tranquilidade, não com espanto ou curiosidade.

— Ouça, o mundo aos seus olhos é feito de sombras, mais do que qualquer outra coisa. Apenas aceite isso. Ninguém, além de mim, já viu o que você vê. Você precisa de equilíbrio e não de contenção. O desejo de controlar tudo pode ser um obstáculo. Não seja tão humana.

— Eu vivi como humana por tempo demais para abandonar os velhos hábitos de repente.

— Venha comigo! — ela pediu, puxando-me pela mão em direção à floresta.

Caminhamos um pouco mais e após alguns minutos estávamos no meio da mata, no mesmo lugar onde eu e meus amigos sofremos com a influência daquele espírito maldito. Senti um arrepio subir pela espinha. Eu não estava com medo dele porque estava preso, mas revivi a sensação de estar perdida e achar que não alcançaria Antoni. Se não fosse a coruja de olhos e energia brilhantes, eu não chegaria a tempo de salvá-lo.

— Onde estamos indo? — perguntei.

— Para um lugar que vai dar a força de que precisa. A natureza é a maior fonte de vida e energia que existe, mas suspeito que você já saiba disso. — Tituba sorriu e continuou: — O que você precisa agora é aprender a se unir a ela.

Chegamos ao local onde encontrei Antoni e um novo arrepio me surpreendeu. A lembrança dele na beira de um precipício me fez congelar. Tituba tirou os sapatos, depois me olhou com as sobrancelhas arqueadas e entendi que eu deveria fazer o mesmo. Olhei para cima, para contemplar a imagem de raios de sol surgindo entre as copas das árvores. Parecia uma foto, dessas que vemos na internet e imaginamos como alguém consegue captar esse momento com tanta perfeição. Consegui desfazer a imagem que estava na minha memória, deixei de lado o medo e a cena foi substituída por uma sensação de paz. Dei mais três passos e fiquei ao lado de Tituba.

— O que você vê? — perguntou ela.

Respirei fundo e olhei ao meu redor. Eu via e sentia o poder da natureza, a força da vida que ela representava.

— Vejo a beleza da natureza. Tudo aqui representa a vida.

— O que você vê, Alany?

Olhei para ela confusa. Estava mesmo repetindo a pergunta?

— Eu já disse, vejo a natureza exercendo seu papel.

A mulher balançou a cabeça em sinal negativo.
— O que você vê? — tornou a perguntar.
— Bem, eu não sei mais o que dizer. Vejo o mesmo que você, eu acho.
— O que você, Alany Green, vê?
— Eu já disse, vejo uma floresta cheia de vida. O que mais eu veria?
— Isso é o que eu vejo. É o que sua avó ou os seus amigos veem. Agora, diga-me o que *você* vê.

Ah, Deus! Eu detesto enigmas. Fechei os olhos e apenas senti a floresta, mal não me faria. Respirei fundo e me concentrei na imagem do sol passando entre os galhos das árvores. Tentei relaxar o máximo até ouvir a voz de Tituba falando aquela língua estranha que usou antes, durante o período em que eu estava presa nas suas memórias. De alguma maneira aquilo estava me ajudando, deixando-me mais concentrada.

— Sinta a terra sob os seus pés. Ela vive, como tudo à sua volta. Seja parte dela e sentirá que se movimenta, que respira e que não apenas a sustenta. Ela tem poder sobre seu equilíbrio — disse Tituba, em uma língua antiga que eu não deveria entender.

Espera aí! Eu estava entendo.

Conheci essa língua, quando fui transportada para uma parte da vida daquela mulher e parece que o conhecimento permaneceu. Para os meus ouvidos, a língua era estranha e confusa, mas minha mente compreendia com clareza.

— Qual é o cheiro que está sentindo? Qual o gosto do ar? Apenas sinta... Ele a envolve e a abraça, ele é o respiro do mundo. Pode senti-lo envolvendo-a?

Eu mal podia acreditar em tudo que estava sentindo, a natureza sempre me fez muito bem, mas aquilo era diferente. Comecei a sentir o chão se movimentar, talvez fosse o andar de pequenos animais que vivem sob a terra, que agora parecia movediça e massageava os meus pés. Estiquei os braços, buscando mais equilíbrio. Foi, então, que senti a presença do ar. Meus braços pareciam cortar uma massa ao meu redor.

Dei um passo para frente, para ver se o mesmo acontecia com meu corpo, a sensação foi a de entrar em uma nuvem. Percebi que não dominamos o nosso corpo e o espaço como imaginamos, o ar é que nos dá licença para nos locomovermos.

Aproximei-me de uma árvore, queria saber o que sentiria ao tocá-la. Eu sabia exatamente onde elas estavam, mesmo com os olhos fechados. Não quis abri-los por medo de perder aquela conexão.

— Hilu harthi delja — sibilou Tituba. O que significava: Ela esperava por você.

— As árvores não podem sair do lugar, são limitadas ao pequeno espaço onde foram plantadas, mas isso é o que todos pensam e não é verdade. Os seres andantes são os mais limitados porque se prendem a si mesmos, enquanto este ser que você está tocando está ligado a tudo ao mesmo tempo. Ele pode se comunicar com você e com qualquer outro ser vivo, criando um estímulo de movimentos e energias.

Uau! A sensação foi incrível, a energia que vinha da árvore era forte e percorria todo meu corpo, descia até o chão e voltava. O ar me evolveu e me senti dentro de um abraço firme e carinhoso. Não tive dúvidas que representava os braços daquela árvore, até o cheiro do ar que me envolvia era diferente de antes.

— Agora, abra os olhos, Alany — pediu Tituba com a voz doce.

Quando os abri, não havia mais uma mata com árvores verdes e um chão de terra marrom. O que vi foi uma floresta iluminada, tudo tinha um brilho próprio. Cada folha daquela árvore era um pedaço de vida. Desde as formigas que subiam pelo tronco até os pássaros pousados em seus galhos. A terra pulsava como se tivesse um coração batendo sob os meus pés. Fiquei maravilhada e sorri, olhando em volta. Nunca pensei que teria lágrimas de pura perplexidade nos olhos. Quando alcancei Tituba, vi que ela também sorria, mas não foi só isso, vi algo além. Finalmente, pude ver a energia daquela bruxa.

— Era você! — Eu já tinha visto aquela energia brilhante.

A mulher apenas assentiu e perguntou:

— E, então, o que você vê, Alany?

— Tudo. Toda forma de vida, toda a conexão entre elas. Vejo animais escondidos nos observando, e outros, quase invisíveis de tão pequenos, voando à nossa volta. Não apenas vejo, também sinto. Não existe tristeza ou medo, só a vida de uma maneira simples e tranquila.

Eu não conseguia conter as lágrimas, mas também não podia conter o sorriso. Foi a melhor sensação que já tive. Como eu vivi tanto tempo sem ver o mundo com toda essa beleza, toda essa vida?

— Essa é sua habilidade, Alany. Sua verdadeira conexão. Ainda quer se proteger disso? Quando você dominar seus próprios sentimentos e suas energias, assim... — Demonstrou, abrindo os braços e girando devagar. — Nada poderá atingi-la. Toda essa energia que está vendo aqui, também existe dentro de você. Não a tema. Você só precisa compreendê-la e estará no controle.

Eu ainda estava com o Malum e com o espírito, mas agora eu sabia que ela não estava me ajudando apenas por isso. Afinal, ela vinha me guiando mesmo antes de me conhecer. Não podia me sentir mais agradecida, o mundo ganhou novas cores e um novo objetivo para mim.

— Eu também sinto a vida aqui nessa mata, mas somente você pode vê-la. Já vi coisas extraordinárias no mundo e, acredite, o que vê é incrível. Encontre dentro de você a chave para essa conexão. Vai precisar — Tituba aconselhou, com um tom mais sério. — Ninguém tem um dom como o seu sem um propósito, seu destino está ligado a grandes conquistas e, pelo que vejo, sua trajetória está apenas começando.

Sem dizer nada, abri novamente a caixa e me concentrei na imagem daquele ser maligno. Quando vi o par de olhos amarelos, senti um arrepio e soube que o tinha alcançado. Desta vez, não pensei em expulsá-lo, sim, libertá-lo.

Ele foi saindo como uma fumaça tóxica, até que não restasse nada além das minhas pequenas lembranças lá dentro. Olhei para Tituba e a vi acariciar aquela coisa. Sua mão entrava por ele, transpassando sua forma enevoada. Eles se olhavam e se entendiam de alguma maneira. Tituba assentiu com um movimento e foi como um sinal de liberdade, o monstro se desfez no ar e desapareceu.

— Obrigada! — agradeceu a mulher, com as mãos unidas.

Olhando para dentro da caixa, para me certificar que não havia nenhum vestígio do espírito, avistei as fotos antigas.

— Será que existe alguma razão maior para minha mãe ter deixado essas coisas dentro desse... Malum? — perguntei.

— Não tenha dúvida — ela respondeu, sorrindo.

— Tituba, esse espírito... — Eu queria perguntar quem ele era, se já foi vivo, mas não sabia como. Era tão estranho pronunciar. Enquanto era apenas um pensamento, não me pareceu tão absurdo.

A mulher sorriu um pouco mais, pegou seu par de sapatos do chão e começou a caminhar de volta para a casa.

— Sim. Ele já foi alguém que conheci, mas ficou por muito tempo na fenda e acabou se tornando o que você viu. Não consegui tirá-lo de lá a tempo.

— Então, quem vai parar na fenda não pode mais sair? — perguntei, caminhando rapidamente para acompanhá-la.

Ela parou de andar ao ouvir minha pergunta.

— Claro que não! A fenda é uma prisão de almas, ninguém consegue sair — respondeu, olhando-me como se eu fosse uma criança.

— Eu não sei tudo sobre o mundo dos celsus, descobri minha origem há pouco tempo — justifiquei.

— Existe um meio de sair, mas é muito arriscado. É preciso encontrar a porta certa. Alguém pode passar por ela e chegar ao prisioneiro, o problema maior está em encontrar essa entrada. Existe apenas uma porta para cada celsu — esclareceu ela, enquanto retomava o passo.

— Não devia ser uma porta de saída?

— Como eu disse, não existe saída. Se quiser tirar alguém da fenda, você precisar ir buscar, correndo o risco de também ficar presa. Ele era um celsu afundado em magia negra, mas não merecia esse destino. — Ela parou por um segundo, mas não se virou e pelo peso de sua respiração, ele deve ter sido alguém importante na vida dela. — Quando eu soube, já era tarde demais. Depois de algum tempo naquele lugar, você começa a esquecer de quem é. Aos poucos perde a consciência e se transforma em outra coisa. Você viu no que ele se transformou, parece que só consegui resgatar a parte ruim.

Estávamos chegando próximo a casa, eu já podia ver Antoni ao pé da escada, preocupado. Ele fechou a cara, quando nos viu juntas.

— Onde estava? — perguntou. A pergunta foi para mim, mas seu olhar mirava Tituba com raiva.

— Fomos só dar uma volta — respondi simplesmente, para não dar margem a comentários desnecessários.

— Ah, claro! São amigas agora — ironizou.

— Se sou sua amiga, por que não posso ser dela?

Ele ergueu uma das sobrancelhas, muito parecido com o que eu faço quando estou desconfiada. Meu tom de voz estava suave e isso fez com que ele considerasse que havia algo implícito naquela frase. Pelo menos, foi o que eu imaginei. Não me importei com sua reação, minha resposta foi um abraço. Senti uma vontade enorme de tocá-lo, mesmo correndo o risco de ser repelida; o que não aconteceu. Antoni retribuiu ou, ao menos, tentou. Nós nos abraçamos por uns dois segundos, mas logo sentimos o choque e nos afastamos.

Abandonamos o contato físico, mas não o visual. Antoni me olhava com curiosidade e não pude deixar de pensar sobre aquelas indesejáveis descargas elétricas. Será que ele estava curioso com a razão do abraço ou do choque? Eu não tinha a resposta, tampouco poderia explicar a origem dessas sensações estranhas e, com certeza, ele também não, do contrário já teria traçado uma teoria.

Sem dizer mais nada, segui direto para a mesma sala de jantar do dia anterior, onde estava posto um farto café da manhã. Ao ver Eleonor, Will e Alamanda descontraídos, rindo e conversando, senti um peso sair de minhas costas. Gideon explicava que estávamos na parte íntima da casa, mas que em outro andar, todos faziam as refeições juntos, em um grande salão.

Havia mais de quarenta celsus em Leezah. Eles formavam uma comunidade alternativa e eram livres para sair quando quisessem, precisavam apenas seguir algumas regras para garantir a segurança do lugar. Resolvi me sentar junto à mesa para acompanhá-los. Gideon me observava de maneira curiosa. Foi constrangedor no início e depois, ficou irritante.

— Gideon, poderia me dizer de onde conhece minha mãe? — perguntei, na tentativa de deixá-lo desconfortável. Com sorte, ele pararia de me observar como se eu fosse um animal exótico.

— Conheci Twylla há muitos anos. Ela ainda era uma menina como você. Talvez, não fosse tão... — disse o homem com os olhos fixos, porém, perdido em pensamentos. — Tão especial. Sempre foi muito encantadora, claro. Uma mulher de muita fibra.

Antoni, que acabava de se juntar a nós, o encarou de forma não muito amigável.

— Então, diga-me Alany, por onde anda seu pai? — perguntou Gideon, fazendo-me engasgar com o suco de laranja.

— Por que isso deveria interessá-lo? — retrucou Antoni calmamente, enquanto bebia uma xícara de café.

Embora não houvesse nenhum movimento brusco ou alteração na voz de Antoni, ele sempre conseguia dar um tom ameaçador quando queria. O clima na mesa mudou imediatamente, passando de amistoso para tenso.

— Bem! Dizem que ele era humano...

— Dizem que você está morto — interrompeu Antoni, visivelmente irritado.

Tituba, que estava parada na passagem entre a sala de jantar e a cozinha, deu um passo em direção à mesa. Sua posição era de alerta, deixando claro que protegeria Gideon de qualquer ameaça.

— Não me entenda mal, apenas estou curioso — respondeu Gideon, erguendo a mão para acalmar Tituba. — Só fico pensando no porquê de Twylla se sacrificar tanto para protegê-la.

— Um homem sem filhos não entenderia — retrucou Antoni.

— Você tem toda razão. Twylla faria tudo pelo bem da sua única filha. Ainda assim, pergunto-me o que Handall pode ter oferecido para que ela o apoiasse? Não consigo ver muitas opções. Ou estavam ameaçando a menina ou Handall conseguiu seduzi-la mais uma vez.

Gideon dizia tudo isso de maneira despretensiosa, cortando uma fatia de bolo e sorrindo. Mal sabia ele que estava nos dando uma informação completamente nova. Meu olhar correu até Antoni, que parecia nervoso, mas não surpreso. Em seguida, dirigi-o a Gideon.

— O que quer dizer com isso? — perguntei, sentindo meu rosto queimar.

O homem estreitou os olhos. Parecia admirado com minha surpresa. Observei que ele era um tanto teatral, sua reação parecia forçada e como eu não conseguia acessar sua energia, estava no escuro. Contando apenas com minha intuição, percebi que ele realmente fazia o tipo dramático.

— Sua mãe me procurou há alguns anos — disse o homem, enquanto passava geleia sobre um pedaço de torrada. — Ela queria que eu abrigasse Antoni e você, caso fosse necessário. Twylla imaginava que em algum momento vocês poderiam chegar até aqui. E pelo visto, ela estava certa. Mulher visionária, sempre seguiu seus instintos.

— Você disse que ela apoiou Handall? — perguntei.

— Sim. — Gideon olhou fixamente para Antoni. — Você não sabia disso, Alany?

Não respondi, apenas voltei minha atenção para Antoni. Não apenas eu, minha avó e meus amigos também o observavam com dúvida. Gideon saboreava sua torrada e analisava Antoni com atenção. Depois de tomar um gole de café, levantou-se e foi até a janela.

— Twylla esteve aqui pouco antes de assumir seu lugar junto ao povo Elemental. Na ocasião, ninguém sabia de sua existência além de mim, Solomom e Handall. Ao menos, foi o que ela me disse. Eu já disse que ela é uma mulher encantadora? — Aquele homem grisalho estava com o olhar perdido em suas lembranças, enquanto falava. Sua voz carregava certa tristeza. — Dizem que é uma excelente rainha para seu povo.

— Então, quando ela sumiu foi para voltar ao seu povo? — questionou Eleonor.

— Se ela sumiu não sei, mas sei que assumiu seu trono, mais ou menos... — Ele balançou os dedos no ar para auxiliar seus cálculos. — Há uns quatorze anos, talvez quinze. Não me lembro muito bem.

— Pensei que os títulos reais não tivessem mais importância? — indaguei, lembrando-me de algo que Antoni havia contado.

— Na verdade, não utilizamos mais os termos ligados à realeza. Mas existe algo que não se pode tirar, o poder. Todo rei ou rainha é dotado de um poder maior do que outros da mesma espécie. Mesmo não havendo trono ou pompas reais, ainda existe a grandeza de suas habilidades. Sendo Twylla uma rainha por direito, ela tem poderes inigualáveis.

— Isso quer dizer que Handall também sabia onde ela estava — comentou minha avó, parecendo falar para si mesma. — Pobre Twylla!

— Por que, vó? No que a senhora está pensando? — Percebi que ela estava pensativa e nervosa. Segurei sua mão para acalmá-la.

— Handall me procurou uma última vez. Ele me interrogou, queria saber se ela tinha aparecido para rever a filha ou se alguém diferente estava em contato com seu pai. Eu acabei me atrapalhando. — Eleonor estava quase chorando. Ela olhou para Antoni e depois para mim. — Eu disse que depois do rapaz de preto com cabelo espetado, ninguém mais tinha aparecido. Sinto muito se fiz algo errado.

Minha avó não sabia exatamente o que havia feito de errado, mas ela não era boba, entendia que falou demais e podia ter complicado Antoni. Percebi que ele cerrou os olhos de leve, mas não se mexeu nem um milímetro.

— Está tudo bem, vovó. Não precisa se preocupar com isso agora.

— Mas eu...

— Eleonor — Antoni a interrompeu. — Meus problemas com o Ministério começaram muito antes disso. Não tem que se culpar por nada.

Senti o alívio que a dominou depois das palavras de Antoni.

— Isso quer dizer que todos vocês sabem onde está minha mãe? — Minha pergunta estava mais para um ataque ao meu protetor que, pelo jeito, continuava escondendo coisas de mim.

— Claro que sei! — respondeu Gideon, embora eu estivesse olhando diretamente para outra pessoa. — Quando Frederick Solomon desencarnou, deixando esse mundo mais triste e sombrio, a notícia se espalhou como rastilho de pólvora — disse ele, afastando-se da janela e seguindo em direção à Tituba. — Também ouvimos que Handall foi escolhido pelo Conselho como sucessor ao mais alto posto do Ministério e sabemos que só há um jeito de conseguir tal feito sem passar pela tertúlia.

Ele estava insinuando que minha mãe ajudou Handall?

— Tertúlia?

— Uma espécie de assembleia, criada para deliberar sobre o membro mais apto a assumir o posto supremo. Isso demora meses. São inúmeras fases, que só podem ser puladas caso exista o apoio de alguém da realeza. Nos tempos antigos, era muito comum.

— O tal Príncipe é o general do Clã, não é? E ele faz parte da realeza, sendo assim, apoiaria Handall — concluí.

— Quem abdica ao trono não pode oferecer apoio. Ele abriu mão de qualquer direito, quando deixou seu povo à própria sorte.

— Antoni, você sabia disso? — indaguei.
Ele não respondeu, apenas confirmou com um olhar de culpa.
Precisei de um segundo para assimilar a informação.
— Por que não me contou? Eu não acredito que ela faria isso!
— Ela faria se fosse para proteger você. — A voz de Antoni cortou a sala como um trovão.
Era eu quem deveria estar brava, não ele!
— Mas, por quê?
— Com a morte de Frederick, o Conselho ficou vulnerável. Handall precisava de aliados — disse Antoni entre dentes, claramente escondendo parte do que sabia.
— E parece que Handall planeja reatar seu casamento — falou Gideon, fazendo caras e bocas, como quem faz uma fofoca despretensiosa.
Ah, Deus! Comecei a sentir falta de ar ao imaginar minha mãe se entregando para aquele maluco.
Antoni deu um soco na mesa, levantando todas as coisas sobre ela. Sua reação de raiva e indignação foi muito mais intensa do que a minha. Todos se assustaram com o barulho da pancada.
— Tudo faz sentido agora! Ou quase tudo — vociferou Antoni. Quando alcancei seus olhos, percebi que estava triste e confuso. Eu sabia que as engrenagens estavam a mil dentro de sua cabeça. Em alguns segundos, seus olhos ganharam um tom mais escuro e ele se virou para Gideon. — Por isso eu cheguei à Leezah, não foi? Leezah me encontrou, atendendo um pedido de Twylla.
Gideon apenas piscou para ele.
— E o que mudou? Por que me deixariam morrer lá fora, desta vez?
— Confesso que estamos bem protegidos aqui, porém, nossa segurança não é impenetrável. O Ministério tentou invadir Leezah pouco tempo depois que você foi embora. Não sabíamos se seu laço com Handall havia se estreitado, se é que você me entende — explicou Gideon. — Se ele seduziu Twylla ou a obrigou a ajudá-lo, por que não faria o mesmo com você?
Antoni cerrou os olhos e sorriu sem nenhuma graça.
— Isso nunca aconteceria! — respondeu, antes de afastar rudemente a cadeira e se levantar.

CAPÍTULO 32

Antoni se fechou num casulo. Eu vi sua energia mudar, enquanto ele seguia para fora da casa a passos largos.

Todos naquela mesa se entreolhavam espantados e com uma enorme interrogação nos olhos. Até Gideon parecia confuso. O comportamento de Antoni não fazia sentido. Apesar de ser típico dele, ter reações que não entendemos muito bem, foi exagerado demais. Eu precisava saber o que estava passando dentro daquela cabeça dura.

Deixei a mesa e o segui.

— Antoni! — gritei antes que ele se afastasse demais pelo jardim.

Só eu sabia que o espírito estava solto de novo na mata, justamente para onde ele estava indo. Por sorte, ele parou, mas não se virou.

— Eu consegui libertar o espírito maligno de Tituba. Acho que não é seguro andar por aí — falei sem fôlego, por andar rápido para alcançá-lo.

Segurei seu braço e senti o choque habitual, mas não o larguei. Ele lutava com os próprios sentimentos, era uma baita confusão de energias.

— Alany, eu preciso ir embora. Aqui é um bom lugar para você ficar com Eleonor. Estarão seguras como sua mãe previu.

— Por que você disse que não sabia onde ela estava?

— Porque eu realmente não sei. — Ele parecia ressentido e eu não entendia como isso era possível. Ele me salvou e me protegeu esse tempo todo por ela e, agora, parecia extremamente magoado.

— Mas...

— Eu não sei onde exatamente ela está — interrompeu. — Sei que ela está contra Handall. Você ouviu, existem até planos para reatar o casamento. Convenientemente, ela o apoiou logo depois que Frederick morreu. — Ele respirou fundo antes de continuar: — Meu pai foi assassinado, Alany. Ele não estava doente, foi envenenado.

— Oh, não! Eu sinto muito.

Tive vontade de soltar um palavrão. E mais essa agora!

— Descobri pouco depois... — Ele fechou os olhos e entortou a boca em um sorriso forçado. Sua tristeza dava lugar à raiva, que crescia enquanto ele falava: — Eu não fui ao funeral e vou ter de conviver com isso. Já desconfiava de que alguma coisa estava errada, quando meu pai ficou doente. Precisei me certificar antes de aparecer no Ministério.

— Você acha que minha mãe tem alguma coisa a ver com isso?

— Eu... Eu não sei. Meu pai chegou a me dizer para tomar cuidado com as pessoas do Conselho, mas não dei muita atenção. Então, ele morre de repente e Handall assume o supremo, graças ao apoio de Twylla. É difícil não associar os fatos.

Antoni se afastou de mim ao dizer isso. A tristeza estava com ele novamente e era tão forte que me deixou abalada, sem saber o que dizer.

— Você... Não sei como perguntar, mas... Nunca tinha sentido essa tristeza em você antes, nem quando me contou sobre a morte do seu pai.

Eu realmente estava confusa, quando ele falava dela sempre havia carinho.

— Sinto-me péssimo por desconfiar de Twylla, você nem imagina o quanto. — Antoni levou as mãos à cabeça, massageou as têmporas e olhou nos meus olhos. — Se ela, ao menos, tivesse me procurado. É claro que ela soube do acidente e da morte do seu pai e, mesmo assim, não apareceu. Não estava por perto quando eu perdi meu pai e não me ajudou quando quase morri nas mãos de Mordon.

Então, era isso! Esse sentimento confuso era mágoa. Era difícil para ele se abrir, demonstrar fragilidade. Percebi que Twylla era tão importante para ele quanto para mim. E, assim como eu, ele se sentia abandonado. Mas, provavelmente, não estava acostumado a seguir seu coração, a razão era sua fiel companheira e ir contra isso não parecia certo para ele.

Ele sabia que eu podia ver sua luta. Nem sempre as energias dele eram nítidas, mas qualquer pessoa, em um momento tão intenso, fica desarmada e frágil.

— Somos mais parecidos do que eu imaginava — declarei.

Finalmente, vi o sorriso torto e cínico que, descobri naquele momento, era muito tranquilizador. Desta vez, foi ele quem me abraçou, um aperto firme e aconchegante. Não durou mais que três segundos, ainda assim, foi ótimo. Eu ficaria assim por muito tempo se pudesse.

Ele me observava com cautela e curiosidade. Passando a mão pelo meu cabelo, estreitou os olhos e disse:

— Quando sua mãe me pediu ajuda, nunca disse que sua vida corria perigo, apenas me pediu para ficar de olho em você porque não confiava em Handall, mesmo fechando um acordo com Frederick. Então, é claro que também considero a possibilidade de um novo acordo depois que meu pai morreu. Ela pode ter sido coagida a apoiá-lo e até a retomar o casamento. — Ele soltou o ar e concluiu: — Como humana você não representaria ameaça para o Ministério e foi assim que você viveu até agora.

— Eleonor disse exatamente isso, que eles nunca quiseram me matar. Só queriam que minha mãe aparecesse... — As palavras sumiram, enquanto eu tentava remontar os fatos.

Antoni me observava, esperando que eu chegasse a essa conclusão sozinha. Olhei para ele e o vi concordar com a cabeça.

— Eleonor não sabia onde Twylla estava, ela não tinha ideia do que estava fazendo. Quando disse ao Handall que viu um homem, estranhamente familiar, visitando vocês, ela deu a informação que ele queria. Se tem um culpado pela morte do seu pai, sou eu. Handall queria provas da minha traição, quando criou aquele acidente. — Antoni fechou os olhos, deu um passo para trás e continuou: — No dia do acidente, ele me chamou e fizemos uma reunião. Falávamos sobre sua mãe. Ele desconfiava de que ela estivesse se encontrando com vocês escondido, em algum lugar secreto. Mordon entrou na sala, olhou para o relógio e disse que a ameaça já estava eliminada e que Handall não precisava mais se preocupar com aquilo. Perguntei sobre o quê ele estava falando e ele me respondeu: — *Do acidente que acaba de acontecer na estrada Roosevelt. Parece que Twylla vai precisar de uma nova família.*

Eu nem sei se ele ainda estava com os olhos fechados, porque eu cobria meu rosto com as mãos para que não me visse chorando.

— Não sei como fui cair nesse plano amador Antoni prosseguiu: — Inventei uma desculpa, não tive tempo para pensar. O maldito me pegou de surpresa. Fui o mais rápido que pude para o ponto onde ele disse que tinha acontecido o acidente. Seu pai foi um dano colateral para me testar.

— Esses cretinos! — Limpei algumas lágrimas que escorreram involuntariamente.

— Eu sinto muito, Any! — lamentou Antoni, limpando mais uma lágrima que escorria pelo meu rosto. Por um instante, pensei que ele iria chorar também, mas era Antoni. Ele apenas fechou os olhos e sacudiu a cabeça. Segurei seu rosto, ignorando os pequenos choques.

— Não foi sua culpa. É em Handall que precisamos nos concentrar. Eu não vou ficar parada, deixando todos me controlarem. Twylla pode ter feito escolhas para me poupar, mas eu não quero que ninguém mais tome decisões por mim.

Vi um pequeno sorriso se formar em seu rosto e tive vontade de abraçá-lo, mas o choque já incomodava bastante apenas com minha mão em seu rosto.

— Preciso perguntar uma coisa.

Ele meneou a cabeça. Eu já o conhecia o suficiente para entender que seus gestos diziam mais do que suas palavras.

— Você sente esse... — A palavra choque ficou presa na garganta. Mas meu gesto, com a mão balançando ao deixar seu rosto, demonstrou o que eu não pude dizer.

Sua risada foi a melhor coisa que aconteceu em dias. Não um sorriso torto ou arrogante. Foi uma bela gargalhada, com direito a pender a cabeça para trás. Se ele soubesse como lhe cai bem, riria mais vezes. Até seus olhos ficaram mais iluminados, quando recobrou o fôlego.

— Sim, Any. Eu sinto esse... — Ele me imitou, fazendo o mesmo movimento com a mão. — Choque. E não, eu não faço ideia do que seja. Mas posso dizer que é muito inconveniente.

Rimos juntos da situação incomum, até que o sorriso foi morrendo e desapareceu. Estávamos próximos o bastante para sentirmos a respiração um do outro. Alguma coisa naqueles olhos negros me prendia e me atraia como imã. Eu observava seus olhos, sua boca e sentia uma vontade enorme de acariciar seu rosto e encostar minha testa na dele.

Esse pensamento foi como um déjà vu, como se eu já tivesse feito isso antes. A sensação foi estranhamente familiar, já o som que ouvimos não parecia nada bom. Sem dúvida era algum tipo de alerta, que vinha do meio da mata e se aproximava. Parecia um instrumento, como uma trombeta.

— Por que ainda estão aí? — gritou Gideon na porta da casa. — Venham! Temos visita, vocês precisam se esconder.

Entramos correndo e o seguimos até seu escritório. Lá dentro já estavam Eleonor, Will e Alamanda.

Eles nos olhavam com curiosidade.

— O que foi? — perguntei.

— Nós só estamos preocupados porque o Antoni estava meio... nervoso — disse Eleonor.

— Estão preocupados comigo? — perguntou Antoni, descrente.

Will apenas ergueu os ombros, enquanto Eleonor e Alamanda concordaram com a cabeça.

Antoni não estava acostumado com alguém se preocupando com ele. Will, por outro lado, não estava confortável em admitir isso.

A porta do escritório logo se abriu. A espera foi tão rápida que nem deu tempo de ficar apreensiva.

— Vocês já podem voltar a respirar — anunciou Gideon, sorrindo. — Era apenas um mensageiro, é assim que nos comunicamos por aqui.

— Cartas? Em pleno século 21? — indagou Will, espantado.

— Se o mensageiro vem até aqui, quer dizer que não está tão protegido — observou Eleonor.

— As cartas não vêm diretamente para cá, existe um grande esquema de logística até chegarem aqui. Sabe como é... todo cuidado é pouco. Existe uma caixa postal, que leva à outra caixa postal. Enfim... É impossível rastrear.

— Mas você disse que o Ministério esteve aqui — argumentou Antoni, desconfiado.

— Sim, quase. Na verdade, chegaram até a mata. O que é mais perto do que qualquer um já chegou. E por falar em carta, recebi uma de Twylla pouco antes de vocês chegarem.

— E você só fala isso agora?! — questionei.

— Não achei importante, ela só me convida para a cerimônia de casamento.

Agora sim, estávamos apreensivos. Gideon fechou a porta atrás de si e seguiu em direção à sua mesa. Ao se sentar, abriu uma gaveta e pegou um pequeno pote de vidro, verde como garrafas velhas. Estendeu um pequeno envelope sobre a mesa e retirou a tampa do pote. Com os dedos, pegou um pouco do pó roxo que havia lá dentro e espalhou sobre o papel. Uma fumaça roxa esvoaçante circulou o envelope, até que ele se abriu como se tivesse uma fechadura.

— Sempre cuidadosa — comentou o homem grisalho, que parecia tão curioso quanto nós. — Pegue! — disse ao me estender a carta.

Gideon,
Escrevo para lembrá-lo de que chegamos ao século XXI e muitos meios de comunicação foram criados. Porém, este é único pelo qual ainda posso me comunicar com você, o que é uma pena. Mas poderemos nos ver, se aceitar o convite para a festa de reafirmação do meu casamento.
Os dias têm sido tediosos, exceto pelo agito da última semana. Talvez, seja a chegada da cerimônia. Esperar pelo que o futuro reserva não é o nosso forte. Isso deve explicar o alvoroço, mas creio que, de agora em diante, essa preocupação não será mais um problema.
Estou cultivando uma linda flor do deserto, gostaria muito que a visse, ela é a mais forte e determinada que existe. Conhece o ditado que diz que uma flor pode salvar um amor? É o que eu penso, sempre que me pego olhando para ela. Mas o futuro é frágil e incerto, então, o que esperar de apenas uma flor? A verdade é que ela, sozinha, nada pode fazer para evitar uma guerra futura entre os celsus. Rogo para que tudo fique bem na minha ausência, porque o futuro, mesmo quando sombrio, às vezes nos pertence.

Capítulo 33

Quando acabei a leitura, ficamos em silêncio por um segundo. Parecia algum delírio.

— Posso ver essa carta? — pediu Eleonor. — Como pode ter certeza que é de Twylla? — perguntou ao nosso anfitrião.

— Um mensageiro nunca erra. — Foi sua resposta e todos nós olhamos para ele. Na minha cabeça, o pensamento era: Como assim nunca erra, usando um método tão arcaico? E, pelo visto, todos pensaram algo parecido. — Além disso — prosseguiu Gideon, apontando para o pequeno pote com o pó roxo —, só eu consigo abrir as cartas de Twylla. Temos um sistema eficiente, como podem ver.

Percebi que Antoni estava quieto, absorto em algo sobre a carta.

— Cara, isso tudo é meio bizarro! — comentou Will, chamando a atenção de todos. — Não dá para acreditar que em algum lugar do mundo as pessoas ainda se comuniquem por cartas.

— Will! — Alamanda e eu reagimos juntas, demonstrando certa irritação com o comentário fora de hora. Estávamos concentrados, pensando se havia algo importante na mensagem.

— Apesar de ter razão, Willian, esse é o único meio seguro no nosso mundo — afirmou Gideon.

— Essa carta não tem apenas um sistema para abri-la, mas para compreendê-la também — disse Eleonor, roubando a cena. — Quando ela fala sobre a flor do deserto, está se referindo a uma pessoa, que precisa reunir um grupo para libertar um amor, a quem ela usa como outra referência, o futuro, e assim evitar uma guerra entre celsus. Eu diria que essa pessoa está presa, assim como a própria Twylla. Por fim, parece que sua mãe planeja algo contra si mesma — discorreu Eleonor, titubeando no final.

Ficamos todos impressionados, especialmente Gideon.

— Seretini! — concluiu Antoni, arregalando os olhos.

— Eu já ouvi esse nome. Quem é Seretini? — perguntei, mas Antoni estava vermelho e seu olhar completamente perdido. — Antoni? — Acenei em frente ao seu rosto.

— Alguém que eu preciso ajudar — respondeu ele.

— O quê? Por que você? — questionou Will.

— Seretini é uma vidente muito poderosa, essa é a referência ao futuro — declarou Antoni. — Minha mãe era descendente do povo Tehuelches, nativos da região do deserto da Patagônia, então, acho que eu sou à flor do deserto.

— Como pode saber que é Seretini? Eu conheço pelo menos umas cinco videntes — comentou Gideon, pensativo.

— Mas só uma é o amor da "flor do deserto" — concluí, avaliando a reação desolada de Antoni.

Aquela informação me deixou tensa. Lembrei-me da imagem de Seretini, que a bruxa de olhos vermelhos usou para enganá-lo e de como ele quase acreditou, o que demonstrou que ela foi, ou ainda era, alguém importante na vida dele.

Antoni não disse nada por alguns segundos. Talvez, todos naquele escritório estivessem me olhando, mas eu não prestei atenção, não consegui tirar os olhos dele.

— Já que a "flor" não pode ir sozinha, irei junto com você. Afinal, minha mãe também está lá e tem planos sombrios. Talvez seja a única maneira que ela encontrou de acabar com os planos de Handall e eu não vou deixá-la fazer isso.

Antoni estava surpreso e constrangido, evitando me encarar.

— Como pretende fazer isso? Acha que tem passagem livre no Ministério? Vai chegar lá e dizer: Oi! Vim aqui falar com minha mãe? — perguntou ele.

— Eu ainda não pensei nisso. Mas não vou ficar parada, enquanto ela está presa em algum lugar planejando a própria morte.

— Alany, ninguém no Ministério, além de Handall, sabe quem é você. Esse foi o primeiro acordo com Frederick antes de você nascer. Só ontem descobri que também é conhecida aqui em Leezah.

— E foi um bom palpite — ponderou Gideon.

— Antoni. Escute bem, eu preciso encontrar Twylla e farei isso com ou sem você — afirmei.

Antoni não gostou nada do que ouviu.

— Eu preciso ir, mas você fica aqui — retrucou.

— Não estou pedindo sua permissão.

— Como vamos descobrir onde elas estão? — perguntou Will. Olhei para ele com curiosidade. — O quê?! Você acha que eu vou ficar de fora dessa? Está de brincadeira, né?

— Willian, o Ministério não está procurando por você ou por Alamanda. Estão livres para seguirem seu caminho — afirmou Antoni.

— Twylla foi bem clara. Quer dizer, não muito... Enfim, você não vai conseguir sozinho, então, nós vamos com vocês.

— É, nós vamos com vocês. Não conseguirão sem a nossa ajuda. Juntos, somos menos previsíveis. Já que ele tem uma vidente, precisarão disso — respondeu Alamanda, tranquila como sempre.

— Mas...

— Não tem "mas", Any. O mundo está um caos, não existe lugar seguro. Talvez, só aqui em Leezah. Mesmo assim, até quando? — A garota era boa de argumento. — E nem pensem em seguir caminhos diferentes para chegarem ao mesmo lugar, isso seria burrice — completou, apontando para mim e depois para Antoni.

— Antes de qualquer coisa, precisamos saber onde elas estão — disse Antoni, pensativo.

— Elas? — questionei. Afinal, a "flor do deserto" só precisava salvar Seretini.

— Não posso deixar nenhuma das duas com ele? Seretini é uma vantagem que ele não pode ter e Twylla não pode cometer uma loucura dessas por causa desse homem.

Fiquei muito aliviada, embora não fosse reconhecer isso verbalmente. Eu realmente não saberia por onde começar sem ele.

— Eu lhes desejo sorte! É tudo que posso fazer, além de oferecer um lugar seguro para Eleonor — falou Gideon, buscando a mão da minha avó. — Você pode ficar o quanto quiser, estou certo de que nos ajudaria muito aqui em Leezah, precisamos de pessoas com sua serenidade e humanidade. Temos alguns humanos por aqui que ficarão felizes em conhecer alguém que representa tão bem sua espécie.

— Isso seria ótimo! — falei, olhando para minha avó. — Se a senhora concordar, é claro.

— Eu não ficarei em paz sem saber se você está bem, mas acredito que juntos podem vencer qualquer obstáculo. Ainda não perceberam, mas suas habilidades se completam. — Eleonor era mesmo muito observadora e sábia. Abraçamo-nos e ela falou no meu ouvido: — Querida, a letra nesta carta não é a mesma da que está dentro da caixa. Tome cuidado! — Afastando-se um pouco, ela concluiu, fazendo-me rir e chorar ao mesmo tempo: — Não tentaria impedi-la porque não sou de perder energia com causas impossíveis. Mande notícias sempre, não importa se será por sinal de fumaça.

Minha avó abraçou cada um dos meus amigos. A sensação de pensar neles como amigos foi reconfortante. Mesmo depois da decepção com Carol, meu coração não estava fechado, eu sabia que podia confiar minha vida a eles. Não sei exatamente o motivo, já que mal os conhecia. Mesmo Will era uma nova versão agora, eu sentia isso.

— Antoni, por onde podemos começar a procurar? — perguntou Alamanda.

— Não sei, mas conheço alguém que pode nos ajudar. Ele é bom em localizar pessoas, especialmente se for Seretini.

— Espero que não seja Hiertha. Esse homem não é de confiança. Aquele pobre diabo só está vivo pelos favores sinistros que costuma prestar — disse Tituba, aparecendo de surpresa à porta.

A mulher não disse mais nada, apenas ficou olhando para Antoni, séria.

— Não me lembro de pedir sua opinião — respondeu ele.

Nossa, que grosseria! Mas ela não pareceu incomodada. Apenas desviou os olhos, quando ele se esquivou e passou por ela, deixando o escritório.

— Alany, vim aqui para falar com você. Na verdade, vim lhe entregar este livro.

— Obrigada! — respondi, pegando o pequeno livro que tinha como título "Malum e a guerra". Fiquei muito satisfeita, não exatamente pelo livro, mas pelo gesto.

— Poucas pessoas o usariam com sabedoria. Aproveite a leitura.

Atrás do livro havia uma frase escrita à caneta:

"O espelho reflete exatamente a imagem que recebe e, não importa quão feia seja, ela nunca será capaz de quebrá-lo"

Pouco tempo depois, estávamos nos despedindo de todos em Leezah, incluindo Eleonor, que segurei por muito tempo em um abraço já saudoso. Depois, abracei Tituba e perguntei em seu ouvido quem era Hiertha.

— Um celsu perigoso, melhor manter distância. Há muito tempo ele mergulhou na magia negra até o pescoço. Dizem que matou alguns inimigos celsus e não foi para a fenda, por ter feito um pacto com o diabo. Ele tem o dom de convencer as pessoas de que a magia negra tem beleza e grandeza, mas nós duas sabemos onde isso leva — disse ela, encarando-me e entendi o que ela quis dizer. Seu olhar me dizia que ele era o responsável por apresentar a magia negra àquele que se tornou o espírito maligno.

— Obrigada, Tituba, por tudo! — Eu a abracei ainda mais forte. Queria que ela sentisse a verdade por trás das minhas palavras.

Gideon, não apenas abrigou Eleonor, como disse que seria um prazer aceitá-la como membro da comunidade pelo tempo que ela quisesse. Também garantiu que cuidaria bem dela. Porém, minha tranquilidade estava na confiança de que minha amiga coruja, a que me guiou e ajudou a salvar Antoni, estaria sempre por perto. Tituba tinha o mesmo fulgor nos olhos, quando me despedi; o mesmo brilho que vi na floresta, quando estava atormentada por meus medos e isso me deixou muito segura. Eleonor estaria em boas mãos.

Passamos pelos portões de Leezah e, imediatamente, senti a falta da minha avó. Acostumei-me a viver sem minha mãe e até sem meu pai, mas ficar longe de Eleonor seria muito difícil. O que me confortava era saber que ela ficaria segura em Leezah.

— Ela estará melhor aqui. Quando tudo isso acabar, voltaremos para buscá-la. — Confortou-me Antoni, parecendo ler meus pensamentos.

Senti a mão de Alamanda sobre meu ombro. A sensação foi boa.

— E como você acha que isso tudo vai acabar? Eu só quero encontrar minha mãe, mas, e depois? Vamos fugir para sempre? — Joguei a pergunta para quem pudesse responder.

— Não vamos precisar. Vamos encontrar Twylla e, depois, eu mesmo vou matar Handall — disse Antoni, voltando os olhos para a estrada.

— E como pretende fazer isso sem ir direto para a fenda? — perguntou Will.

— Matar Handall é um mal necessário.
— Um jardim com quatro flores será o suficiente? — questionou Alamanda.
— Terá de ser — respondeu ele.

Capítulo 34

Comecei a ler o pequeno livro durante o caminho, ele estava cheio de metáforas e nem todas eram fáceis de entender. Era a história de uma mulher que encontrou uma caixa que guardava imenso poder. A partir dali, a mulher vivia um conflito entre ser ela mesma e escolher ser outra pessoa. A caixa lhe deu o poder para ser alguém importante, com muitas posses e, assim, sair de uma condição de pobreza e trabalhos forçados para uma posição de prestígio na sociedade.

A escolha parecia óbvia, mas não para aquela mulher simples, porém sábia. Ela teria o poder de mudar algumas coisas com as quais não concordava, mas, para isso, abriria mão de sua origem e teria de jogar o jogo. Viver entre a burguesia tinha um preço que ela não sabia se queria pagar. Talvez fosse melhor continuar sob os sapatos da nobreza. Ela alimentava dúvidas sobre a liberdade versus a opressão, ponderava se realmente ambas andavam juntas ou se essa sensação era apenas mais uma forma de manipulação. Enfim, precisava encontrar a resposta e sua escolha estava pautada nessa busca.

Eu sempre tive dificuldade para ler no carro. O movimento me deixava com sono e as letrinhas ficavam cada vez menores, até estarem dentro dos meus sonhos. Sempre acabava sonhando com aquilo que estava lendo. Quando eu me olhei no espelho e me senti em um filme de época, com um vestido bufante que cobria meu corpo todo, ouvi ao longe uma voz conhecida que me fez despertar. Antoni falava sobre o que ele chamou de algumas recomendações básicas, do tipo: não reajam, mesmo que vejam algo estranho.

Estávamos em um carro preto, comum o bastante para se misturar com facilidade ao trânsito local, uma pequena ajuda de Leezah. Seguíamos para o aeroporto, mas não poderíamos, simplesmente, comprar passagens usando nossos documentos; o Ministério nos encontraria segundos depois que nossos nomes estivessem no sistema de alguma companhia aérea. Mas isso não era problema para Antoni, ele sempre conhecia um cara.

Antoni parou na primeira vaga que encontrou atrás do aeroporto, estacionou o carro e começou a tirar o casaco, enquanto passava novas recomendações para não falarmos nada, etc, etc... Confesso que não consegui prestar atenção ao que ele dizia, apenas observava com curiosidade o que fazia. Ele tirou o colete e quando tirou a camisa não consegui mais segurar minha indiscrição. Ganhamos roupas novas em Leezah e a camisa estava limpa, mas Antoni não quis se desfazer do seu colete e do sobretudo. Trocou a calça preta por uma jeans, mas continuou com aquelas peças antiquadas por cima da camisa branca.

Quando percebi que ele ficaria sem camisa, assustei-me com as possibilidades.

— Não me diga que você vai se transformar em alguma criatura também?

Ele sorriu e se virou, colocando apenas o colete, sem a camisa por baixo.

— Eu poderia, mas não é minha intenção — respondeu sorrindo, enquanto descia do carro.

Nós o seguimos. Não consegui desviar os olhos da enorme tatuagem em seu braço direito. Ele tinha braços bem fortes para um cara magro, não dava para imaginar isso por baixo daquele monte de roupa dos anos 30. E aquela tatoo... Nossa! Não combinava em nada com seu estilo, mas até que ficava bem nele. Era uma Maori enorme, com uma espécie de escudo no meio. O desenho se estendia do ombro até o antebraço, espalhava-se com vários símbolos diferentes com aspectos tribais. Na parte de cima, não dava para ver até onde ela chegava, mas parecia continuar invadindo o peitoral por baixo do colete que ele já estava abotoando, deixando apenas os braços descobertos.

— Onde estamos? — perguntei para Will, enquanto guardava o livro dentro de uma pequena bolsa que consegui em Leezah. Minha caixa também estava lá dentro, eu não podia deixá-la em lugar nenhum. Aliás, eu sentia que ainda precisaria dela. Era um aeroporto, mas qual? Eu podia ter dormido por horas.

— O que você estava fazendo durante o caminho? Ainda estamos em Boston — respondeu Will, sorrindo.

Fiquei um pouco envergonhada por ter cochilado, em meio a uma missão quase suicida. Mas o que eu podia fazer? Não sou de ferro.

— Tenho minhas necessidades, Will. Não sei se você sabe, mas eu sou híbrida, isso quer dizer que sou metade humana...

Antoni, que liderava o caminho, parou na mesma hora, virou-se e veio em minha direção. Seu olhar era duro como rocha. Chegando a um passo de distância, ele parou e aproximou seu rosto do meu, quase encostando seu nariz em meu rosto.

— Nunca mais diga isso! — ordenou, com uma voz sinistra.

Eu fiquei sem reação. Mantive os olhos arregalados, pensando se isso era mesmo necessário. Então, ele segurou meu braço. O choque que senti na pele foi mais forte do que das outras vezes, mas ele não soltou.

— Estou sendo claro o bastante, Any?

Confirmei com a cabeça. Não estava com medo dele, só fiquei sem saber o que dizer e um pouco assustada com sua reação. Aquele choque estava me incomodando, mas não mais do que o olhar bravo de Antoni. Eu queria não ter dito aquilo, mas tem coisas que não se pode voltar atrás.

Finalmente, ele soltou meu braço e balançou a mão, como se estivesse segurando alguma coisa quente. Soltei o ar que estava prendendo sem perceber e voltamos a segui-lo em silêncio. Alamanda veio para perto de mim. Ela apenas segurou minha mão, fez uma careta e depois sorriu. Ela também devia estar pensando o mesmo que eu: reação exagerada e desnecessária.

Entramos no Aeroporto Internacional de Boston. Antoni andava à frente, confiante, ganhando olhares curiosos por onde passava. Nós três o seguíamos, porém, sem a mesma confiança. Tentávamos ser discretos e passar naturalidade, mas não acho que estivéssemos conseguindo. Will olhava para todos os lados, típico de quem está fugindo. Eu andava olhando o chão, ainda com a consciência pesada por ter falado o que não devia, mas sem entender muito bem o porquê. Antoni, exibindo suas tatuagens incríveis, caminhava tão seguro que chamava a atenção de todas as mulheres daquele aeroporto. Alamanda era a única que parecia normal naquele pequeno grupo, ela olhava para frente e parecia estar com o pensamento longe.

Vi um segurança falar com alguém pelo rádio, enquanto nos observava. Ele nos olhou de cima a baixo e eu pensei: Estamos ferrados!

— Antoni...

— Está tudo bem, só continuem andando — respondeu ele, sem sequer olhar para mim.

Um dos seguranças começou a andar atrás de nós. Olhei rapidamente e constatei que ele parecia nos seguir. Dei alguns passos mais rápidos até alcançar Will, que andava um pouco mais à frente. Caminhei no mesmo ritmo, igualando minha velocidade. Ele era o único com quem eu podia falar sem que ninguém ouvisse. Quando olhou para mim, não hesitei.

— Will, tem um cara nos seguindo, um dos seguranças.

— Não tem não, você está vendo coisas. Eles desconfiam de todo mundo que entra aqui, é um comportamento padrão nos aeroportos. Não sei qual é o plano do Antoni, mas vamos ter problemas na hora de comprar as passagens. Por mais que eu consiga burlar algumas burocracias, não acho que vamos conseguir passar assim tão fácil.

Antoni se aproximou de um dos seguranças do aeroporto. Não ouvi o que ele disse, apenas vi quando o homem fardado deu uma resposta negativa. Apertei o passo para tentar ouvir o que conversavam.

— Ele tem uma tatuagem como essa — disse Antoni ao segurança, enquanto mostrava o braço.

— Eu não sei de quem o senhor está falando. Além disso, não posso passar informações de nossos funcionários — respondeu o homem, impaciente.

— Ok! Obrigado por não ajudar! — respondeu Antoni, afastando-se.

— Antoni, o que está rolando? Quem você está procurando? — perguntou Will.

— Neste aeroporto trabalha um celsu que pode nos ajudar. Ele é um desertor do Ministério, protegido pelos insurgentes. Não o vejo há muito tempo, talvez não esteja mais aqui.

Estávamos parados em meio aos bancos, onde as pessoas aguardam o horário de seus embarques. Todos nós sentamos ao mesmo tempo, decepcionados com aquele plano fadado ao fracasso. Ninguém sabia exatamente o que dizer, até porque, mesmo o plano sendo horrível, ninguém tinha um melhor.

— O que vamos fazer agora? — perguntou Alamanda, direcionando sua pergunta para Antoni, o único que ainda estava de pé.

— Vamos procurar.

Capítulo 35

Seguimos juntos pelos arredores. Não podíamos nos separar porque nenhum de nós conhecia o cara, mas Antoni garantiu que ele o reconheceria, quando o visse por uma das câmeras de segurança. Uma hora depois, já havíamos andado por todos os cantos do aeroporto e não tinha dado em nada.

— Posso fazer uma pergunta idiota? — Todos olharam para mim. — O que realmente estamos procurando?

— Não é necessariamente uma pergunta idiota, porque não estamos procurando ninguém, sim, explorando para que sejamos encontrados — respondeu Antoni.

Sentamos em um pequeno Café para tomarmos água e descansarmos um pouco. Ouvimos a chamada para o voo com destino ao Havaí e sorrimos com a ideia.

— Isso seria ótimo! — comentou Will. — Mas receio que tenhamos de sair daqui, agora! — Completou, já se levantando. — O Ministério sabe que estamos aqui. Aquele segurança ali no canto, perto dos banheiros, acabou de receber um recado para não nos perder de vista.

Discretamente, olhamos na direção indicada e o segurança nos encarava. Quando nos levantamos, ele falou com alguém pelo rádio.

— Como eu disse, fomos encontrados. Alamanda e Willian, vocês podem se separar, eles não irão atrás de vocês. Alany e eu vamos despistá-los. — Os dois se entreolharam. — Vocês precisam ir agora! Não poderão nos ajudar se estiverem presos — explicou Antoni.

Seguíamos rápido em direção à saída do aeroporto, sem olharmos para trás. Will e Alamanda saíram de perto, cada um foi para um lado e os perdi de vista assim que se afastaram. Fiquei um pouco mais aliviada quando chegamos perto da porta, onde se lia: saída. Olhei para Antoni, querendo encontrar nele o mesmo alívio, mas ele estava longe de senti-lo. Ele estava com aquele olhar de quem tem engrenagens funcionando dentro da cabeça.

Conforme avançávamos, vi uma movimentação do lado de fora do aeroporto. Pela porta de vidro, vimos quando um carro preto estacionou de qualquer jeito, sem se preocupar em ocupar apenas uma vaga. Alguns homens desceram do veículo. Até mesmo eu, que não conhecia bem o alcance do Ministério, sabia que não podia ser coisa boa. Eram quatro homens altos e fortes, vestidos com roupas pretas. Podiam ser da polícia ou capangas do Ministério, ou as duas coisas. O fato é que estávamos ferrados.

Antes de alcançar a porta de saída, Antoni me puxou para o lado e entramos em um corredor largo, cheio de lojas. Tentamos não chamar atenção, andando em ritmo normal. Olhando para todos os lados, eu seguia em silêncio, para não atrapalhar o que quer que estivesse acontecendo dentro da cabeça do meu protetor. Afinal, ele sempre tinha um plano.

— Tem alguma coisa errada — disse Antoni, puxando-me para um recuo no corredor. — Shhh! Precisamos entrar no elevador, sem que os seguranças nos vejam — sibilou.

Um segurança passou pelo corredor, olhando para os lados e falando no rádio. Felizmente, não nos viu. Voltamos a andar pelo corredor como se nada estivesse acontecendo.

Antoni segurou firme minha mão.

— Merda! — exclamou ele, enquanto a soltava. Não sei se foi pelo choque ou por avistarmos outro segurança que vinha pelo corredor paralelo.

Entramos em uma loja de roupas e fingimos ser clientes. Antoni colocou um boné e sorriu para mim, a imagem foi surpreendente. Sempre o vi como um cara estranho com roupas antiquadas, mas, olhando assim, de boné, braços fortes à mostra e sorrindo, ele parecia outra pessoa. Confesso que a visão não era nada ruim.

— Juro que se eu tivesse dinheiro compraria umas roupas para você. Não fica nada mal sendo uma pessoa normal, pelo menos, vestindo-se como uma — falei, devolvendo o sorriso.

— Eu gosto das minhas roupas. Agora, vamos!

Saímos da loja assim que o segurança sumiu das nossas vistas. O elevador não estava longe, mas não sabíamos quantos obstáculos encontraríamos até lá.

— Por que vamos para o elevador?

— Preciso ter uma visão melhor da situação. Posso nos tirar daqui, embora esses choques atrapalhem bastante meu trabalho.

— É assim tão ruim? — perguntei, segurando-o pelo braço para que parasse de andar por um momento.

— Ah, é sim! Você é praticamente um desfibrilador — Antoni falou, enquanto desvencilhava o braço e retomava o passo. — Estamos quase chegando.

Eu o segui com a cabeça pulsando para conversar sobre aquilo. Avistamos o elevador e apertamos o passo, mas ao entrar, tive que dizer:

— O que você acha que é?

— Os choques? — perguntou ele, já sabendo a resposta. — Não tenho a menor ideia.

— Por que você nunca falou...

A porta abriu e havia um homem parado. Era um dos quatro que vieram no carro preto. Antoni foi muito rápido, com um golpe certeiro o jogou para dentro do elevador. O homem não conseguiu pegar a arma antes de ser atingido novamente e ficar inconsciente. O elevador parou novamente e Antoni arrastou o homem para fora.

— Antoni, você...

— Não, ele só está desacordado. Vamos! — ele falou e me puxou pela mão. — Merda! — queixou-se mais uma vez.

Malditos choques, pensei.

Capítulo 36

Do andar de cima, tínhamos uma visão privilegiada. Estávamos acompanhando a movimentação dos seguranças. Segundo Antoni, buscávamos brechas para conseguir passar por eles. Os outros homens, que saíram do carro preto, não estavam em nenhum lugar que pudéssemos ver.

De repente, avistamos um segurança que falava com alguém pelo rádio, enquanto corria pelo saguão do aeroporto. Logo, outro homem uniformizado se juntou a ele. Meu coração quase saiu pela boca, quando vi Will sendo amparado por outro segurança logo atrás.

Meu amigo estava algemado e acompanhava os homens sem qualquer resistência. O segurança, que antes estava correndo, parecia exaltado. Segurou Will pelo braço e o puxou com violência, quando ele fez menção de parar. Não era possível ouvir o que eles diziam, mas o primeiro segurança chegou bem perto de Will e sacou um aparelho de choque.

— Antoni, nós vamos ficar aqui sem fazer nada?

— O que sugere? Acha que se pudéssemos usar nossas habilidades, Willian estaria algemado?

Eu tinha uma boa ideia sobre as habilidades do Will, com certeza tinha alguma coisa errada.

— Mesmo sem suas habilidades, ele parece passivo demais. Will é forte e rápido o bastante para se livrar deles, deve ter algum plano.

— Concordo, só não entendi ainda o que ele tem em mente.

Quando o segurança encostou o aparelho em sua barriga e iniciou uma sessão de choques consecutivos, percebi que meu amigo, já sem forças e caído no chão, tentava segurá-los o maior tempo que conseguisse. Procurei por Alamanda em outros pontos do aeroporto. Ele só podia estar fazendo isso para protegê-la. Os homens, praticamente, o arrastaram por um corredor e perdemos o contato visual.

— Vamos! — disse Antoni, partindo em direção às escadas rolantes.

— Para onde? — perguntei.

— Alguém chamou o elevador, não podemos mais ficar aqui. Willian vai segurar pelo menos uns três ou quatro seguranças, isso melhora muito a nossa margem de sucesso. Precisamos chegar até a porta.

— Ok, mas, e quanto aos homens do carro preto? Eles ainda estão por aí.

— Eu não os vejo, então, podem estar do outro lado. Temos de tentar — disse Antoni, sem nenhuma certeza.

Descemos a escada rolante, vasculhando o espaço com os olhos. Não demorou muito para vermos um segurança em pé, próximo à porta de saída. Ele também nos viu e deu um alerta pelo rádio. Subimos correndo a escada de descida, algo bem difícil de fazer. Quando chegamos ao corredor, Antoni parou e olhou para os lados.

O segurança estava quase nos alcançando e um segundo também já subia apressado, logo atrás. No corredor havia três salas. Antoni abriu todas e entramos na última, que, na verdade, era uma espécie de depósito, com algumas caixas de papelão empilhadas em estantes de ferro. Fechamos a porta assim que entramos.

— Por que entramos aqui? Não vamos machucar esses homens, não é?

— A menos que você queira — Antoni respondeu, sorrindo. — Venha aqui e me dê sua mão.

Quando estendi a mão, não fazia ideia do que aconteceria. Senti o choque habitual, mas ele segurou minha mão com força e não largou. Pela sua expressão, o choque devia ser mais intenso nele do que em mim.

Com um passo para trás, nós nos encostamos à parede e Antoni olhou fixamente para o homem que surgiu na entrada da pequena sala. Estranhamente, o segurança olhava em nossa direção e não nos via. Olhei para Antoni e ele levou o indicador até os lábios, pedindo silêncio.

O homem continuava olhando em nossa direção. Não sei o que ele estava vendo, mas, com certeza, não eram dois procurados.

— Ed! — O som vinha do rádio na mão do homem.

— Não tem nada aqui em cima. Pensei ter visto eles, mas acho que me enganei — respondeu Ed, confuso.

— Precisa vir até aqui. Alguns homens estão causando pânico, parece que procuram as mesmas pessoas.

— Entendido! Estou descendo.

Ed se virou e caminhou em direção à escada rolante, a mesma por onde havia subido. Apesar ter ficado um tanto confuso, ele simplesmente se foi.

Antoni soltou minha mão assim que o homem saiu.

— Espero não precisar fazer isso de novo — comentou, balançando a mão e fazendo careta.

— O que aconteceu aqui? — perguntei.

— Receio não termos tempo para explicações. Você ouviu o rádio, será que consegue imaginar de onde são esses homens que estão nos procurando?

— Sim, mas...

— Quer mesmo ficar e conversar, enquanto eles levam Willian? — Não respondi, apenas balancei a cabeça. — Foi o que eu pensei.

Antoni andava muito rápido pelo corredor, em direção ao elevador. Eu o seguia quase correndo.

— De elevador?

— Da última vez que tentamos a escada, não deu muito certo.

As portas abriram e ficamos aliviados por não ter nenhum guarda ou um dos tais homens do Ministério nos esperando do outro lado. Tudo parecia normal, as pessoas andavam tranquilamente pelo saguão. Antoni começou a caminhar em direção ao corredor por onde levaram Will.

— Antoni, qual é o plano? — perguntei, ao ver um segurança logo à frente. O homem nos viu quase ao mesmo e falou com alguém pelo rádio, informando nossa localização.

— Fica calma! Precisamos encontrar Willian e assim será mais rápido.

— Do que você está falando?

— Apenas me acompanhe — respondeu ele, enquanto continuava andando como se nada estivesse acontecendo. — Será melhor sermos pegos pelos seguranças, que não sabem quem somos, do que pelos homens do Ministério.

— Então, por que não deixou que nos vissem lá em cima?

— Eu precisava confirmar uma teoria.

Ele piscou e aquele sorriso presunçoso estava de volta ao seu rosto. Como alguém podia estar tão calmo com o risco iminente de ser capturado? Não dava para entender esse homem.

O segurança andava em nossa direção, fingindo não nos ver para não nos afugentar.

— Senhores, preciso que me acompanhem — disse o homem ao se aproximar. Olhei para trás e outro segurança já se posicionava, pronto a intervir, caso necessário.

Apenas assentimos e o seguimos. Ele nos conduziu por um corredor comprido e mal iluminado, e eu só pensava onde estariam os tais homens do carro preto.

Antoni parecia confiante. Um pouco demais, dada a situação. Começou a assobiar e isso chamou a atenção do homem e a minha também.

Olhei-o, semicerrando os olhos.

— Qual é seu problema? — perguntou, retoricamente, o segurança que nos acompanhava.

Levaram-nos a uma sala, no final de outro corredor. Quando abriram a porta, avistamos Will sentado e sorrindo, como se estivesse nos esperando.

Será que só eu estou preocupada? Pensei.

— Esperem aqui — disse o segurança, enquanto nos revistava e nos submetia ao detector de metais. — Logo o chefe da segurança virá falar com vocês. — Dito isso, o homem saiu da sala, trancando a porta.

— Você está bem? — perguntei para Will, meio desconfiada. Eu o tinha visto levar um choque, mas ele parecia não ter sido afetado.

— Estou ótimo! Como foi que pegaram vocês?

— Não pegaram — afirmou Antoni, erguendo os ombros.

— Antoni, agora você pode me dizer qual é o plano? — Eu já estava impaciente.

— Vocês viram a Alamanda? — perguntou Will. — Nós nos separamos depois que eu me entreguei. Pensei ser ela chegando. Eu me preparava para dar um jeito de sair daqui, quando ouvi o assobio e achei melhor esperar.

Eu devia ter percebido que o assobio não era apenas para causar irritação.

— Por que você se entregou? — perguntei a Will, imaginando que ele queria nos dar uma vantagem, mas não tinha certeza.

— Pensei que conseguiriam sair, se os seguranças estivessem ocupados. Mas, se estão aqui, quer dizer que a coisa se complicou, não é?

— Visto que temos a companhia de alguns homens do Ministério, e espero não precisar esclarecer que essa deve ser nossa prioridade, acredito que juntos nossas chances são melhores — admitiu Antoni.

— O que sugere? — perguntou Will.

— Vamos distraí-los e você fará o resto. Lembre-se de que não queremos limpar nossa própria bagunça — salientou Antoni. — Quando estivermos livres dos seguranças, a preocupação será outra, mas acredito que Alamanda poderá ajudar. Você vai ligar para ela e pedir que nos encontre na saída.

— Mas eles pegaram meu celular.

— Isso não é problema meu — respondeu Antoni, abrindo os braços.

— Como sabe que Alamanda ainda está aqui? — perguntei. Ela podia ter saído e já estar longe.

— Você iria embora? — perguntou Antoni, encarando-me.

Demorei um pouco para responder e senti que ele estava mesmo curioso, ansioso por minha resposta. Continuou me observando e esperando.

Seria normal ela ir embora ou se afastar para não ser capturada pelo Ministério. Afinal, sabíamos que qualquer um que fosse pego nos ajudando seria considerado um traidor.

— Não, eu não iria.

Antoni sorriu vitorioso. Não sei se por chegar à conclusão que ele queria ou se por eu ter respondido com tanta certeza.

— Por que apenas não saímos daqui e depois eu apago a memória deles? Qual é o problema em usar nossas habilidades? — perguntou Will, entediado.

— E qual o problema em não usar? — respondeu Antoni, e concluiu com firmeza: — Você conhece os riscos, Willian.

Antes que eu pudesse entender o plano, a porta se abriu e um segurança entrou, segurando Alamanda pelo braço.

Antoni revirou os olhos.

— Mudança de planos — declarou, visivelmente frustrado.

Capítulo 37

Alamanda e Will se abraçaram.
— O que houve? Como eles a pegaram? — perguntou Will, cauteloso.
— Não pegaram.
— Ah, claro! — Não percebi que tinha dito isso em voz alta até todos olharem para mim.
— Eu consegui me misturar, ouvi quando disseram pelo rádio que tinham capturado três e que estavam aguardando o transporte.
— Transporte? — interrompeu Antoni.
— Eu também não entendi. Então, esperei para ouvir a resposta, por isso resolvi me entregar e avisar vocês. Alguém pediu que aguardassem mais um pouco, porque o Sr. Azikiwe estava a caminho. Esse nome diz alguma coisa para você? — Alamanda não sabia de quem se tratava, estava tão perdida quanto eu.
Considerando a bufada de Antoni, ele não partilhava da nossa ignorância.
— Zaxai Azikiwe, esse é o nome do príncipe, o que significa que não temos muito tempo.
Will se aproximou e sem dizer nada, acertou um golpe de direita no rosto de Antoni. Espantada, pensei em apartar, mas logo entendi. Estratégia clássica, os reféns simulam uma briga para chamar atenção dos guardas.
Antoni, mesmo sabendo ser parte do plano, não gostou de ser atingido de surpresa. Limpou o sangue que escorria pelo canto da boca e ostentou um sorriso ameaçador. Foi para cima do Will com vontade e devolveu o soco, fazendo-o voar pela sala apertada e se chocar contra a parede.
— Uh! Essa doeu! — comentou Alamanda.
O baque foi tão alto que um segurança olhou por uma pequena abertura que havia na porta, mas não se convenceu e se afastou.
Will se levantou e foi para cima de seu oponente, eles estavam brigando de verdade. Homens, tão infantis!
Olhei para Alamanda que, ao entender meu sinal, fez com que acalmassem os ânimos por um tempo.
— Não sei se notaram, mas esse plano idiota não está funcionando — falei, assim que eles pararam de se atacar por um minuto.
— Sempre funciona nos filmes — justificou Will.

— Will, você é...

Minha crítica foi interrompida pelo barulho da porta se abrindo. Um dos vigias foi jogado dentro da sala, completamente desacordado. Em seguida, um dos homens que chegaram no carro preto apareceu, deixando-nos confusos. Ele era bem alto e usava óculos escuros.

— Vocês, venham comigo! — ordenou o homem, com voz grave.

— Eu acho que não — respondeu Antoni.

Vi um distintivo pendurado no pescoço do homem e pensei: agora, sim, estamos ferrados!

O homem não falou mais nada, apenas se afastou da porta para nos dar passagem. Entreolhamo-nos sem saber o que fazer. Will se adiantou e passou pela porta. Ao ver que ele não encontrou resistência, nós o seguimos. No corredor havia mais um segurança caído, desmaiado talvez; pelo menos, era o que eu esperava. Olhei para o homem parado à porta e ele apenas meneou a cabeça, o que indicava sua culpa.

— Parados! — Ouvimos um grito atrás de nós. Dois seguranças apontavam suas armas em nossa direção. — Não se mexam! Vocês não podem sair.

— Eles não são mais responsabilidade de vocês — anunciou o homem alto, colocando-se entre nós e os seguranças. — Está tudo bem, temos autorização para levá-los — informou, apresentando um distintivo do FBI.

— Quem é você? — questionou um dos seguranças.

— Sou o cara que acaba de salvá-los de uma enrascada. Eles já estavam fugindo, quando eu cheguei aqui. — Ele apontou para o pobre abatido e largado no chão.

Olhamos para ele espantados. Que mentiroso!

Nossa atenção estava na direção dos dois seguranças. O homem alto se aproximou deles com uma conversa mole de que recebia ordens, assim como eles, e que poderiam ligar para a central e reportar o que estava acontecendo.

Aproveitamos o momento e corremos pelo corredor na direção oposta. O caminho estava livre, não tinha porque ficarmos ali parados, enquanto eles discutiam.

— Parem! — Ouvimos ao longe o grito dos três.

Will era muito mais rápido e foi na frente. Quando viramos o corredor, deparamo-nos com dois homens segurando Will, com uma arma apontada para sua cabeça.

— Que merda! — disse Antoni, irritado.

Antoni não parou, apenas reduziu o passo. Alamanda e eu o seguimos.

— Eles são celsus, a arma é o menor dos nossos problemas — informou Antoni, ainda caminhando em direção aos homens.

— Como sabe disso? Você os conhece? — perguntou Alamanda.

— Não. Willian acabou de me dizer. Disse também para irmos embora — Antoni parou de andar. — Mas nós não vamos. Se eles são celsus, estamos livres para a ação. — Antoni olhou para nós duas e piscou, estava radiante.

— Will não estaria preso se eles não tivessem poder para isso. Dessa vez ele não se entregou. Alamanda, você sabe o que fazer. Alany, fique aqui e nos dê cobertura.

Antoni seguiu em frente, enquanto Alamanda apenas fechou os olhos e brilhou, exatamente como a vi fazer dentro do carro. Os homens ficaram confusos, mas não soltaram Will.

O que estava com a arma começou a falar:

— Não queremos machucar vocês, mas precisamos sair daqui agora.

Will, sentindo uma brecha, conseguiu se livrar das mãos que o seguravam e atacou o homem com um golpe no peito, forte o bastante para fazê-lo voar pelo corredor e se chocar contra a parede.

Antoni seguia em direção ao outro homem, que ficou estático, com o olhar perdido como se estivesse hipnotizado. Ele nem viu o que o atingiu quando, com apenas um golpe, Will o deixou desacordado.

Voltamos a correr em um corredor estreito que nos levaria à saída do aeroporto. Já era possível ver o saguão, quando mais cinco homens apareceram, fechando a passagem.

Estacamos no meio do corredor.

— De onde eles saíram? — perguntou Alamanda.

— Eles não, ele — respondi, colocando-me à frente dos meus amigos.

Abrindo os braços, senti toda a energia que circulava naquele lugar.

— Any, eles estão vindo, vamos sair daqui! — A voz de Antoni me pareceu longe e sem importância. Lembrei-me de como senti a vida na floresta de Leezah e deixei fluir. Senti a conexão me invadir e, pela primeira vez, percebi que tinha energia bastante para compartilhar. Enquanto o homem vinha em minha direção, fechei os olhos e apenas senti.

— Uau! — Ouvi a voz de Alamanda bem longe.

— Minha nossa! — completou Antoni.

Quando abri os olhos, Will estava lutando com um homem, apenas um. Aquele homem tinha o poder de multiplicar sua imagem, mesmo que elas não fossem exatamente idênticas.

— Você está bem? — perguntou Antoni, segurando minha mão e me encarando, espantado.

— Estou. O que vocês viram?

— Você é fantástica! Vimos uma espécie de energia em volta de um deles. Era como se ele brilhasse, enquanto os outros estavam apagados. — respondeu Alamanda, entusiasmada.

Ouvimos um assobio e olhamos em direção ao som.

— Vamos embora! — gritou Will.

Aliviados, corremos para a saída. Já no saguão, diminuímos o passo e voltamos a respirar com um pouco de tranquilidade. A um metro da porta, entreolhamo-nos e sorrimos. O sol brilhava do lado de fora.

Will foi o primeiro a chegar à porta, que abriu automaticamente. Passamos por ela como se estivéssemos atravessando um portal, o ar fresco nunca foi tão revigorante.

Ainda sorriamos, enquanto corríamos em direção ao carro.

— Essa foi por pouco — comentou Will.

Capítulo 38

— Eu não comemoraria ainda — Antoni falou, parando de repente. — Não estamos sozinhos!
— O quê? — indaguei, olhando em volta. Não havia ninguém.

O carro estava na parte de trás do aeroporto, onde o movimento era escasso e poucos carros paravam ali, por ser muito longe da entrada principal. Com exceção de uns seis carros estacionados, não havia mais nada por perto, além de nós.

Ficamos observando Antoni, estacado, espreitando o horizonte.

— Estamos cercados — ele afirmou.

Pensei que estivesse maluco, ainda mais do que já era, mas a energia dele se transformou em algo muito sombrio. Aquilo não representava confusão mental, ele estava com raiva.

— Como assim, cara? Não vejo e nem ouço ninguém — afirmou Will.

— Quando começaram a ser tão céticos? Alany, se não acredita, sinta você mesma.

Eu estava tão preocupada com a energia negra que emanava dele que não me permiti sentir mais nada. Depois de ouvir o pedido, deixei fluir. Segui a trilha pelo chão. Seres minúsculos e rastejantes me guiavam por onde meus olhos alcançavam, até encontrar alguém cujo corpo eu não via de fato, mas a energia estava lá. Havia várias pessoas caminhando em nossa direção, mas nenhum de nós podia vê-las.

Levei a mão à boca, espantada.

— Quantos são? — perguntou Antoni.

— Uns dez.

— Do que vocês estão falando? — indagou Alamanda, aproximando-se.

— Se tem mais alguém aqui, por que estamos parados? Vamos embora — sugeriu Will.

— Não podemos — respondeu Antoni, olhando em volta como um animal acuado. — Estamos dentro do Círculo de Coven, não temos como sair. Pense nisso como um campo de força. É um círculo de proteção, então, sugiro que fiquemos quietos porque, assim como não os vemos, eles também não podem nos ver — explicou.

— Mas o que acontece quando chegarem mais perto? — perguntei.

— Como você pode vê-los, podemos nos esquivar. Temos uma vantagem — explicou Antoni. — Porém, se nos afastarmos muito, ficaremos ocultos uns para os outros. Então, temos de ficar juntos e quietos. Ele não pode manter o círculo por muito tempo.

— Você disse "ele"? Então, sabe quem está fazendo isso — deduziu Will.
— Quais são as nossas chances, Antoni?

— Não muitas. Eu só conheço uma pessoa capaz de evocar o círculo e ele faz parte do Clã dos Legados. Certamente, pretende nos manter dentro dele até que o príncipe chegue.

— Você disse que sente quando o príncipe está por perto, podemos ter uma chance. O círculo terá de ser desfeito quando ele chegar e podemos atacar ou fugir — falei nervosa.

— Receio não ser tão simples. Não é possível sentir nada além do círculo. Quando ele for quebrado, será tarde demais — concluiu Antoni.

O som de um carro se aproximando chamou nossa atenção. Uma minivan vermelha vinha em alta velocidade, cantando pneus, até dar uma freada precipitada. A porta lateral foi aberta, ao mesmo tempo em que os pneus estabilizaram, travando o veículo ao chão.

Um homem moreno, com um bigodinho cafona, olhava para nós com um sorriso no rosto.

— Beni! — cumprimentou Antoni.

— Preciso que entrem na van, senhor — pediu o homem, com indecisão nos olhos e um tom submisso.

— E por que eu faria isso? — inquiriu Antoni, aproximando-se do veículo.

— O príncipe já está aqui. Então, essa é sua melhor chance — disse Beni, encarando Antoni e apontando para a van. — Estamos meio sem tempo para conversar agora.

Não percebi alguém se aproximando, apenas senti quando fui puxada.

— Antoni! — gritei.

Senti o queixo do grandalhão batendo em minha cabeça. Puxando-a para o lado, constatei que era o mesmo homem que abriu a sala onde estávamos presos, dentro do aeroporto. Ele me segurava com força, quase machucando meus braços.

— Não faça nenhuma besteira — aconselhou Antoni, com o olhar fixo no grandalhão. — Beni, você realmente quer me enfrentar?

Eu estava com medo, o homem me segurava pelo pescoço, poderia quebrá-lo se quisesse. Suas mãos eram enormes, ele não teria nenhuma dificuldade. Senti que ele também estava inseguro, parecia com receio e ansioso. Tentei me concentrar na energia dele e compreender melhor o que o afligia, mas logo senti a paz invadi-lo. Sua mão afrouxou o aperto e o grandão percebeu que alguma coisa estava errada. Eu, por outro lado, sabia exatamente o que estava acontecendo, Alamanda estava em ação. Meu medo havia sumido junto com a ansiedade dele.

Alamanda sempre disse que sua habilidade poderia ser perigosa, mas eu não imaginava como seria isso até aquele momento. Enquanto eu me sentia mais calma, percebia Antoni ainda mais nebuloso e sinistro. Sua energia não ficou muito diferente da bruxa que enfrentamos no submundo. Antes que eu pudesse dizer qualquer coisa, ele se atirou em direção ao homem que me segurava e, com extrema agilidade, conseguiu me libertar, ao mesmo tempo em que o tornava cativo. Eu sabia o que ele estava prestes a fazer. O homem não sentia medo, por influência de Alamanda, mas deveria.

Olhei em volta e todos estavam observando, talvez por não acreditarem que ele seria capaz de dar fim à vida de um celsu, ou apenas estavam resignados àquela sensação de paz.

Beni saltou da Van e foi em defesa do amigo.

— Antoni, está tudo bem! Não queremos machucar ninguém, precisa acreditar em mim. Eu não criei o círculo para prendê-los, sim, para nos proteger do príncipe. — Beni tinha as mãos levantadas, como se estivesse se rendendo. — Tentamos chegar antes dele, mas vocês não facilitaram.

Meu amigo e protetor deu uma forte cabeçada no grandalhão, levando-o ao chão e se voltou para Beni. Se ele queria atenção, tinha acabado de conseguir.

A energia de Antoni era negra, o que me fez lembrar da noite em que fomos ao Submundo. Senti um arrepio subir pela espinha e tive a sensação pavorosa de estar lutando do lado errado. Estávamos presos em um círculo estranho, um homem que obviamente era do Ministério nos abordou e, ao que parecia, o tal príncipe estava por perto. O cenário era trágico, porém, de alguma maneira, eu sentia que Antoni estava errado.

— Antoni! — chamei, mas ele não me ouviu. — Por favor, você precisa me escutar. — Ele parecia em outro mundo, preso em si mesmo, tomado por uma raiva que ficava mais forte a cada segundo.

Beni tentou dizer mais alguma coisa, porém foi interrompido e começou a se curvar de dor. Ele gritava, com as mãos na cabeça e Antoni apenas observava, quase sorrindo.

Uma mulher, que antes nos observava de longe, chegou por trás, sorrateira. Por causa do círculo, só a vimos quando já estava muito perto. Antoni nem se virou, apenas moveu um dos braços e a atingiu no peito. Mas não foi um golpe qualquer, a mulher foi jogada a muitos metros de distância, caindo sobre um carro que teve o alarme disparado.

— Antoni, não faça isso! — suplicou Beni, retorcido de dor.

Antoni fechou os olhos, estendeu os braços para frente e uma sombra negra saiu por suas mãos. O destino delas era Beni e isso poderia matá-lo, não fosse pelo forte vento que as levou para longe. Abrindo os olhos e conferindo a inutilidade de sua investida, Antoni se aproximou do homem ajoelhado à sua frente, segurou sua cabeça e desferiu um golpe mortal que nunca o atingiu.

— Alamanda, pare agora! — gritei, enquanto me esforçava para segurar a ofensiva de Antoni. Ele era forte, mas eu tinha o elemento surpresa. Um pequeno ciclone de vento circulava ao redor de Beni, para protegê-lo.

— O que você está fazendo? — indagou Antoni com os olhos semicerrados, ao perceber que era eu a razão do seu fracasso em atacar o homem que ainda agonizava, ajoelhado à nossa frente. — Não posso deixar que nos levem — repreendeu Antoni, com os olhos presos aos meus. Ele se preparou novamente, reunindo forças para atacar Beni e, dessa vez, eu não sabia se poderia segurá-lo.

Busquei Will, que observava a cena sem nada entender.

— Will, precisa derrubar o Antoni, confie em mim.

— Mas...

— Agora, Will!

O elemento surpresa era o que nos dava vantagem sobre Antoni e só Will podia me ouvir, sem que ele soubesse o que viria a seguir. Ele foi tão rápido que quase não vi acontecer. Logo, Antoni estava no chão e era isso que importava.

Corri para perto dele antes que ficasse novamente de pé e furioso. Sua energia ainda era negra e quando estiquei o braço para alcançar seu rosto, foi como o ar espalhando fumaça.

— Antoni, você precisa parar, precisa me escutar. Este homem não está mentindo. — Senti que o choque que minha mão causou ao tocar sua pele, fez com que prestasse atenção ao que eu dizia.

— Alany, você não sabe quem ele é. Ele representa o Ministério de um jeito... — Sem encontrar as palavras, ele segurou minha mão e fechou os olhos. — Não consigo explicar agora, mas não temos escolha — concluiu.

— Não, Antoni! Dessa vez, você está errado. É a sua vez de confiar em mim.

Ele ficou me observando e senti toda aquela energia negra diminuir. Não sei o que o chocou mais, se o fato de estar errado ou de ver seus amigos o atacando. Ele nada respondeu, apenas se levantou devagar, sem desviar a atenção. Seu olhar era indecifrável. Talvez estivesse decepcionado comigo, mas eu preferi não saber.

Beni também estava de pé, tossindo um pouco e tentando se recompor. Antoni seguiu até ele e perguntou:

— Por que não se defendeu?

— Não podia me arriscar a derrubar o círculo — respondeu Beni, ainda sem fôlego. — O príncipe está aqui, sem o círculo já teria nos encontrado e você sabe o que ele faria.

Antoni olhou para mim e confirmei que Beni dizia a verdade.

— Eu não entendo. Você é um legado, não pode, simplesmente, agir contra o clã. Isso é...

— Impossível? — interrompeu Beni. — Não foi impossível para você, quando desertou. Alguns de nós não aceitamos o que aconteceu e eu procurei ajuda — respondeu, erguendo os ombros.

— Hiertha!

Beni apenas assentiu.

Lentamente, Antoni colocou a mão no bolso, pegou um chiclete, abriu e o colocou na boca. Enquanto ele parecia se acalmar, eu começava a surtar.

Capítulo 39

Para tudo!
Eu estava mesmo ouvindo que Antoni foi um membro do tal clã dos legados?
Will e Alamanda estavam do meu lado e tinham a mesma interrogação no olhar.
— Como soube que eu estava aqui, Beni?
— Eu deixei um alerta para ser informado sobre qualquer um com a tatuagem. Rick foi descoberto, mas ainda opera o arranjo de longe. Não é tão eficiente, mas é o que podemos fazer.
Nossa! Minha cabeça já começava a ferver. Clã, tatuagem... Por isso que ele deixou o braço exposto! Apesar de algumas peças começarem a se encaixar, outros vazios se formavam e eu não estava gostando disso.
Antoni se aproximou mais de Beni. Eu ficaria com receio, se não pudesse ver que toda aquela energia negra tinha desaparecido.
— Por que o Rick não veio? Ele sabia dos riscos e você também.
— Digamos que ele está fora de combate. Eu sabia dos riscos, mesmo assim, precisava tentar. Procuro por você há algum tempo, senhor. — Beni se abaixou devagar e, com um joelho apoiado no chão e o braço direito flexionado sobre o peito, nos chocou ainda mais. — O senhor sempre será meu General!
Acho que nem respirávamos nesse momento.
Antoni não se mexeu nem olhou para trás, senti que ele sabia o que fazer. No lugar dele, eu também não saberia. Ele apenas descansou a mão sobre o ombro do Beni, que se levantou em seguida. Era algum tipo de sinal, como uma permissão ou uma aceitação.
Olhei para Will e Alamanda, que tinham as bocas tão abertas quanto a minha.
— Antoni era o general cruel que comandava o clã antes desse tal Príncipe?! Foi isso mesmo que eu entendi? — perguntou Will, dentro da minha mente.
— É o que parece — respondi do mesmo modo.
Quando voltei os olhos para frente, Antoni estava me encarando. Minha respiração ficou ofegante. Eu não sabia o que dizer.
— Precisamos ir agora — anunciou.

Apenas concordei e entramos na Van. O silêncio era mortal e desconfortável. Recostei a cabeça no banco e fechei os olhos.

— Você está bem? — perguntou Antoni. Sua voz parecia a de um estranho.

— Eu não sei — respondi, sem mudar de posição.

— Eu nunca disse que não tinha meus próprios segredos — justificou-se.

Apesar de ser verdade, eu me sentia traída. Aquele era o tipo de segredo que ele deveria ter compartilhado.

— Eu... — O som da sua voz revirou meu estômago.

— Não, Antoni — interrompi, erguendo a cabeça e abrindo os olhos. — Não sei se quero saber o que mais existe embaixo do tapete. Você... — Desisti do que ia dizer, mas não deixei de encará-lo. Eu diria que ele não tinha o direito de esconder isso de mim, mas, por alguma razão, contive-me.

— Por que está nervosa? — ele perguntou, sorrindo, o que me deixou ainda mais irritada. Primeiro Seretini e agora isso.

— É sério que está me perguntando isso? Você é a droga do general do Clã dos Legados. Além de ter uma fama péssima, você nos enganou esse tempo todo. E ainda... — parei no meio porque estava esgotada.

— Em minha defesa, eu fui, não sou mais. E asseguro que existe certo exagero nas histórias. — Ele olhou para Beni, sentado à nossa frente, que concordou com um movimento de cabeça. — Mas nunca enganei você, apenas omiti alguns fatos que não ajudariam em nada minha aproximação.

— Inclusive sobre a Seretini?

— Ela... — De repente, ele começou a sorrir. — Nós tivemos um relacionamento há muito tempo, não é nada demais.

Eu olhava para ele e me sentia ainda mais irritada por vê-lo tão tranquilo.

— Cara, por essa eu não esperava! Eu que não tinha certeza se o Clã realmente existia, sempre pensei ser uma lenda. Por isso você sabia tanto sobre... Espera! Carol sabe disso? — perguntou Will, intrigado.

— Ela é do Conselho, claro que sabe!

— Filha da mãe! — exclamou Will.

— E o que acontece agora? — questionou Alamanda.

Antoni olhou para ela, ficou em silêncio por um momento e depois declarou:

— Nossos planos não mudaram. Temos de encontrar um jeito de ir ao México, o que não será difícil...

— Você não precisa ir ao México para encontrá-lo, ele está com Rick — interrompeu Beni.

— Hiertha! — falei em voz alta a primeira palavra que veio à minha cabeça. — Tituba disse para não confiarmos nele.

— E não vamos — disse Antoni. — Ainda assim, só ele pode nos ajudar a descobrir a localização de Twylla.

— Por que ele está aqui? — perguntei.

— Eu não sei — respondeu Beni. — Um dia ele surgiu no aeroporto. Rick acha que ele queria ser encontrado.

— Com certeza queria. Mas nós sabemos o motivo dele estar aqui — afirmou Antoni. — Está procurando pela irmã.

— Seretini é irmã desse tal Hiertha?! — perguntou Alamanda

Antoni apenas confirmou com a cabeça.

— Nossa! — falamos juntos.

Não demorou muito, chegamos a um galpão que parecia abandonado. Uma porta grande de ferro começou a subir logo que a Van se aproximou e outro carro surgiu, praticamente ao mesmo tempo.

Nossos olhos correram para Beni.

— Vocês estão bem assustados, não é? Eu não julgo, também já fui caçado. Podem relaxar, eles estão com a gente — assegurou Beni.

Logo, vimos saírem do carro os mesmos homens de preto que entraram no aeroporto. Beni abriu a porta da Van assim que paramos dentro do galpão. Era enorme, como uma garagem gigante. Bem iluminado e com alguns móveis modernos e confortáveis, lembrava essas empresas descoladas. Tinha até algumas mesas rodeadas por assentos macios, tipo sofá de lanchonete.

— Não estamos muito longe do aeroporto — observou Alamanda.

— Vinte e dois quilômetros. Perto o bastante para intervir caso necessário e longe o suficiente para despistar os homens do Ministério — respondeu Beni. — Às vezes, o que importa não é onde, mas como você se esconde — Beni e Antoni disseram a última frase ao mesmo tempo.

Will olhava para todos os lados, curioso.

— Por que não viemos para cá antes? — perguntou ele para qualquer um que pudesse responder.

— Eu não conhecia esse lugar — disse Antoni.

Will nem olhou para ele, estava muito intrigado com o galpão, que parecia um centro de controle. Ele ficou estático por alguns segundos, olhando o painel com grandes telas e computadores ligados, parecia algum tipo de sala de monitoramento. Em uma das telas, reconheci o saguão do aeroporto. Fiquei observando, curiosa, e não percebi a aproximação de outro homem. Somente quando ouvi sua voz grossa, olhei para trás e vi que ele estava em uma cadeira de rodas.

— Antoni, meu general! — disse o homem, sorrindo e fazendo o mesmo movimento com o braço direito sobre o peito, exatamente como fez Beni, há pouco. — Não pensei que o veria tão cedo.

Antoni devolveu a simpatia, abrindo um largo sorriso, daqueles que me faziam ter dúvidas sobre ele ser realmente alguém perigoso. A alegria nem sempre estava presente naquele rosto, mas quando estava, era muito evidente.

Retribuindo a formalidade, Antoni pousou a mão sobre o ombro do homem, devia ser algum tipo de saudação. Depois, seguiu até o cadeirante e segurou sua cabeça até que suas testas se tocassem.

— O que houve com você, Rick? — perguntou o General.

— Digamos que o príncipe não gosta de negociar — respondeu Rick, sorrindo e abrindo os braços. Foi quando entendi o significado de estar fora de combate.

Antoni nos apresentou ao Rick e ele nos convidou para acompanhá-lo e conhecer o lugar.

— Você está bem melhor do que da última vez em que o vi — disse Rick. — Mas sinto que as coisas estão bem complicadas para seu lado, meu amigo. Nunca vi Handall tão agitado. O que você fez, afinal?

— Fala como se ter deixado o Clã não fosse razão suficiente — disse Antoni, sorrindo, mas não estava sendo totalmente honesto em sua resposta.

— Vamos! Tem alguém lá nos fundos que você vai gostar de ver.

Andamos por um corredor largo e mal iluminado, que nos levou até um ambiente aberto. Era como um quintal, com algumas árvores de um lado e dois bancos de cimento do outro. Sentado no chão, em posição de meditação e com os olhos fechados, estava um homem que vestia camisa marrom, calça preta e usava vários colares estranhos.

— Eu adoro esse país! Tem cheiro de hipocrisia — disse o homem, sem abrir os olhos. — Antes que pergunte, Seretini desapareceu. Mas, talvez, apenas talvez, você já saiba disso, não é?

— E por que eu saberia? — indagou Antoni.

O homem abriu os olhos, encarou Antoni e sorriu.

— O Ministério nunca despendeu tantos recursos para encontrar alguém. Fico pensando o quanto você está envolvido com a tal Ordem, a mesma que está deixando Handall tão desesperado a ponto de virar o mundo de ponta cabeça.

— Você não é o primeiro a suspeitar disso — comentou Antoni, aproximando-se do homem e estendendo a mão para que levantasse. — Venha! Precisamos conversar.

O homem era baixo, moreno e tinha um olhar pavorosamente gentil. Depois de se abraçarem, ficou nos observando por alguns segundos, até que se aproximou devagar.

— Quem são esses? São tipo... amigos? — Hiertha passou por Antoni e chegou bem perto de mim. Ele tinha um olhar preocupado. — Você deve ser Alany.

— Como você sabe? — Antoni se colocou entre nós em questão de segundos.

Hiertha soltou uma gargalhada. Ninguém entendeu nada. Eles se entreolharam, enquanto Hiertha ria sem parar.

— Isso foi muito bom, há muito tempo não me divirto tanto! Antoni, meu amigo, precisamos conversar sobre isso em outro momento. Agora, preciso encontrar Seretini. Apesar de tudo, creio que você ainda se preocupe com ela, não é?

— Eu sei o que houve com Seretini, mas você não vai gostar. Acreditamos que ela corra perigo. Handall a mantém presa.

Abrindo um novo sorriso, o homem praguejou:

— ¡Este maldito quiere guerra! Entonces, es lo que tendrá.

— É por isso que estamos aqui. Vamos ajudar a encontrá-la, sem desencadear nada do tipo — disse Antoni segurando Hiertha pelos ombros, encarando-o. — Declarar guerra a Handall agora seria um massacre. Aliás, talvez seja exatamente isso que ele quer. Não podemos ser previsíveis.

— Só precisamos aumentar o nosso jardim — comentou Will, animado, atraindo olhares confusos, inclusive o de Hiertha.

— Ele quis dizer que precisamos de mais pessoas — consertou Antoni.

— Fortalecer e organizar — disse Rick ao seu general, colocando a mão sobre o peito.

Antoni assentiu e repetiu o gesto.

— Exatamente, meu amigo!

Finalmente, o jardim estava crescendo e teríamos uma chance contra o Ministério.

Agradecimentos

Amei cada minuto que passei escrevendo essa história!
   Não posso deixar de agradecer a esses personagens fantásticos, que criaram vida e passaram a me acompanhar. Porém, antes de qualquer coisa, preciso agradecer a vocês, meus queridos leitores. Obrigada pelas mensagens, pelo apoio e incentivo que me deram! Continuamos nessa jornada, ainda não acabou e só vai ficar melhor. Espero vocês em nossa próxima aventura.
   Agradeço também ao carinho e dedicação da Ler editorial, que é, realmente, uma parceira literária para a vida.
   Não posso esquecer do meu mentor, André Vianco. Estivemos juntos em vários momentos da história e suas dicas preciosas me ajudaram a potencializar as características dos personagens.

Daniella Rosa

www.lereditorial.com

@lereditorial